DIANA PALMER

Magnolia

Editado por Harlequin Ibérica.
Una división de HarperCollins Ibérica, S.A.
Núñez de Balboa, 56
28001 Madrid

MAGNOLIA, Nº 139 - 1.9.12
Título original: Magnolia
Publicada originalmente por Ballantine Books
Traducido por Sonia Figueroa Martínez

I.S.B.N.: 978-84-687-0430-2
Depósito legal: M-24862-2012
Imágenes de cubierta:
Flor: SHADAY365/DREAMSTIME.COM
Mujer: MIRAMISSKA/DREAMSTIME.COM

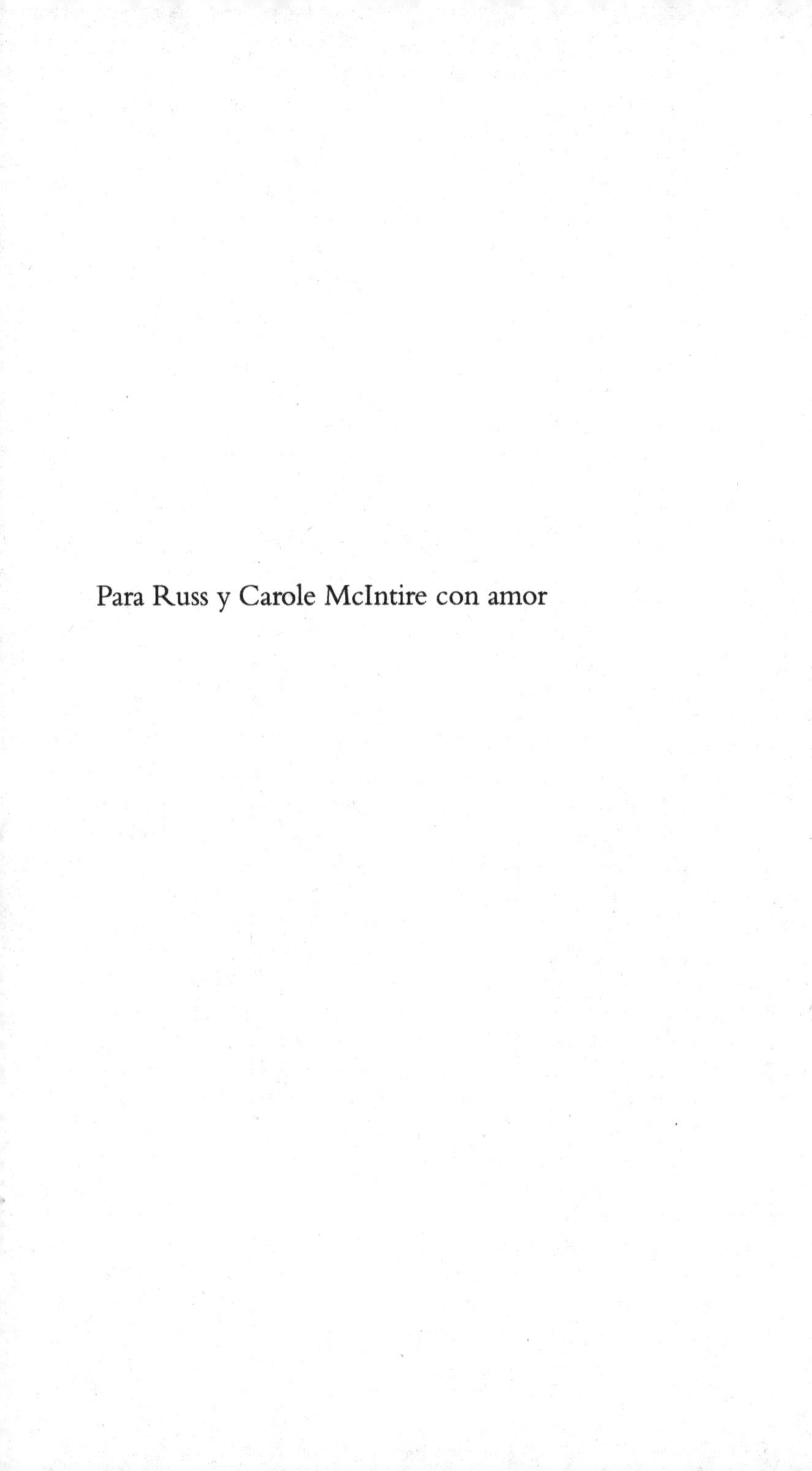

Para Russ y Carole McIntire con amor

CAPÍTULO 1

1900

Las calles de Atlanta estaban enfangadas tras las lluvias recientes, y los pobres caballos parecían apáticos mientras tiraban con esfuerzo de los carruajes por Peachtree Street. Claire Lang deseó tener dinero suficiente para regresar en un vehículo de alquiler a casa, que estaba a unos ocho kilómetros de allí.

A la estúpida calesa se le había roto un eje al chocar contra una roca, con lo que las preocupaciones financieras que habían estado agobiándola durante meses se habían acrecentado aún más. Su tío, Will Lang, estaba tan impaciente por tener en sus manos la pequeña pieza de automóvil que había encargado en Detroit, que ella había ido a buscarla a la estación de ferrocarril de Atlanta en la calesa. El vehículo estaba viejo y en mal estado, pero en vez de estar centrada en el camino, se había dedicado a buscar muestras tempranas de la llegada del otoño en la preciosa estampa que creaban los arces y los álamos.

Iba a tener que ingeniárselas como fuera para llegar a la tienda de ropa de su amigo Kenny para ver si él podía tomarse un ratito libre y llevarla a casa de su tío, que estaba en Colbyville. Bajó la mirada, y soltó un suspiro al ver lo embarrados que estaban sus botines y lo sucio que tenía el bajo de la falda. Acababa de estrenar aquel vestido azul marino con cuerpo y cuello de encaje, y aunque la capa y el paraguas la habían protegido en gran medida de la lluvia y el sombrero había resguardado su cabello castaño, no había podido mantener a salvo la falda por mucho que se la levantara.

Le resultaba muy fácil imaginar lo que Gertie iba a decir al respecto, aunque lo cierto era que siempre solía ir hecha un desastre; al fin y al cabo, pasaba gran parte del tiempo en el cobertizo de su tío, ayudándole a mantener en buen estado su nuevo automóvil. Ningún otro habitante de Colbyville tenía uno de aquellos exóticos inventos nuevos; de hecho, solo un puñado de personas en todo el país poseían un automóvil, y la mayoría eran eléctricos o con motor de vapor. El del tío Will estaba propulsado con gasolina, y dicha gasolina la compraba en la tienda del pueblo.

Los automóviles eran tan escasos, que cuando pasaba uno por la calle la gente salía al porche para verlo. Eran objetos tanto de fascinación como de miedo, porque el fuerte ruido que generaban asustaba a los caballos. La gran mayoría pensaba que eran una moda pasajera que no tardaría en desaparecer, pero ella estaba convencida de que eran el medio de transporte del futuro y le encantaba ser la mecánica de su tío.

Esbozó una sonrisa al pensar en lo afortunada que había sido desde que se había ido a vivir con él. Era hija única, y tras el fallecimiento de sus padres diez años atrás a causa del cólera, el único familiar que le había quedado en todo el mundo era su tío Will. Estaba soltero, y para cuidar de la enorme casa donde vivía contaba con la única ayuda del matrimonio formado por Gertie, su ama de llaves africana, y Harry, un manitas que se encargaba del mantenimiento general.

Ella también había empezado a cocinar y a encargarse de las tareas domésticas al ir creciendo, pero lo que más le gustaba era ayudar a su tío con el automóvil. Era un Oldsmobile Curved Dash, y solo con mirarlo se le ponía la piel de gallina. El tío Will lo había encargado en Míchigan a finales del año anterior, y lo habían enviado a Colbyville por ferrocarril en cuanto había quedado listo. Al igual que la mayoría de automóviles, a veces petardeaba, humeaba y traqueteaba, y como los caminos de tierra de los alrededores de Colbyville eran bastante irregulares y estaban llenos de profundas roderas, sus neumáticos de goma fina ya se habían pinchado en alguna que otra ocasión.

Los lugareños rezaban para librarse de lo que para ellos era un invento del diablo, y los caballos echaban a correr campo a través como si les persiguieran fantasmas. El consejo local había ido a ver a su tío al día siguiente de que llegara el automóvil, y él había sonreído con paciencia y había prometido que el pequeño y elegante vehículo no entorpecería la circulación de los carros y los carruajes.

Al tío Will le encantaba aquel nuevo juguete que le había dejado poco menos que arruinado, y le dedicaba todo su tiempo libre. Ella compartía su fascinación, y cuando él había cedido al fin y había dejado de echarla de la cochera, había ido aprendiendo poco a poco sobre carburadores, palancas de dirección, rodamientos, bujías, y piñones de engranaje.

A esas alturas ya sabía casi tanto como él, tenía manos finas y diestras y no le daban miedo los «latigazos» que recibía de vez en cuando al tocar la parte equivocada del pequeño motor de combustión. Lo único malo era la grasa. Había que mantener engrasados los rodamientos para que funcionaran bien, y todo acababa manchado... incluso ella.

Un carruaje apareció en ese momento en el camino y fue acercándose, pero justo cuando estaba llegando a su altura pasó por encima de un charco y le salpicó de barro la falda.

Ella soltó un gemido, y el desánimo que se reflejó en su rostro bastó para que el ocupante del vehículo decidiera parar.

La portezuela se abrió, y unos ojos oscuros y penetrantes la miraron llenos de impaciencia.

–¡Por el amor de Dios! ¡Entra antes de que te empapes aún más, tontita!

El hombre al que le pertenecía aquella voz profunda y familiar, el banquero de su tío Will, no tenía ni idea de que solo con oírle se le aceleraba el corazón, porque ella ocultaba con celo sus sentimientos.

–Gracias –contestó, con una sonrisa tensa.

Cerró el paraguas y se alzó la falda hasta la parte superior de los botines para intentar entrar en el limpio carruaje como toda una dama, pero tropezó con el bajo húmedo de la falda y cayó como un fardo en el asiento. Se puso roja como un tomate, John Hawthorn la ponía muy nerviosa.

Él se echó hacia un lado para dejarle espacio de sobra, y golpeó el techo del carruaje con el bastón para indicarle al cochero que retomara la marcha. Vestía un traje formal con chaleco oscuro, y tenía una apariencia muy digna.

–¡Que me aspen, Claire, atraes el barro como la avena a los caballos! –contempló con cierta exasperación las salpicaduras, y sus ojos oscuros se entornaron un poco–. Tengo que estar en el banco a la hora de abrir, pero le diré al cochero que te lleve a Colbyville.

Tenía un rostro delgado y atractivo, y mostraba una escrupulosidad innata que rayaba la frialdad hacia la mayoría de mujeres... como si fuera consciente de lo atractivo que les resultaba, y quisiera mantener las distancias. Eso era lo que había atraído la atención de Claire en un principio, ya que suponía un desafío para el ego de cualquier mujer, pero la cuestión era que a ella no la trataba con frialdad. Unas veces bromeaba con ella y otras la trataba con indulgencia, como si fuera una niñita, y aunque no se había sentido molesta por ello dos años atrás, en ese momento no le hacía ninguna gracia.

Le había conocido cuando le habían contratado en el banco de Eli Calverson. John ya había alcanzado el puesto de agente de préstamos el año previo a que estallara la guerra de Cuba, pero se había dado cuenta del rumbo que estaban tomando las relaciones entre Cuba y Estados Unidos y en 1897 había dejado el banco para alistarse en el Ejército. Anteriormente había cursado estudios en La Ciudadela, una universidad militar de Carolina del Sur, así que pudo entrar como oficial.

En 1898 fue dado de baja del Ejército al resultar herido en Cuba, y aunque fue tras su regreso al banco cuando ella llegó a conocerle mejor, ya tenían un trato superficial desde hacía años gracias al tío Will. Este último había hecho varias inversiones con la mediación de John, y la solidez de dichas inversiones había contribuido a que le concedieran unos préstamos con los que había podido comprar tierras.

La atracción que sentía hacia John había ido en aumento conforme había ido conociéndolo mejor, pero era consciente de que hacía falta algo más que un rostro pasablemente atractivo, unos ojos color gris claro y un cuerpo esbelto y joven para despertar el interés de un hombre como él, que era inteligente además de apuesto.

John había obtenido un máster en Administración de Empresas en Harvard después de licenciarse en la prestigiosa universidad de La Ciudadela. En ese momento era vicepresidente del Peachtree City Bank, y se rumoreaba que como Eli Calverson, el presidente del banco, no tenía hijos, había decidido que fuera él su sucesor.

Era innegable que el elusivo John Hawthorn había hecho una carrera meteórica en el banco, pero en los últimos tiempos había rumores que le relacionaban con la hermosa Diane, la joven y flamante esposa del maduro presidente del banco.

John tenía treinta y un años, estaba en la flor de la vida, y tenía un físico que otros hombres envidiaban; Eli Calverson, por su parte, estaba en los cincuenta y no era especialmente atractivo.

La señora Diane Calverson, una rubia delicada de ojos azules y tez clara, era culta, bien educada, y se decía que estaba emparentada con gran parte de las casas reales europeas... era, en resumen, el sueño de cualquier hombre. John y ella tenían en común mucho más que el banco y el vínculo con Calverson, ya que dos años atrás habían estado comprometidos.

–Eres todo un caballero –le miró con ojos chispeantes a pesar de su tono de voz distante y cortés, y le vio alzar un poco la comisura del labio en un claro gesto de diversión.

Era un hombre atlético y con muy buena forma física, jugaba al tenis, y el bastón que llevaba no era más que un complemento estético. Ella había acompañado a su tío Will a varias fiestas, y podía dar fe de que John era un excelente bailarín. En ese momento le llegó el aroma de su exótica colonia, y sintió que se le aceleraba el corazón. Ojalá se fijara en ella, ojalá...

Se colocó bien la falda húmeda, y frunció el ceño al ver lo manchada que estaba de barro. Los botines también estaban hechos un desastre, iba a tardar horas en limpiarlos con un cepillo... Dios, y Gertie acababa de regañarla por haberse manchado la camisa blanca de grasa.

–Estás hecha un desastre –comentó John con voz suave.

No pudo evitar ruborizarse, pero alzó la barbilla y contestó con firmeza:

–Si tú hubieras caminado tres manzanas bajo la lluvia y con falda larga, estarías igual.

Él soltó una carcajada al oír aquello, y dijo sonriente:

–Dios no lo quiera. La última vez era grasa, ¿verdad?

–Eh... mi tío y yo estuvimos cambiando el aceite de su Oldsmobile.

–Te lo he dicho antes y te lo repito, Claire: no es una tarea adecuada para una mujer.

–¿Por qué no?

–Tu tío tendría que hablar contigo. Tienes veinte años, debes recibir clases de protocolo y conducta social para aprender a comportarte como una dama.

–¿Una dama como la señora Calverson?

–Sus modales son impecables –le contestó él, con rostro impasible.

–Eso es innegable, seguro que el señor Calverson se siente muy orgulloso de su esposa –fijó la mirada en las manos antes de añadir–: Y seguro que también siente muchos celos por ella.

Él se volvió a mirarla, y dijo con un tono peligrosamente suave:

–No me gustan las insinuaciones, ¿estás intentando sermonearme?

–Nada más lejos de mi intención, señor mío. Si lo que quieres es convertirte en objeto de mezquinas murmuraciones y arriesgar tu puesto en el banco, ¿quién soy yo para interferir?

Su expresión ceñuda le pareció intimidante. Si había mirado así a sus tropas cuando estaba en el Ejército, no sería de extrañar que más de un soldado hubiera desertado despavorido.

–¿Qué murmuraciones?

El hecho de que siguiera hablando con voz suave y controlada la intranquilizó aún más, y esbozó una sonrisita llena de nerviosismo antes de contestar:

–Creo que tendría que haberme quedado callada. Puedes dejarme aquí si quieres, no me apetece que me estrangulen de camino a casa.

Aunque no parecía enfadado, lo cierto era que jamás perdía los estribos, en especial con ella.

–No le he dado a nadie motivos para murmurar.

–¿No te parece escandaloso cenar a la luz de las velas con una mujer casada?

La miró sorprendido, y contestó con calma:

–No estábamos solos. La cena fue en casa de su hermana, que estaba presente.

–La hermana estaba durmiendo en el piso de arriba, sus criados les contaron a los empleados de otras casas todo lo que vieron. El pueblo entero lo sabe, John. No sé si su marido se ha enterado ya, pero si no es así, es cuestión de tiempo.

Él mascullló una imprecación en voz baja. Le había obsesionado tanto el deseo de volver a estar a solas con Diane, aunque solo fuera una vez más, que había sido un imprudente. Ella se había casado con Calverson por venganza, porque él se había negado a pedirle a su familia un cuantioso adelanto de la herencia para costear una boda elegante y una cara luna de miel. Para entonces ya se había alistado en el Ejército, y estaba convencido de que tendría que entrar en acción. Ella le había prometido que le esperaría, pero a los dos meses de que él se fuera a Cuba, había decidido que Calverson era tan rico y viejo que no podía desperdiciar la oportunidad de llevárselo al altar.

John pertenecía a una familia de rancio abolengo de Savannah, pero no quería pedir por adelantado ni un penique de la herencia que acabaría por recibir y prefería ganarse la vida por sí mismo. Era lo que estaba haciendo en ese momento, gracias a su salario y a varias pequeñas inversiones. El apoyo de Calverson le había dado un empujón, aunque estaba claro que dicho apoyo se debía en parte tanto a la solera de su familia como a su máster de Harvard.

Sabía que había cambiado al perder a Diane, que se había convertido en un hombre frío, pero de repente ella parecía tener problemas en su matrimonio de menos de dos años y le había rogado que accediera a ir a cenar a casa de su hermana para pedirle ayuda. Había sido incapaz de negarse a ir a pesar de saber que se arriesgaba a crear un escándalo, pero al llegar a la casa la situación parecía no ser tan urgente; fueran cuales fuesen los motivos que la habían impulsado a invitarle a cenar, Diane no le había contado nada, y ni siquiera le había pedido ayuda. Lo único que le había dicho era que se arrepentía de haberse casado con Calverson, y que seguía sintiendo algo por él. Pero aquella inocente cena había dado pie a aquellas horribles murmuraciones que iban a poner en peligro el buen nombre de los dos.

–¿Estás escuchándome? Tu reputación no es la única que estás arriesgando, John. También están en juego la del señor Calverson, la de su esposa... e incluso la del banco.

Las palabras de Claire le arrancaron de sus pensamientos y le devolvieron al presente. Le lanzó una mirada acerada antes de espetarle con frialdad:

–No estoy arriesgando la reputación de nadie. Y suponiendo que hubiera algún problema, no creo que te incumba.

–En eso tienes razón, pero eres amigo de mi tío además de su banquero, y en cierto modo también eres amigo mío. No me gustaría que tu reputación se pusiera en entredicho.

–¿Por qué no?

Al ver que se ruborizaba y apartaba la mirada, se reclinó en el asiento y la contempló con una pizca de afecto. Le conmovía que mostrara aquella preocupación por él.

–¿Albergas sentimientos ocultos hacia mí, Claire? ¿Estás enamoriscada? ¡Qué emocionante! –le dijo, con voz suave y un poco burlona.

Ella se ruborizó aún más y fijó su enfebrecida mirada en la familiar silueta neogótica del banco, que se acercaba cada vez más. Él iba a bajar del carruaje en breve y ella se quedaría a solas con la mortificación que la atenazaba. ¿Por qué había tenido que abrir la bocaza?, ¿por qué?

John la observó en silencio mientras la veía aferrar el bolso con fuerza. Aunque no le gustaba que se entrometieran en sus asuntos personales, ella no era más que una dulce muchachita, y sus comentarios no deberían molestarle. Jamás le había consentido tanto a una mujer, habría echado a patadas del carruaje a cualquier hombre por mucho menos de lo que ella acababa de decir. Pero era una joven de buen corazón y se preocupaba por él, enfadarse con ella por eso no resultaba nada fácil; además, se sentía muy protector con ella.

De no ser por Diane, habría podido sentir algo muy intenso por aquella muchacha. Se inclinó hacia ella mientras el carruaje iba aminorando la marcha, y siguió acicateándola con voz suave.

–Sé sincera, Claire. ¿Sientes algo por mí?

–Lo único que siento ahora son unas ganas inmensas de golpearte la cabeza con un tubo de hierro –masculló ella en voz baja.

–¡Señorita Lang! –exclamó con fingida indignación, antes de echarse a reír.

Ella le fulminó con unos ojos grises que relampagueaban de furia, y contestó sin inflexión alguna en la voz:

–Ríete de mí si quieres, me avergüenzo de haberme preocupado por ti. Echa a perder tu vida, me da igual lo que te pase –golpeó el techo del vehículo con el mango del paraguas, y bajó antes de que él pudiera hacer poco más que pronunciar su nombre.

Luchó por abrir el paraguas mientras subía a la acera (que por suerte era de madera, con lo que se libró por fin de tener que pisar el barro del camino). El banco estaba a punto de abrir y justo delante estaba esperando Kenny Blake, un viejo amigo con el que había ido al colegio. Se acercó corriendo a él, y exclamó aliviada:

–¡Gracias a Dios que te encuentro, Kenny! ¿Puedes llevarme a casa?, se ha roto el eje de mi calesa.

–¿Te has hecho daño?

–No, solo ha sido un pequeño susto –se echó a reír antes de añadir–: Por suerte, estaba muy cerca de la herrería y de la caballeriza, así que tenía ayuda a mano, pero estaban tan ocupados que nadie ha podido llevarme a casa.

–Podrías haber alquilado un carruaje.

–No tengo dinero –admitió, con una tímida sonrisa–. Mi tío gastó hasta la última moneda que teníamos en unas bujías nuevas para el automóvil, y tenemos que ser cuidadosos hasta que le ingresen la pensión.

–Puedo hacerte un préstamo –la oferta era sincera, ya que tenía un muy buen trabajo de gerente en una tienda de ropa masculina.

–No, no te preocupes. Solo necesito que me acerques a casa.

Era un hombre poco agraciado, pero al sonreír se le iluminó el rostro entero. Tenía una altura media, el pelo rubio y los ojos azules, y con ella se llevaba muy bien y dejaba atrás su innata timidez. Claire era capaz de sacar lo mejor de él.

–Te llevo en cuanto acabe la gestión que tengo que hacer en el banco.

Claire le soltó el brazo al notar el peso de una gélida mirada en la espalda. Echó un vistazo por encima del hombro y vio a John Hawthorn, ataviado con su caro traje y su bombín, con una mano apoyada con elegancia en la empuñadura de plata del bastón mientras esperaba a que el señor Calverson abriera la puerta desde dentro. El presidente del banco no le confiaba a nadie aquella llave, era muy posesivo con sus pertenencias... y eso era algo que John tendría que haber tenido en cuenta.

El señor Calverson abrió las pesadas puertas de roble cuando dieron las nueve en punto, y se apartó a un lado para dejar entrar a los demás. Tenía los ojos puestos en su reloj de bolsillo de oro, que colgaba de una gruesa leontina del mismo material, y a Claire le pareció una estampa bastante graciosa...

le costaba creer que a alguna mujer le resultara atractivo aquel hombrecito bajo, corpulento y calvo de rubio mostacho salpicado de canas, y mucho menos a una beldad como Diane.

John era el único que pensaba que se había casado con el viejo Calverson por amor, Atlanta entera sabía que era una mujer de gustos caros... y que debido a la ruina económica de su familia, la única baza tangible con la que contaba a los veintidós años había sido su belleza. Había tenido que casarse con un buen partido para que sus hermanas y su madre siguieran vistiendo ropa de última moda, y para costear el mantenimiento de la elegante mansión situada en Ponce de León. El señor Calverson tenía más dinero del que ella podría llegar a gastar, así que costaba entender por qué estaba dispuesta a arriesgarlo todo con tal de tener una aventura con su antiguo prometido.

–El banco no tiene problemas, ¿verdad? –le preguntó a Kenny mientras este la llevaba a casa en su calesa.

–¿Qué? No, por supuesto que no. ¿Por qué lo preguntas?

–Por nada en concreto, es que estaba preguntándome si es solvente.

–El señor Calverson lo ha dirigido muy bien desde que vino a vivir aquí hace un par de años, salta a la vista que es un hombre próspero.

Eso era cierto, pero resultaba un poco extraño que un hombre que se había criado en una granja hubiera amasado semejante fortuna en tan poco tiempo. Aunque la verdad era que tenía acceso a asesoramiento en cuestión de inversiones, y ejecutaba los préstamos de tierras, casas, y otros bienes.

–Nuestro señor Hawthorn estaba mirándote ceñudo –comentó Kenny.

–Me ha ofendido mientras íbamos en su carruaje.

Su amigo tiró de las riendas de forma automática al oír aquello, y el caballo protestó con un sonoro relincho.

–¡Iré a hablar con él!

–Kenny, querido, no me refiero a esa clase de ofensa. El señor Hawthorn jamás se ensuciaría las manos conmigo. Me refiero a que hemos tenido un desacuerdo, nada más.

–¿Sobre qué?

–No puedo hablar del tema.

–Es fácil de adivinar, todo el mundo sabe que babea por la esposa del presidente del banco. Cuesta creer que no muestre un poco más de dignidad.

–La gente enamorada suele perder la dignidad con aparente facilidad, y ella estuvo comprometida con él antes de casarse con el señor Calverson.

–Si está arriesgando su nidito de oro para verse con John a espaldas de su marido, a lo mejor es cierto que hay problemas de dinero. Esa mujer es muy lista.

–Si John la ama...

–Un escándalo le hundiría en Atlanta, por no hablar del buen nombre de la dama. Los familiares de Diane siempre han sido unos avariciosos, pero jamás han causado ni un solo escándalo.

Claire recordó lo que había pasado cuando John había regresado herido y había descubierto que Diane se había casado. Había sido una época terrible para él, se había mostrado estoico e inabordable durante toda su convalecencia. Ella había ido a visitarle al hospital con el tío Will, consciente de todo lo que se rumoreaba sobre su compromiso roto, y no era de extrañar que una jovencita de dieciocho años empezara a enamorarse de aquel soldado herido que soportaba el dolor con tanta valentía y que había recibido una medalla al valor.

–Debe de ser terrible perder a alguien a quien se ama tanto –lo comentó pensando tanto en él como en sí misma, que ya llevaba casi dos años amándolo...

–Va a venir un circo a la ciudad, ¿te apetece ir conmigo este sábado?

–Me encantaría –le contestó, sonriente.

–Le pediré permiso a tu tío –su rostro entero se había iluminado.

Claire no le dijo que su tío era demasiado moderno para esa clase de cosas, ni que ella consideraba que no necesitaba el permiso de nadie para hacer lo que le diera la gana. Kenny era amable y sencillo, y la ayudaba a dejar de pensar en John. Cualquier cosa que lograra distraerla merecía la pena.

Kenny le comentó lo del sábado al tío Will, que acababa de arreglar un radiador que goteaba, y se marchó mientras Claire iba a cambiarse de ropa; después de ponerse falda, blusa y zapatos limpios le dio el vestido manchado de barro a Gertie, que suspiró y comentó con ojos chispeantes:

–Tiene un don para manchar la ropa, señorita Claire.

–Intento mantenerme limpia, pero el destino me persigue con una escoba.

–Y que lo diga. Haré lo que pueda con el vestido... por cierto, el domingo no estaré aquí. He quedado con mi padre en la estación, vamos a ir a una reunión familiar.

–¿Cómo está tu padre? –Gordon Mills Jackson era un abogado africano muy conocido y respetado en Chicago.

–Tan incorregible y taimado como siempre –admitió Gertie, con una carcajada–. Y mi hermano y yo nos sentimos muy, pero que muy orgullosos de él. Salvó a un granjero de la horca hace unos meses, se enfrentó al gentío que quería lincharle. El hombre era inocente, y papá le defendió con éxito.

–Algún día llegará a ser juez de la Corte Suprema.

–Eso esperamos. ¿Se las arreglará sola el domingo, o quiere que busque a alguien que pueda venir a cocinar?

–Me las arreglaré sola. Me enseñaste a hacer pollo guisado, y no tendré reparos en matar yo misma al pollo.

Gertie no parecía demasiado convencida, y comentó:

–Me parece que será mejor que deje que su tío se encargue de eso, es mucho más rápido que usted.

–Tengo que ir aprendiendo a hacerlo mejor.

–Él ya sabe hacerlo bien; además, usted ya tardará bastante en desplumarlo y prepararlo para el guiso.

–Sí, supongo que tienes razón.

–En un par de horas tendré lista la comida, ¿no hay ningún invitado?

–No, Kenny tenía que irse a trabajar. Solo seremos mi tío y yo.

Se fue a la cochera, y le preguntó a su tío:

–Ya estoy lista, ¿necesitas que te eche una mano?

Él salió de debajo del morro del coche antes de contestar:

–¡Aleluya, llegas justo a tiempo! He tenido que arreglar una fuga del radiador. Pásame primero una llave inglesa y esos manguitos, y después necesito que me traigas las bujías nuevas.

Tardaron unas dos horas en tener la nueva pieza en su sitio, las bujías instaladas y el ajuste del encendido adecuado. El tío Will tuvo que sacar una de las bujías y trastear un poco hasta que consiguió que encajara bien, pero para cuando llegó la hora de la comida el motor funcionaba a la perfección.

–¡Funciona, has conseguido ponerlo en marcha! –exclamó, entusiasmada.

Él se puso de pie, y sus labios se curvaron en una enorme sonrisa bajo el grueso bigote plateado. Era un hombre de manos grandes, y al pasárselas por la cabeza había manchado de grasa su pelo blanco.

–¡Sí señor, claro que lo he conseguido! ¡Y gracias a ti, muchacha! Qué suerte tuve el día que viniste a vivir aquí, no tenía ni idea de que lograría hacer de ti una mecánica tan fantástica.

Ella hizo una reverencia sin prestar la más mínima atención a los manchones de grasa que tenía en la blusa y en la cara, y contestó sonriente:

–Gracias.

–Que no se te suba a la cabeza, no has puesto el último tornillo al volver a colocar el carburador.

–¡Es que Gertie me ha interrumpido!

–¡Eso, écheme la culpa a mí! –exclamó la mujer desde el porche.

–No escuches a escondidas –le contestó Claire.

–No lo haré si dejan de hablar de mí. La comida está lista.

Claire sacudió la cabeza al verla regresar a la casa, y comentó:

–Es increíble, siempre sabe cuándo estoy echándole la culpa por algún...

–Vamos a dar una vuelta –le dijo su tío, antes de que pudiera terminar la frase.

–Está diluviando, y Gertie ya tiene la comida en la mesa.

Él suspiró enfurruñado, y exclamó:

–¡Qué mala suerte, justo cuando consigo tenerlo todo a punto! ¿Por qué no hacen techos para automóviles?

Después de comer, Claire y su tío fueron a sentarse al saloncito mientras la lluvia seguía cayendo con fuerza en el exterior, y él le preguntó de repente:

–¿Por qué te ha traído Kenny?, ¿dónde está la calesa?

Ella respiró hondo antes de contestar.

–El caballo pasó por encima de un piedra que no vi, y el eje se rompió. No te preocupes, repararlo no costará demasiado...

Su tío encorvó los hombros, y murmuró cabizbajo:

–Cielos, y yo he gastado todo lo que nos quedaba en la pieza nueva para el automóvil, ¿verdad? –alzó la mirada, y exclamó–: ¡Espera, tengo una idea! Podemos vender el caballo y la calesa, ¡ya tenemos un vehículo sin tracción animal que funciona bien!

–Sí, es verdad.

–En la tienda venden la gasolina barata, así que el mantenimiento no será demasiado caro; además, el dinero extra de la venta servirá para pagar lo que queda de la hipoteca de la casa –su rostro se iluminó, y añadió ilusionado–: Nuestros problemas se han acabado, querida mía. Está todo solucio... –se detuvo de repente, y su rostro adquirió un extraño tono macilento. Se aferró el brazo izquierdo con la mano, y soltó una pequeña carcajada antes de comentar–: Qué raro, se me ha dormido el brazo y me duele mucho el... el... el cue... –la miró con la mirada perdida, y de repente se desplomó hacia delante y quedó tendido sobre la alfombra.

Claire se acercó a él a toda prisa con manos temblorosas y ojos que reflejaban el miedo que sentía, ya que se dio cuenta de inmediato de que no se trataba de un simple desmayo. Su tío estaba inmóvil y macilento, no respiraba, pero lo peor de todo era que tenía los ojos abiertos y las pupilas fijas y dilatadas. Ella había visto morir a perros, gatos y pollos a lo largo de su vida, así que sabía de primera mano lo que estaba pasando...

CAPÍTULO 2

La vida de Claire cambió para siempre en cuestión de dos horas. Su tío no volvió a recobrar la consciencia, aunque el médico había llegado en cuestión de minutos tras su desesperada llamada telefónica desde la casa de un vecino.

El doctor Houston le pasó el brazo por los hombros en un paternal gesto de consuelo, y le dijo con voz suave:

–Lo siento mucho, Claire. Al menos ha sido rápido, él no se ha dado cuenta de nada –al ver que ella se limitaba a mirarlo con ojos vidriosos, se volvió hacia el ama de llaves, que permanecía callada y solemne a un lado, y le pidió con calma–: Gertie, por favor, ve a por una sábana para cubrirlo.

La mujer asintió, y regresó en un abrir y cerrar de ojos con una prístina sábana blanca. Se acercó a Will, y le tapó con gran cuidado y cariño mientras luchaba por contener las lágrimas.

Aquel pequeño acto fue lo que fijó en la mente de Claire la realidad de lo que había pasado. Se secó con las manos las lágrimas que le inundaban los ojos, y susurró sollozante:

–Pero si estaba muy sano, nunca le había pasado nada. Ni siquiera se resfriaba.

–A veces pasan estas cosas –le dijo el médico–. ¿Tienes algún pariente, muchacha? ¿Hay alguien que pueda venir a ayudarte con el papeleo del testamento?

Ella lo miró con la mente en blanco durante unos segundos, y al final alcanzó a contestar:

–Solo nos teníamos el... el uno al otro. El tío Will nunca se casó, y era el único pariente con vida de mi padre. De parte de madre tampoco me queda a nadie.

–Gertie... Harry y tú vais a quedaros con ella, ¿verdad?

–Por supuesto –el ama de llaves se acercó a Claire, y la rodeó con los brazos antes de añadir–: Nosotros la cuidaremos.

–Sí, ya lo sé.

El doctor se puso a redactar el certificado de defunción, y para cuando acabó ya habían llegado el forense y un carro ambulancia que se llevó al fallecido al depósito de cadáveres. Fue entonces cuando Claire tomó plena conciencia de su situación. Iba a tener que pagar tanto al médico como a la funeraria, y podría costearlo a duras penas con lo que sacara de la venta de la calesa y del caballo. Seguro que el banco ejecutaba la hipoteca de la casa.

Se sentó en una silla al sentir que le flaqueaban las piernas, y aferró con fuerza el pañuelo. Acababa de perder al único familiar que le quedaba con vida, al tío al que tanto quería, y no tardaría en quedarse arruinada y sin un techo bajo el que cobijarse. ¿Cómo iba a arreglárselas para salir adelante?

Intentó calmarse, y se recordó a sí misma que había dos cosas que se le daban bien: coser ropa y reparar automóviles. Diseñaba y confeccionaba vestidos para ricas damas de la alta sociedad de Atlanta, podía seguir haciéndolo... pero lo de reparar vehículos no iba a servirle de mucho, porque nadie poseía uno en aquella zona.

Los ojos volvieron a llenársele de lágrimas mientras la recorría una nueva oleada de pánico, pero Gertie la calmó al recordarle que apenas tenía rival a la hora de usar hilo, aguja, y la máquina de coser Singer que tenía en la habitación. Ideaba y confeccionaba su propia ropa, y la gente solía pensar que había comprado en tiendas aquellas suntuosas prendas decoradas con elaborados bordados y encajes.

–Usted puede trabajar de modista cuando quiera, señorita Claire –le aseguró el ama de llaves–. Hay tanta demanda que la señora Banning, la modista de Peachtree Street, apenas da abasto. Apuesto a que la contratará sin pensárselo dos veces para que la ayude, me dijo que pensaba que aquel precioso vestido azul lo había encargado en alguna tienda de moda de París; además, está enterada de que usted cose para la señora Evelyn Paine.

Claire se sintió un poco mejor al oír aquello, pero aun así, la posibilidad de conseguir un trabajo y un salario no era más que eso: una mera posibilidad. Le daba miedo el futuro, pero intentó ocultar sus temores.

La casa empezó a llenarse en menos de una hora con la gente que conocía y apreciaba al tío Will, y la ronda de condolencias puso a prueba tanto el orgullo como el autocontrol de Claire. Las mujeres llegaron con platos de comida y postres, jarras de té frío y cafeteras, y Gertie se encargó de organizarlo todo en la cocina.

Kenny Blake llegó pronto y estaba dispuesto a quedarse, pero Claire sabía que su tienda dependía del servicio personal que le ofrecía a sus clientes y que la tenía abierta durante muchas horas, así que le aseguró que estaba bien y le pidió que regresara al trabajo. Las visitas fueron sucediéndose durante todo el día, y a última hora de la tarde apareció en la puerta un rostro familiar pero poco grato.

Claire tenía los ojos enrojecidos cuando les dio la bienvenida al señor Eli Calverson, el presidente del banco, y a su esposa, una hermosa y elegante rubia.

–Lamentamos mucho tu pérdida, querida –Diane Calverson hablaba con una dicción culta y refinada. Extendió hacia ella su mano enfundada en un prístino guante blanco, y añadió–: ¡Qué tragedia tan terrible e inesperada, hemos venido en cuanto nos hemos enterado!

–No te preocupes por nada, muchacha –apostilló el señor Calverson, mientras la tomaba de las manos–. Nos aseguraremos de que la casa se venda al precio más alto posible, para que quede un poco para ti.

Claire se quedó mirándolo con la mente en blanco, y lo único que se le pasó por la cabeza fue que aquel hombre tenía los ojos más fríos que había visto en su vida.

–Y también podemos contar con ese infernal automóvil de tu tío, quizás logremos encontrar un comprador...

–No voy a venderlo. La calesa y el caballo están en la caballeriza y sí que están en venta, pero no voy a desprenderme del automóvil de mi tío.

–Aún es pronto para tomar decisiones, querida. Estoy convencido de que cambiarás de opinión –le aseguró el banquero con petulancia–. Ah, ahí está Sanders... Diane, quédate charlando con la señorita Lang mientras voy a hablar con él. Hace tiempo que le tiene el ojo echado a esta casa.

–Espere un momento...

Calverson se marchó antes de que Claire pudiera formular su protesta, y Diane comentó con languidez:

–No te preocupes, querida. Déjales los negocios a los hombres, las mujeres no estamos hechas para lidiar con esos asuntos tan complejos –echó un vistazo a su alrededor antes de añadir–: Pobrecita, qué lugar tan mísero... y ni siquiera tienes un vestido decente, ¿verdad?

Claire había estado tan abrumada, que ni siquiera había pensado en cambiarse y seguía llevando la ropa sencilla que se había puesto para trabajar en el taller con su tío, pero en su habitación tenía vestidos que dejarían por los suelos el atuendo parisino que llevaba aquella mujer.

–Acaba de fallecer mi tío, señora Calverson. No me he parado a pensar en la ropa.

–Para mí no hay nada tan importante como ir bien vestida

en cualquier circunstancia. Deberías ir a cambiarte antes de que venga más gente, Claire.

Ella se la quedó mirando sin saber cómo reaccionar, y no pudo evitar alzar un poco la voz al contestar:

–Mi tío ha muerto hace unas horas, no creo que la ropa importe en este momento.

Diane se ruborizó al ver que varias personas se volvían a mirarlas. Hizo un pequeño gesto de nerviosismo con la mano, y soltó una risita antes de decir en tono conciliador:

–Me has malinterpretado, Claire. No pretendía menospreciar tu ropa, y menos aún en circunstancias tan tristes.

–Claro que no –apostilló John con voz suave, al detenerse junto a ellas.

Claire ni siquiera le había visto llegar, y el corazón le dio un brinco al verle a pesar del dolor que la atenazaba.

Él la miró con preocupación, y tomó a Diane del brazo antes de añadir:

–Lamento mucho lo de tu tío, y estoy convencido de que Diane también. Seguro que solo estaba intentando aconsejarte porque se preocupa por ti.

Claire contempló aquel rostro delgado y duro, y deseó con todas sus fuerzas que a ella también la defendiera con tanto celo. Anhelaba apoyar la cabeza en su hombro y desahogarse llorando, pero el hecho de que él pareciera reservar su apoyo para Diane contribuyó a hundirla aún más.

–No he malinterpretado ni una sola palabra... ni un gesto –lo último lo añadió tras lanzar una mirada elocuente hacia la mano que él tenía apoyada en el brazo de Diane.

La pareja pareció incomodarse ante aquella clara indirecta, y John se apresuró a apartarse un poco de la dama; aun así, el señor Calverson se había percatado del detalle y se acercó de inmediato.

–Ven, querida, quiero presentarte a un cliente del banco –

la tomó del brazo con una mirada que hablaba por sí sola, y le dijo a John con voz gélida–: Si nos disculpas...

Claire esperó a que se alejaran un poco antes de susurrar:

–Me parece que tendrías que andarte con cuidado, el señor Calverson no está ciego.

Él la fulminó con la mirada antes de decir con rigidez:

–Ten cuidado, no soy un perrito faldero como tu amiguito de la tienda de ropa.

Ella se indignó al oírle hablar así de Kenny, que era un amor pero distaba mucho de ser un hombre de acción, y alzó la barbilla con actitud desafiante.

–¿Tú también quieres atacarme? Venga, hazlo. Diane ya se ha metido con mi ropa, y su marido está muy atareado intentando vender mi casa para que tu banco no pierda ni un penique de los préstamos que le concedió al tío Will. ¿No tienes ningún comentario hiriente para mí? Sería una lástima que perdieras esta oportunidad, ¡hay que aprovechar para machacar a los que ya están medio hundidos! –el temple de sus palabras contrastaba de pleno con el temblor de su voz y las lágrimas que empañaban sus ojos grises–. Discúlpame, no me siento bien –añadió, con voz ronca, antes de alejarse a toda prisa.

Salió del salón, y apoyó la frente contra la fresca pared del vestíbulo mientras luchaba por contener las náuseas. Había sido un día largo y terrible. De repente oyó que la puerta del salón se abría a su espalda, pero las voces de la gente quedaron sofocadas de nuevo cuando volvió a cerrarse. Alguien se le acercó, una mano firme le agarró el brazo y la instó a que se volviera, y unos brazos fuertes y cálidos la apretaron contra un pecho cubierto de áspera tela. Sintió bajo el oído el tranquilizador y rítmico latido de un corazón, y respiró hondo el aroma de aquella familiar colonia masculina mientras se rendía ante la necesidad de sentirse reconfortada. Había pasado mucho tiempo desde que su tío la había abrazado así tras la muerte de sus padres, a lo largo de su vida la habían consolado en escasas ocasiones.

–Pobrecita mía –susurró John contra su sien, mientras le acariciaba la nuca para tranquilizarla–. Eso es, llora hasta que deje de dolerte tanto –la abrazó con más fuerza contra su cuerpo antes de añadir–: Aférrate a mí.

Ella jamás le había oído hablar con tanta ternura, y le resultó tanto reconfortante como excitante. Se apretó más contra él y dio rienda suelta a las lágrimas, lloró de dolor, miedo y soledad en brazos del hombre al que amaba. A pesar de saber que estaba tratándola así por pena, era maravilloso estar entre sus brazos.

Cuando él le ofreció un pañuelo, se secó los ojos y se sonó la nariz. Con John se sentía pequeña y frágil, y le gustaba sentir el contacto de su cuerpo alto y musculoso. Se apartó de él con suavidad al cabo de un momento, y dijo cabizbaja y llorosa:

–Gracias, ¿puedo preguntar qué es lo que te ha impulsado a consolar al enemigo?

El esbozó una pequeña sonrisa al admitir:

–Me sentía culpable... y no soy tu enemigo, Claire. No tendría que haberte hablado así, ya has tenido suficiente por hoy.

Ella alzó la mirada, y le espetó con sequedad:

–Sí, más que suficiente.

–Estás cansada, deja que el médico te dé un poco de láudano para que puedas dormir.

–No necesito tus consejos, dudo que hayas sufrido la pérdida de algún ser querido.

Él se puso rígido al recordar a sus hermanos menores, la frenética búsqueda de los cuerpos en las aguas gélidas y la angustia de tener que decirle a su padre que habían muerto, pero se obligó a dejar a un lado aquellos dolorosos recuerdos y contestó con brusquedad:

–Estás muy equivocada, pero la pérdida forma parte de la vida y hay que aprender a sobrellevarla.

–Mi tío era todo lo que me quedaba –estrujó con fuerza el pañuelo y le miró a los ojos antes de añadir–: De no ser por él habría acabado en un orfanato o en una casa de acogida... ha sido tan repentino, que ni siquiera he tenido tiempo de despedirme de él –los ojos volvieron a escocerle ante una nueva oleada de lágrimas.

Él le alzó la barbilla con suavidad antes de decir:

–La muerte no es un final, sino un principio. No te tortures, tienes por delante un futuro al que vas a tener que hacer frente.

–Hay que darse un tiempo de duelo.

–Por supuesto –le apartó un mechón de pelo de la frente, y al ver que tenía un manchón de grasa le quitó el pañuelo de la mano y se lo limpió–. Manchas de grasa y faldas sucias... necesitas que alguien cuide de ti, Claire.

–No empieces a sermonearme –mascullό, antes de arrebatarle el pañuelo.

Él sacudió la cabeza, y sus labios se curvaron en algo parecido a una sonrisa.

–No has crecido nada. Will tendría que haberse dedicado a presentarte a jóvenes y a llevarte a fiestas en vez de enseñarte a reparar motores, acabarás siendo una solterona cubierta de grasa.

–¡Prefiero eso a convertirme en la esclava de un hombre, no aspiro a casarme! –le espetó ella con indignación.

–¿Ni siquiera conmigo? –sonrió de oreja a oreja al ver que se ponía roja como un tomate.

–No, no quiero casarme contigo –lo dijo con rigidez, pero su carácter juguetón resurgió por un instante y añadió–: Eres demasiado vanidoso, y soy demasiado buena para ti.

Él soltó una pequeña carcajada antes de comentar:

–Esa lengua tuya es afilada como un cuchillo, ¿verdad? –

respiró hondo, y le dio un suave toquecito en la mejilla–. Sobrevivirás, Claire, nunca fuiste una debilucha. Pero espero que acudas a mí si necesitas ayuda, Will era amigo mío y tú también lo eres. No me gusta que estés sola y sin amigos, en especial cuando se venda la casa –vio la expresión de temor que apareció en su rostro, y supo de inmediato a qué se debía.

–No soy dueña de nada, ¿verdad? El tío Will mencionó que había pedido otro préstamo...

–Sí, el banco va a tener que ejecutar la hipoteca y vender la casa. Tú recibirás lo que quede después de pagar las deudas de tu tío, pero dudo que sea gran cosa. También vas a tener que vender el automóvil.

–Ni hablar.

–Tendrás que hacerlo, Claire.

–¡No tienes derecho a decirme lo que tengo que hacer, no eres ni mi banquero ni mi amigo!

–Claro que soy tu amigo, lo admitas o no. El señor Calverson no va a pensar en tus intereses.

–¿Y tú sí?, ¿piensas ir en contra de los intereses de tu jefe?

–Por supuesto que sí, si es necesario.

Aquellas palabras la tomaron desprevenida, y fijó la mirada en su cara corbata; por alguna razón que no alcanzaba a entender, siempre se había mostrado muy protector con ella.

–No estoy dispuesta a vender el automóvil en ningún caso.

–¿Qué piensas hacer con él?

–Conducirlo, por supuesto –sus ojos se iluminaron, y alzó la mirada de nuevo–. ¡No hace falta que lo venda, puedo alquilárselo a empresarios y trabajar de chófer! ¡Voy a abrir un negocio!

–Eres una mujer –alcanzó a decir, boquiabierto.

–Sí.

–No esperarás que apruebe una idea tan descabellada, ¿verdad? –le espetó con exasperación.

Ella se irguió cuan alta era, pero no le sirvió de gran cosa, porque él seguía siendo mucho más alto.

–Haré lo que me plazca. Tengo que ganarme la vida como pueda, no tengo ninguna fuente de ingresos.

John la contempló con una expresión de lo más extraña. Había varias cosas que tenía cada vez más claras, y una de las principales era que estaba a punto de convertirse en objeto de escándalo por culpa de Diane. Su esposo era muy suspicaz, y si lo que le había dicho Claire era cierto, la gente ya había empezado a murmurar. No podía permitir que el buen nombre de Diane quedara en entredicho.

Por otra parte, Claire no estaba nada mal... tenía agallas y un endemoniado sentido del humor, un buen corazón y modales aceptables, y por regla general disfrutaba mucho estando con ella. Tenía una debilidad por ella que jamás había sentido por ninguna otra mujer, y por si fuera poco, ella le idolatraba.

–Podrías casarte conmigo, así tendrías tanto un marido que se encargaría de defender tus intereses como un techo bajo el que cobijarte.

Claire sintió que la tierra se abría a sus pies. Era una sensación muy rara, como si los pies no estuvieran tocando el suelo.

–¿Por qué querrías casarte conmigo?

–Así se resolverían los problemas de los dos, ¿verdad? Tú consigues al marido de tus sueños, y yo me libraré de las murmuraciones que podrían empañar el buen nombre de Diane –lo dijo con un tono de voz ligeramente burlón, y sonrió al ver que se ruborizaba.

Claire se dio cuenta de que solo había hecho referencia al buen nombre de Diane, estaba claro que seguía anteponiendo la reputación de aquella mujer a la suya propia; además, se sintió dolida por aquel comentario tan hiriente sobre lo de «el marido de sus sueños». Era mortificante que supiera lo que sentía por él.

–¿Que me case contigo?, ¡preferiría comerme un estofado de arsénico aderezado con belladona!

Él se limitó a sonreír antes de decir con calma:

–La oferta sigue en pie, pero dejaré que seas tú la que acudas a mí cuando te des cuenta de que es la mejor solución a tu problema.

–¡Saldré adelante conduciendo el coche!

A pesar de su tono beligerante, Claire sabía que no estaba siendo realista. Estuvo a punto de añadir que podría ganarse la vida igual de bien o incluso mejor trabajando de modista, pero como él no tenía ni idea de ese talento en particular, prefirió callárselo por el momento.

–Condúcelo si quieres, pero no olvides que ningún hombre que se precie va a permitir que una mujer le lleve por las calles de Atlanta –se volvió para marcharse, pero la miró por encima del hombro con una pequeña sonrisa y añadió–: Estaré esperando noticias tuyas, Claire. Ven a verme cuando tu situación se vuelva desesperada.

–¡Jamás lo haré! –le espetó, al ver que se marchaba.

Su negativa era una bravuconada, porque en realidad no sabía en qué situación iba a quedar ni las medidas que iba a tener que tomar, pero estaba indignada ante semejante oferta de matrimonio. Había sido tan fría y calculadora, que solo con pensar en ella le daban escalofríos. Era inconcebible que él creyera que estaría dispuesta a aceptar una proposición así, ¡ni siquiera había intentado fingir un poco de calidez y de afecto, aunque fueran falsos!

La actitud de John tenía una única explicación: lo mucho que quería a Diane. No hacía falta que él se lo dijera, tenía claro que amaba a aquella mujer más que a nada y que estaría dispuesto a sacrificarse y casarse con otra con tal de salvarla de los cotilleos.

Le parecía un gesto noble y heroico de su parte, pero el problema radicaba en que ella también tendría que sacrificarse y casarse con un hombre que no la amaba. Era consciente de lo que sentía por Diane, eso era algo que no iba a cambiar. Sería una necia si accediera a casarse con él.

Aunque a lo mejor podría lograr que se enamorara de ella... quizás podría aprender a amarla por el hecho de vivir con ella, de compartir cosas y de tenerla cerca día a día. Y también era posible que se quedara embarazada (se puso roja como un tomate solo con pensarlo), seguro que él sentiría algo por la madre de su hijo, ¿no?

Se apresuró a dejar a un lado aquella idea absurda. Era de sobra sabido que los hombres eran capaces de acostarse con cualquier mujer, así que por mucho que John hiciera el amor con ella, en realidad estaría pensando en Diane. ¿Cómo podría soportar sus besos y sus caricias sabiendo que él deseaba a otra, incluso si esa otra no compartía dicho deseo?

La respuesta era obvia: no podría soportarlo. Lo que tenía que hacer era recoger los pedazos de su destrozada vida y convertirse en una mujer independiente, seguro que había alguna forma de lograrlo. Si el adorado automóvil de su tío no era la respuesta, ya se le ocurriría otra cosa, y el altanero señor Hawthorn tendría que tragarse sus infames propuestas.

Dos semanas después del funeral, Claire se limitaba a ver la vida pasar. Kenny fue a verla una vez y se ofreció a ayudarla en todo lo que le hiciera falta, incluso a podar los setos, pero ella no accedió porque no quería darle esperanzas. Estaba claro que estaba enamoriscado, pero lo que ella sentía por él no era amor, sino simple amistad.

Echaba muchísimo de menos a su tío y ya había empezado a tener problemas de dinero, por lo que no había tenido más remedio que despedir a Gertie y a Harry. Había sido un duro golpe para los tres, y la despedida había estado marcada por las lágrimas y las promesas de permanecer en contacto; por suerte, en la zona se sabía que eran muy buenos trabajadores, así que habían encontrado otro empleo de inmediato y ella se había quitado ese peso de la conciencia.

La casa se había vendido, el señor Calverson le mandó un aviso informándola de que tenía un comprador que quería instalarse en un mes. Ella iba a recibir doscientos dólares de la venta, pero era un dinero que no iba a tardar en desvanecerse, porque tenía que pagar los gastos del funeral.

Había intentado empezar a trabajar de chófer con el automóvil, pero tal y como John Hawthorn había predicho, los hombres adinerados de la zona no acudieron en masa a su puerta para contratar sus servicios; de hecho, la ignoraron abiertamente. En una ocasión salió a dar una vuelta por el barrio en el vehículo, ataviada con el largo guardapolvo blanco, las gafas protectoras y la gorra que solía ponerse su tío, pero unos críos le tiraron piedras y un caballo se asustó tanto al verla llegar que saltó un seto, así que había guardado bajo llave el automóvil en la cochera y no había vuelto a sacarlo.

Se había planteado trabajar en una tienda de costura de la zona, pero la mujer de la que Gertie le había hablado acababa de contratar a una nueva costurera y no necesitaba más ayuda. La única alternativa era vender sus diseños puerta a puerta, o que alguna tienda de ropa la contratara para hacer los arreglos. Había pensado en Kenny, pero no quería diseñar ropa de hombre, y mucho menos encargarse de los arreglos.

Coser en casa era una buena opción, pero en breve iba a quedarse sin un techo. Los pollos y las gallinas eran suyos, pero no sabía dónde iba a meterlos para seguir vendiéndoles los huevos a sus clientes habituales.

John había predicho que acabaría yendo a pedirle ayuda. Estaba a punto de llegar a ese punto, el orgullo era lo único que la detenía... pero el orgullo era muy caro, y estaba quedándose sin dinero a gran velocidad.

Oyó que llamaban a la puerta justo cuando acababa de ponerse la capa y el sombrero, y al ir a abrir vio que se trataba de John. Se le aceleró el corazón al verlo, pero la furia que la inundó dejó atrás a todo lo demás.

–¡Las mujeres dirigen burdeles y casas de huéspedes! ¡Si pueden estar al frente de ese tipo de negocios, pueden encargarse de muchos otros!

Sus airadas palabras debieron de resultarle divertidas, porque él sonrió y contestó en tono de broma:

–¿Tienes pensado abrir un burdel? No te lo aconsejo, al menos en Colbyville –se inclinó hacia ella antes de añadir en voz baja–: Pero prometo ser tu primer cliente si lo haces.

Claire se sonrojó de pies a cabeza al oír aquello y le flaquearon las piernas al imaginarse en la cama con él, pero se recordó con firmeza que él solo estaba bromeando.

–¡Sabes perfectamente bien que no pienso hacer algo así! ¿Qué es lo que quieres?

–He venido a ver cómo estás –su sonrisa se tiñó de preocupación, y la contempló con ojos penetrantes durante unos segundos–. Me he mantenido al corriente a través de tus vecinos, da la impresión de que las cosas no te van demasiado bien en este momento.

–Encontraré trabajo cuando esté preparada –le aseguró, mientras se rodeaba la cintura con los brazos en un gesto defensivo.

–Te han avisado de que tienes que irte de la casa a finales de mes, ¿verdad?

–Sí.

John había dado por sentado que se derrumbaría tras la muerte de su tío y le pediría ayuda, pero no había sido así; de hecho, Claire no le había pedido ayuda a nadie. A aquellas alturas de su vida no se sorprendía con facilidad, pero que fuera tan orgullosa le había tomado desprevenido. Debido a las experiencias del pasado, era muy cínico a la hora de juzgar la naturaleza humana, y recordaba con claridad el momento preciso en que sus ilusiones se habían desvanecido para siempre. Había sido en Cuba, al ver a los prisioneros hacinados como ganado.

Pero peor incluso que ver a aquellos pobres hombres había sido el horror del hundimiento del *Maine* en el puerto de La Habana, dos meses antes de que su unidad partiera hacia Cuba. Sus dos hermanos pequeños iban a bordo de aquel acorazado... había sido él, con su cargo de oficial y sus medallas, quien les había influenciado para que se alistaran, y Rob y Andrew habían acabado muriendo.

Su padre le había insultado en el funeral con una sarta de imprecaciones hasta quedarse literalmente sin aliento. En aquel entonces estaba destinado de forma temporal en Tampa, y su oficial al mando le había concedido un permiso para que regresara a Savannah y asistiera al funeral; poco después, su unidad había partido hacia Cuba al estallar la guerra.

Aún podía oír el llanto de su madre, ver las miradas de conmiseración del hermano y la hermana que le quedaban con vida, sentir la mirada gélida y llena de resentimiento de su padre y oírle decir que jamás volvería a ser bien recibido en aquella casa; más tarde, cuando fue herido y le enviaron a Nueva York al darle de baja en el Ejército, él mismo había solicitado que le ingresaran en un hospital de la zona de Atlanta.

Aún seguía odiando a su padre por haber impedido que su madre fuera a verlo, por no haber permitido siquiera que se carteara con ella durante su convalecencia. Posó la mirada en el rostro de Claire al recordar que ella sí que había ido a visitarlo con frecuencia. Había perdido todo lo que amaba, incluso a Diane, y la presencia de Claire había significado muchísimo para él, pero nunca se lo había dicho.

–¿A qué viene esa cara? –dijo ella de repente.

–¿Qué cara?

–La que has puesto ahora, es como si no te quedara ni la más mínima esperanza.

–¿Creías que era un iluso? –le preguntó, con una carcajada carente de humor.

–Creía que... en fin, da igual. Supongo que cualquier hombre se endurecería al perder lo único que ama en la vida. Lamento lo que dije de Diane, ya sé que no puedes evitar lo que sientes por ella.

Él se echó hacia atrás como si sus palabras le hubieran aguijoneado de verdad, y alcanzó a decir:

–Eres demasiado perceptiva.

–Siempre lo he sido, no tengo amigos íntimos porque a la gente le gusta guardar sus secretos –hizo la admisión con una sonrisa cargada de tristeza.

–Sí, imagino que te cuesta conservarlos.

–A veces –soltó un suspiro pesaroso, y recorrió con la mirada el desierto vestíbulo–. ¿Crees que a los nuevos dueños les hará falta un ama de llaves?

–No, ya tienen su propio servicio. ¿En qué quieres trabajar?

–Solo sé cocinar y limpiar... y reparar automóviles, claro. También coso un poco.

–Todas las mujeres cosen, y saber reparar automóviles no es útil porque hay muy pocos; de hecho, creo recordar que tu tío tenía el único de la zona que funciona con gasolina.

–Algún día habrá muchísimos.

–No lo dudo, pero tú necesitas trabajo ahora mismo.

–El mundo en que vivimos es muy injusto, las mujeres tienen que luchar para que se les permita trabajar en algo que no sea lavar, mecanografiar, coser, o ser dependientas.

John suspiró para sus adentros al recordar que Diane le había dicho con languidez que solo aspiraba a ser una buena esposa. ¿Por qué se había casado con Calverson? Ella misma ya se había dado cuenta del error que había cometido, pero era demasiado tarde... ¡demasiado tarde! Lo que más le dolía era que había sido él quien le había presentado a Calverson cuando había entrado a trabajar por primera vez en el banco, recién salido de Harvard.

–¿Tienes adónde ir, Claire? –la casa ya estaba casi vacía, porque la mayoría de los muebles se habían vendido para pagar facturas.

–Encontraré algún sitio antes de tener que marcharme de aquí.

Lo dijo con rigidez, pero él vislumbró el miedo bajo la coraza de orgullo. Su espíritu luchador e independiente le pareció admirable, estaba claro que no iba a darse por vencida por muy mal que estuviera.

Se metió las manos en los bolsillos, y soltó un sonoro suspiro antes de decirle con total seriedad:

–Cásate conmigo, Claire. Así se solucionarán todos tus problemas y la mayoría de los míos.

Ella se negó a ceder ante la dolorosa emoción que la embargó, y le contestó ceñuda:

–Te dije que no la otra vez, y te lo repito ahora. Solo quieres que sea una tapadera, un camuflaje para poder seguir como si nada con tu mujer casada.

–No me conoces en absoluto, ¿verdad? Venga, dale la vuelta al asunto. ¿Me serías infiel con otro hombre si te casaras conmigo?

–Jamás se me ocurriría hacer algo tan deshonesto.

–Y a mí tampoco –al ver la mirada férrea que se reflejaba en aquellos pálidos ojos grises, se dio cuenta de que solo iba a poder convencerla con la pura verdad–. Vamos a dejar las cosas claras: sí, amo a Diane –se sacó las manos de los bolsillos, y dio un paso hacia ella–. Una parte de mí la amará por siempre, pero está casada y no puedo tenerla de forma honorable, y cualquier otro arreglo destrozaría tanto su reputación como la mía. La única opción sensata que me queda es forjarme una nueva vida. Tú y yo no somos un par de desconocidos, fuimos meros conocidos durante años y en los dos últimos hemos entablado una relación más estrecha. Tienes cualidades que admiro, y aunque el nuestro no sea el matrimonio más apasionado del mundo, creo que encajaremos bien. Los dos estamos de más en el mundo en este momento, Claire.

Aquellas palabras la tomaron por sorpresa. Esperaba que recurriera a palabras persuasivas e incluso a una muestra de pasión para intentar convencerla, pero aquella honestidad tan total había acabado con sus defensas.

Él la contempló de forma deliberada con una mirada penetrante, y enarcó una ceja al verla sonrojarse.

–A lo mejor te gusta estar casada.

–Si me caso contigo, solo será... será en calidad de amigos. No pienso... eh... no puedo...

–No puedes compartir mi lecho –su sonrisa se ensanchó aún más–. De acuerdo, lo dejaremos así de momento.

–¡Para siempre!

–Estás roja como un tomate.

–¡Deja de burlarte de mí! Quiero que me lo prometas, John.

Él se llevó una mano al pecho, y dijo sonriente:

–Prometo con toda sinceridad que no te pediré que hagas nada que te incomode. ¿Te basta con eso?

Ella cedió un poco; al fin y al cabo, estaba haciéndole un enorme favor al ofrecerle la protección de su apellido y la seguridad de un hogar.

–Es que no quiero ser la sustituta de Diane –admitió en voz baja.

–Te entiendo, y espero que siempre seas igual de sincera conmigo; por mi parte, te prometo que jamás te mentiré. Creo que nos llevaremos bien.

Al ver la seriedad y la intensidad que se reflejaba en sus ojos oscuros, Claire soltó un suspiro y admitió:

–Todo esto me parece un poco descabellado.

–Puede que con el tiempo resulte ser una bendición para

los dos. ¿Qué clase de anillo prefieres?, ¿qué te parece si dejamos boquiabierta a toda la gente de Atlanta y nos casamos a finales de mes?

–¿A finales de mes?, ¡se armaría un escándalo!

–Sí, puede que sí, pero un escándalo positivo.

–¿Quién va a entregarme en la ceremonia? –se mordisqueó el labio y le miró con expresión interrogante sin darse cuenta de que estaba capitulando–. Seguro que tú tienes familia, ¿crees que querrán asistir?

–Mis parientes viven lejos de aquí, no van a poder venir –le contestó él con rigidez. No quería contarle por qué no podía invitarles a la boda.

–Ah. Bueno, tendré que ir sola al altar.

–Serás una novia preciosa, Claire. Te prometo que va a ser una boda muy sencilla, solo asistirán las personas necesarias.

Ella no le dio más vueltas al asunto en ese momento; por alguna extraña razón, no se le ocurrió pensar en quiénes serían esas «personas necesarias»... y para cuando se dio cuenta, ya era demasiado tarde.

CAPÍTULO 3

Como Claire había estado tan unida a su tío y se había centrado tanto en ayudarle, nunca había intentado entablar amistad con las escasas mujeres solteras de la zona. Notó profundamente ese vacío cuando una emocionadísima Gertie la ayudó a prepararse para la boda, pero al menos tenía a alguien a quien consideraba como de su familia en el acontecimiento más importante de su joven vida.

–Ojalá pudiera verla ahora su tío, señorita Claire. Está preciosa.

–Claro, porque el velo me cubre la cara –le contestó ella, sonriente, en tono de broma.

No llevaba un vestido de novia tradicional, sino uno muy elaborado de seda blanca y encaje. Lo había confeccionado ella misma para la puesta de largo de una debutante que había decidido a última hora que no lo quería, y como era de su talla, había tenido el acierto de quedárselo. Llevaba también un voluminoso sombrero blanco con velo, y un pequeño ramo de flores otoñales que Gertie había recogido y atado con un lazo plateado y encaje blanco, así que era la viva estampa de una novia moderna.

–Sabe perfectamente bien que no me refería a eso –la reprendió Gertie con voz suave, mientras le ponía bien uno de los pliegues de la larga falda con vuelo–. Bueno, está perfecta. El señor John va a sentirse muy orgulloso al verla.

«El señor John» la había visto fugazmente en la puerta principal, y a ella no le había dado la impresión de que se sintiera nada orgulloso. Se había mostrado muy atento y cortés a lo largo de las tres últimas semanas, la había llevado a recitales de poesía y conciertos cada noche y había sido un acompañante encantador, pero a pesar de que el afecto que sentía por ella era tan evidente como siempre, la cosa no había ido más allá. La pura verdad era que no había nada más.

No había habido ni besos ni el más mínimo esfuerzo de que la relación avanzara más allá de la amistad, y en ese preciso día, poco antes de que se celebrara la ceremonia, parecía angustiado... se preguntó temerosa si él sería capaz de echarse atrás en medio de la boda, y se imaginó a sí misma quedándose plantada en el altar.

–¡Le tiemblan las manos! –Gertie se las cubrió con las suyas para calentárselas, y añadió–: No se ponga nerviosa, muchacha, le aseguro que estar casada tiene muchas cosas buenas. Harry y yo llevamos treinta años juntos y hemos sido muy felices, ya verá como usted también lo será.

Claire alzó la mirada hacia aquellos ojos rebosantes de cariño y buen humor, y contestó sin inflexión alguna en la voz:

–Sí, pero Harry te quiere.

Gertie se mordió el labio antes de asegurarle con voz suave:

–Hay veces en que el amor llega después.

–Y otras veces no llega nunca –le recordó ella, al recordar que John había invitado a los Calverson a la boda.

A lo mejor le preocupaba que algunos de los asistentes estuvieran en la boda por curiosidad, por los chismorreos que le relacionaban con Diane... claro, seguro que estaba tan taciturno por eso, y no porque estuviera arrepentido de haberle propuesto matrimonio... si no se convencía a sí misma de que él estaba contento con la boda, iba a volverse loca.

Lo cierto era que John estaba intentando no mirar a Diane, no ver lo hermosa y elegante que estaba con un espectacular vestido blanco y negro. Parecía demacrada a pesar de la sonrisa que no abandonaba su rostro, y su marido estaba muy serio.

Estaba preocupado por ella desde el día del funeral del tío de Claire, porque Eli se había mostrado cortante con ella y hostil con él; aun así, a pesar de lo mucho que anhelaba hablar con ella para averiguar si su marido la maltrataba a causa de los rumores, no se había atrevido a acercársele por miedo a empeorar aún más la situación.

Y justo ese día, en un instante en que se habían quedado solos en el fondo de la iglesia, ella le había mirado con ojos llorosos y le había agarrado de la manga para instarlo a que la siguiera hasta una sala lateral.

–¡Jamás pensé que serías capaz de hacerlo, John! ¡No lo hagas...! ¡Por favor, no lo hagas! –le había suplicado, mientras se aferraba desesperada a sus brazos–. ¡No puedes casarte, no puedes! Me equivoqué, admito que cometí un terrible error. Me casé para hacerte daño, nada más, pero ¿qué pasaría si mi matrimonio se rompiera de repente y tú estuvieras atado a Claire? ¡Tienes que detener la boda!

–¿De qué estás hablando? –la había agarrado con fuerza de los brazos, y había añadido con rigidez–: Sigues siendo mi amiga...

Ella se había envalentonado aún más al ver el fuego que se reflejaba en sus ojos. Se había apretado contra su cuerpo hasta apoyar todo su peso en él, y había alzado la cabeza antes de admitir:

–Lo que quiero no es amistad, ¡te amo!

Oír aquellas palabras le había dejado sin aliento.

–Pero si me dijiste que...

–¡Te mentí! La situación era tan terrible que intenté facilitarte un poco las cosas, pero ahora no puedo permanecer callada. Debo decir toda la verdad. No puedes seguir adelante con la boda, John. Estoy dispuesta a prometerte lo que sea, cualquier cosa, si te echas atrás y sales de la iglesia –lo había mirado incitante, y había susurrado con tono seductor–: Te daré lo que tú quieras, querido...

Él había tenido ganas de echarse a gritar. Los ojos de Diane le prometían el paraíso, y sus labios... se había inclinado hacia ellos como arrastrado por cuerdas invisibles, pero de repente había tomado conciencia de nuevo de quién era él, de quién era ella y de dónde estaban.

Se había echado hacia atrás poco a poco, con renuencia y el labio superior perlado de sudor, y había dicho con aspereza:

–Ya es demasiado tarde.

–¡No, puedes echarte atrás!

–¿Cómo? –la angustia que se reflejaba en aquel rostro tan hermoso le había desgarrado por dentro. Diane le amaba, seguía amándolo... ¡y él estaba a punto de casarse!–. Media Atlanta está ahí fuera, Diane. ¡No puedo hacerlo!

Ella lo había mirado a través de una cortina de lágrimas antes de exclamar:

–¡Fui una necia, no me di cuenta de lo mucho que te amo hasta hace poco! No hay razón alguna para que tú también eches a perder tu vida. ¡No la amas a ella, me amas a mí!

–Ya lo sé –lo había admitido con un gemido lleno de dolor, y le había agarrado las manos con fuerza mientras sus ojos negros la miraban con adoración–. ¡Te amo más que a mi vida!

Ella se había apretado aún más contra su cuerpo, y había susurrado con apremio:

–Puede que mi matrimonio no dure mucho más. No puedo decir nada más al respecto, pero es muy posible que quede libre antes de lo que crees. Tienes que detener la boda, no puede haber dos cónyuges entre nosotros. Debo decirte algo sobre Eli... –se había apartado de golpe de él al ver que su marido se acercaba por el pasillo, y para cuando Calverson había llegado junto a ellos, ella ya estaba riendo como si nada.

A John le había parecido sorprendente que fuera capaz de recobrarse con tanta rapidez, porque a él le había costado mucho más esfuerzo.

–¡Qué historia tan graciosa, John! ¡Tienes que contársela a Eli! –había exclamado ella, mientras se secaba los ojos.

Calverson se había relajado al verla llorar de risa, y había contestado con naturalidad:

–Después, querida. Este muchacho tiene que casarse –sin más, la había tomado del brazo y había salido con ella al pasillo.

Mientras se alejaba con su marido, Diane le había lanzado una mirada por encima del hombro con ojos suplicantes y llenos de desesperación, y John aún seguía luchando por aclararse las ideas. Ella llevaba semanas sin dirigirle la palabra, pero justo en el día de su boda le declaraba su amor y le suplicaba que no se casara, le prometía que podían tener un futuro juntos e insinuaba que... ¿el qué? Y él, que la amaba y acababa de saber a ciencia cierta que ella sentía lo mismo, estaba a punto de casarse con otra. Ya les separaba una barrera, su matrimonio con Calverson, y él estaba creando otra más.

¿Iba a casarse con Claire a pesar de que no la amaba? Buscó con la mirada los ojos de Diane, que estaba al otro lado de la sala, y ella esbozó una sonrisa triste pero tranquilizadora al verle tan acongojado. Se obligó a dejar de mirarla, el tormento era demasiado grande. Diane era su amor, su vida, y estaba a punto de perderla para siempre porque estaba empeñado en evitar que la gente chismorreara sobre ella y porque Claire le daba lástima. ¿Por qué no se había dado cuenta a tiempo de hasta qué punto estaría atado si se casaba? No tenía ni idea de que existía la posibilidad de que el matrimonio de Diane se rompiera, y se enteraba justo cuando ya era demasiado tarde. Él no podría divorciarse con rapidez de Claire ni pedir la anulación del matrimonio ni en el caso de que Diane quedara libre de repente, porque eso daría pie al doble de chismorreos... aunque tendrían la opción de marcharse lejos...

Se dijo que aún estaba a tiempo, que podía parar aquello en ese mismo momento. Podía ir a ver a Claire, decirle que se había precipitado, que por mucho que lamentara la situación en la que se encontraba tras la muerte de su tío, no la amaba y no podía casarse con ella... ¡sí, claro que podía hacerlo!

Lo cierto era que llegó a intentarlo. Fue a su encuentro cuando ella entró en la iglesia, abrumado por la maraña de sentimientos que se arremolinaban en su interior, y ella le contempló con una mirada límpida y directa, con ojos en los que brillaba algo parecido a la adoración y el rostro ruborizado de dicha.

Abrió los labios para pronunciar las palabras que acabarían con aquella farsa, pero fue incapaz de hacerlo al ver aquellos dulces ojos grises a través del velo. Se quedó allí plantado, enmudecido. Parecía tan pura, tan dulce e inocente... tan enamorada, se dijo con amargura.

De repente, la mera idea de lastimarla le resultó insoportable.

–¿Le... le pasa algo a mi vestido? –le preguntó ella con preocupación.

–No –fue una respuesta cortante, y al mirar por encima del hombro hacia la gente que abarrotaba la iglesia resopló con impotencia–. Espera a que empiece la música –lo dijo con rigidez y regresó por el pasillo hacia el altar, hacia el sacerdote que esperaba ya para casarles.

Estaba avergonzado de sí mismo, la lástima no era una excusa para casarse. Su corazón siempre le pertenecería a Diane, y en ese momento más que nunca.

Se preguntó angustiado si llegaría a olvidar alguna vez la confesión que ella acababa de hacerle, el tormento que había visto en aquellos hermosos ojos. ¿Cómo se le había ocurrido casarse con Claire si un simple préstamo habría bastado? La cordura no había llegado a tiempo de salvarle, no podía salir de la iglesia ante la mirada de la mitad de los habitantes más prominentes de Atlanta. El escándalo hundiría tanto su vida como la de Claire, no tenía más remedio que seguir adelante con la boda.

Claire empezó a avanzar sola por el pasillo de la iglesia cuando empezó a sonar la música. No tenía a nadie que la entregara, ni damas de honor ni invitados personales; a pesar de ser una boda, el ambiente se asemejaba más al de un funeral. John parecía enfadado, desdichado, y a través del velo alcanzó a ver que Diane estaba mirándolo con expresión tensa y contenida. Estaba claro que seguía sintiendo algo por él... y un instante después vio la mirada llena de impotencia que John le lanzó a aquella mujer, vio el tormento que se reflejaba en sus ojos negros.

Se detuvo junto a su futuro marido con el corazón martilleándole en el pecho, y apenas fue consciente de que el sacerdote iniciaba la ceremonia. John estaba enamorado de Diane, y a juzgar por cómo le miraba ella, estaba claro que el sentimiento era recíproco. ¡Diane también le amaba!

Se sintió atrapada, víctima de sus propios sentimientos... al igual que John de los suyos. Estaba enamorada de él, pero jamás bastaría con eso. Aunque John viviera con ella, incluso en el caso hipotético de que llegaran a hacer el amor y a tener hijos, él seguiría soñando con Diane, amándola y deseándola cada minuto de su vida... y viceversa.

Iba a ser un triunfo vacío y un matrimonio baldío y carente de sentimientos, pero había estado tan abrumada por el dolor de la pérdida de su tío y por el amor imposible que sentía hacia John, que se había dado cuenta demasiado tarde.

El sacerdote le preguntó a John si la tomaba por esposa, y él contestó que sí con voz seca y forzada.

Claire vaciló cuando le tocó el turno de responder, pero al ver que John le agarraba con fuerza la mano se sonrojó y contestó que sí de forma instintiva. Él le puso el anillo en el dedo, y el sacerdote dio por finalizada la ceremonia y dio permiso para que el novio besara a la novia.

Se sintió aliviada al ver que John no la dejaba en evidencia y cumplía con la tradición, pero al alzarle el velo la miró con una expresión que reflejaba lo tenso que estaba. Se inclinó hacia ella, y sus labios firmes rozaron apenas los suyos... fue un beso muy diferente al que ella había anhelado, al beso con el que había soñado y que había deseado con todo su ser.

La tomó del brazo y avanzaron por el pasillo de la iglesia mientras oían las felicitaciones y las muestras de alegría de los invitados, que se habían puesto en pie. John miró a la mujer a la que acababa de tomar por esposa, y el corazón se le heló al ver lo abatida que estaba. Salió con ella de la iglesia sin volver la vista atrás ni una sola vez.

Llegaron al apartamento de John bastante tarde tras el animado banquete de boda. Claire habría disfrutado en otras circunstancias, pero Diane se había comportado como una doliente y las sonrisas forzadas de John le habían crispado los nervios, así que había acabado deshecha.

Era un apartamento bonito situado en Peachtree Street, en el piso superior de una enorme casa victoriana. El barrio era muy agradable, había árboles tanto a lo largo de la calle como en el jardín delantero de la casa, y ella deseó que no fuera tan de noche para poder verlo todo con más detenimiento. John le había comentado que tenía una cochera donde podría guardar el automóvil de su tío, y decidió que iría a echarle un vistazo al día siguiente.

Vaciló por un instante al entrar en el apartamento y recorrió con la mirada los sofás y las sillas de diseño, las cortinas que cubrían las ventanas, el cenicero que contenía un puro a medio fumar y la chimenea, que estaba encendida; a pesar de estar tan al sur del país, algunas noches de septiembre eran bastante frías.

Él se dirigió hacia una de las puertas que había en el salón, y giró el pomo de cristal antes de decir con voz apagada:

–Este será tu dormitorio.

Ella entró sin decir palabra en la habitación, que era pequeña pero estaba bien decorada. La cama blanca estaba cubierta con un cobertor de damasco, había un aguamanil con su jarra de agua y su palangana, un tocador con espejo, y un armario. Iba a tener de todo... menos un marido, claro.

–Gracias por no pedirme que compartamos la misma habitación –le dijo con voz queda, sin atreverse a mirarle.

–No me importa lo más mínimo, el nuestro no es un matrimonio normal –dio un puñetazo contra el armario en un arrebato de furia y culpabilidad, y el dolor le proporcionó una pequeña satisfacción–. ¡Esto ha sido una insensatez!

Se volvió a mirarla, y Claire se sintió herida en lo más hondo al ver la amargura y la angustia que se reflejaban en aquellos ojos negros. Se aferró con fuerza a la cortina de encaje, y le recordó con voz cortante:

–Yo no te he obligado a nada, fuiste tú el que me convenciste de que sería por el bien de los dos.

Él logró controlar sus emociones a duras penas antes de admitir:

–Eso es cierto, pero vamos a arrepentirnos toda la vida de haber dado este paso –cerró los ojos, y tardó unos segundos en volver a abrirlos. Se sentía como si hubiera envejecido veinte años de golpe.

Ella no supo qué contestar al verle tan hundido, y finalmente fue él quien rompió el silencio al añadir:

–En fin, ya está hecho y tendremos que arreglárnoslas lo mejor que podamos. No hace falta que nos veamos mucho, tú puedes encargarte de mantener el apartamento limpio y yo seguiré yendo al banco a diario. Suelo quedarme a trabajar hasta tarde muchos días, incluso los sábados. Tendremos que ir juntos a misa los domingos, y a veces voy a jugar al tenis a mi club.

Estaba claro que no quería que lo acompañara, que quería verla lo menos posible, así que hizo acopio de su maltrecho orgullo y contestó con la frente en alto:

–Me gustaría traer el automóvil de mi tío.

Él soltó un sonoro suspiro y se limitó a decir:

–Bueno, si insistes... –no tenía ganas de discutir, seguía sin poder quitarse de la mente la imagen de los hermosos ojos de Diane inundados de lágrimas.

–Sí, sí que insisto. Y también quiero mi bicicleta.

–No sabía que tuvieras una.

–La mayoría de muchachas tienen una hoy en día. Ir en bicicleta es un ejercicio muy beneficioso, en el pueblo hay un club ciclista.

–Es peligroso –le preocupaba que tuviera actividades tan descabelladas–. Una ciclista se hirió al caerse en una carrera, y tengo entendido que hay una ciudad como mínimo donde es ilegal ir en bicicleta de noche a menos que se lleve una iluminación apropiada para no asustar a los caballos.

–Estoy enterada de todo eso, John. Voy a cumplir con todas las normas, y en cualquier caso, no monto de noche.

Él se metió las manos en los bolsillos y la contempló en silencio al darse cuenta de que la verdad era que no la conocía lo más mínimo. Sí, era su amiga, pero también era una desconocida con la que iba a compartir su vida en adelante, y a pesar de que no iban a tener un matrimonio en el pleno sentido de la palabra, no estaba seguro de hasta qué punto iba a gustarle aquella situación.

La propia Claire estaba pensando más o menos lo mismo, a pesar de lo mucho que le amaba.

–¿Hay agua corriente?

–Por supuesto, el baño está al fondo del pasillo. La cocina está a tu disposición, pero la señora Dobbs se encarga de cocinar. Puedes consultarle el menú y pedirle que te haga lo que te apetezca, es muy complaciente.

–De acuerdo –se quitó el sombrero, y volvió a clavar en la tela el alfiler de perlas con el que se lo había sujetado al pelo.

Sin la prenda parecía frágil y muy joven, y a John le dolió verla así. Ella no tenía la culpa de nada... se sintió mal al darse cuenta de lo decepcionada que debía de sentirse por cómo había trascurrido aquel día. Él no había intentado siquiera facilitarle las cosas; de hecho, se había mostrado hostil gran parte del tiempo por lo que Diane le había dicho, por la expresión de angustia que había visto en su hermoso rostro. El dolor le resultaba casi insoportable.

–Lo siento, John. En la boda me he dado cuenta de que querías echarte atrás cuando ya era demasiado tarde. No habías pensado la cosas con calma, ¿verdad?

Estaba claro que no tenía sentido intentar mentir, así que soltó un suspiro pesaroso y se limitó a decir:

–Lo que pensara o dejara de pensar carece de importancia a estas alturas, Claire. Debemos amoldarnos a las circunstancias y seguir adelante lo mejor posible.

Ella tuvo ganas de echarse a reír como una histérica, pero sabía que sería una reacción inútil. Contempló pesarosa aquel rostro tan apuesto y tan amado. Tenía por delante una vida estéril y sin amor, una vida en la que lo único que cabía esperar de él era resentimiento y tolerancia. Había sido una locura por parte de los dos llegar a un acuerdo tan descabellado.

–¿Por qué te has casado conmigo si aún la amas a ella? –las palabras salieron de su boca antes de que se diera cuenta de que iba a pronunciarlas.

–Por lo que tú misma has dicho, porque no pensé las cosas con calma. Me dabas lástima, y puede que también me tuviera lástima a mí mismo. ¿Qué más dan nuestros sentimientos? Ella está casada y yo también, y ninguno de los dos es tan mezquino como para quebrantar los votos que hemos hecho ante Dios –se sentía hundido, resignado, derrotado. Le dio la espalda antes de añadir–: Pienso irme a dormir pronto, te sugiero que hagas lo mismo.

–Sí, creo que será lo mejor. Buenas noches.

Él se sentía tan culpable, que fue incapaz de volverse a mirarla antes de salir de la habitación.

Más tarde, sola en la oscuridad, Claire dio rienda suelta a las lágrimas. Había depositado grandes expectativas en aquel matrimonio, pero todo se había desmoronado al darse cuenta de que su marido estaba lleno de arrepentimiento y amargura. A lo mejor las cosas habrían sido distintas si Diane no hubiera asistido a la boda, pero al final había acabado unida a John en un matrimonio que él no deseaba, y ya era demasiado tarde para remediarlo. El divorcio era una posibilidad que no quería ni plantearse, porque ninguna mujer quería vivir con semejante estigma, pero un matrimonio baldío y sin amor iba a ser mucho peor. No iba a haber besos ni placer mutuo, ni siquiera el consuelo de tener un hijo.

Se llevó el puño a la boca para sofocar otra oleada de lágrimas, y se dijo que tenía que dejar de llorar. Todo el mundo tenía sueños rotos, pero daba la impresión de que en su vida habían ido sucediéndose uno tras otro en los últimos tiempos.

Claire ya estaba de mejor ánimo para cuando llegó el viernes, porque había acabado de limpiar la cochera que había tras el edificio y ya podía guardar allí el automóvil. Le había costado bastante conseguir el permiso de la señora Dobbs, la dueña de la casa; al igual que muchos otros, le daban miedo las invenciones nuevas, sobre todo las que se autopropulsaban.

Le pidió al cochero de John que la llevara a la casa que había pertenecido a su tío, y limpió un poco el vehículo antes de subir y ponerse las gafas protectoras. Un vecino había tenido la amabilidad de ayudarla a atar la bicicleta a la parte trasera, y sin más dilación dijo adiós con la mano y se puso en marcha.

Fue como si acabaran de liberarla de golpe. Sonrió de oreja a oreja mientras recorría las polvorientas calles hacia Atlanta a toda velocidad, sentada en el asiento elevado del vehículo y ataviada con el guardapolvo largo, las gafas y la gorra que completaban el atuendo que solía usar su tío al conducir. Las prendas le quedaban un poco grandes, pero gobernaba el vehículo con soltura. Cada vez que veía un carruaje reducía la velocidad un poco, porque los caballos se ponían nerviosos al oír que se acercaba el coche y no quería causar un accidente. Los atropellos con carruajes descontrolados causaban bastantes muertes, pero no solo se debía a los automóviles, sino al hecho de que la gente compraba sin saberlo caballos que no eran de tiro. Había que saber seleccionar un animal adecuado.

La caricia del viento en la cara hizo que riera por primera vez en la semana que llevaba de casada. John la ignoraba por completo, solo se veía obligado a prestarle algo de atención a la hora del desayuno y de la cena porque compartían la mesa con la señora Dobbs. La anciana no era consciente de la verdad, así que solía bromear y soltar claras indirectas sobre el tema de ampliar la familia con hijos.

Daba la impresión de que a John no le molestaban aquellos comentarios bienintencionados (de hecho, siempre estaba tan circunspecto, que daba la impresión de que ni siquiera los oía), pero a ella la incomodaban mucho. Resultaba agotador tener que fingir a todas horas.

Pero en ese momento, mientras circulaba como una bala por los caminos a unos treinta kilómetros por hora, no tenía que fingir ni preocuparse por las apariencias. Estaba tan tapada con el atuendo que llevaba, que ni siquiera sus conocidos la habrían reconocido, y se sentía libre, poderosa e invencible; al ver que no había vehículos en el camino y tenía vía libre, soltó una exclamación de entusiasmo y aceleró aún más.

El coche tenía un elegante salpicadero curvo y ruedas de radios, y el conductor controlaba la dirección con una larga palanca de mando que surgía de la caja que había entre las ruedas delanteras. El motor estaba entre las ruedas posteriores, y la caja de cambios bajo el pequeño asiento.

En ese momento iba como la seda por los caminos de tierra, pero Claire había tenido que lidiar junto a su tío con la multitud de problemas que habían ido surgiendo casi a diario: el carburador tenía tendencia a calentarse demasiado, así que había que pararse cada kilómetro y medio más o menos para dejar que se enfriara; la banda de transmisión se rompía con una regularidad exasperante; había que lubricar con aceite los cojinetes para evitar que el sobrecalentamiento se extendiera a los aros del pistón y se estropearan las bujías, y por si fuera poco, los frenos solían tener problemas.

Pero el motor funcionaba a las mil maravillas durante cortos periodos de tiempo a pesar de todos esos pequeños dolores de cabeza puntuales, y ella se sentía en la cima del mundo mientras conducía.

Le encantaba conducir por Atlanta, dejar atrás las tartanas y los pesados carruajes. Era una ciudad cargada de historia, y ella misma había vivido las recientes celebraciones de 1898: la primera había sido la reunión de la Unión de Veteranos Confederados en julio, en la que los antiguos combatientes habían desfilado por Peachtree Street vestidos de uniforme ante cerca de cinco mil asistentes.

Se le había quedado grabada en la memoria la imagen del

general Gordon, inmóvil bajo la lluvia a lomos de su imponente caballo negro mientras el desfile pasaba frente a él, en el trigésimo cuarto aniversario de la batalla de Atlanta. Había sido un momento tan emocionante, que a ella se le habían saltado las lágrimas.

Los periódicos norteños habían tratado el desfile con desprecio, como si los sureños no tuvieran derecho a mostrar respeto hacia hombres normales y corrientes que habían muerto defendiendo sus hogares en una guerra que, en opinión de muchos, habían desencadenado los adinerados hacendados que no querían renunciar a sus esclavos por pura codicia.

Pero la controversia había amainado en diciembre del mismo año, cuando se había celebrado en Atlanta el Jubileo de la Paz en conmemoración a la victoria norteamericana en la guerra de Cuba. Ella había alcanzado a ver al presidente William McKinley, que había asistido a las celebraciones, y al ir a ver a John al hospital le había contado lo emocionante que había sido ver juntos a los veteranos de la Confederación y de la Unión.

De hecho, aquel mismo mes de julio su tío y ella habían ido junto con John a un hotel donde se celebraba una reunión de veteranos de ambos bandos, y había sido muy emotivo ver cómo aquellos viejos enemigos rememoraban lo sucedido e intentaban enterrar el pasado.

El trayecto de regreso a casa en el automóvil se le hizo muy corto, en un abrir y cerrar de ojos ya estaba rodeando la enorme casa victoriana de la señora Dobbs camino de la cochera y aparcando con cuidado. Frunció la nariz al notar el olor a gasolina y a aceite, y agitó la mano para despejar un poco el ambiente.

Era consciente de que se había manchado tanto el guardapolvo de su tío como la cara, pero bajó como si nada y le dio unas palmaditas cariñosas al asiento de aquella criatura mecánica a la que amaba con todo su corazón.

–Bien hecho, Chester. Por fin estás en casa, después vendré a limpiarte las bujías –hizo una mueca al ver las cuerdas que sujetaban la bicicleta, y añadió en voz baja–: Supongo que tendré que traer un cuchillo para soltarla.

Era muy improbable que John la ayudara a deshacer los intrincados nudos marineros que había hecho el vecino del tío Will, porque nunca pasaba tiempo con ella; de hecho, solía mostrarse especialmente esquivo por la noche, tras la jornada laboral.

Después de cerrar la puerta de la cochera, se dirigió hacia la parte posterior de la casa mientras iba quitándose el guardapolvo y las gafas protectoras. Aceleró el paso mientras iba camino del apartamento de John, que estaba en el piso de arriba, porque no quería que la vieran con aquellas fachas. Tenía la falda y la blusa manchadas de polvo y grasa, la cara sucia, y se había despeinado por culpa de las gafas y la gorra.

Sus esperanzas de pasar desapercibida se desvanecieron de golpe cuando llegó al vestíbulo y se encontró de improviso con su marido, que estaba acompañado de dos caballeros trajeados.

Por un momento, dio la impresión de que él no la reconocía... no, aún peor: de que no quería reconocerla. Sus ojos negros se oscurecieron aún más, y respiró hondo de forma visible antes de decir:

–Hola, Claire. Ven a conocer a Edgar Hall y Michael Corbin, dos compañeros de trabajo. Caballeros, os presento a mi esposa Claire.

–Encantada –lo dijo sonriente, y alargó la mano. Ninguno de los dos se mostró reacio a estrechársela, a pesar de lo sucia que la tenía–. Disculpen mi aspecto, acabo de traer el automóvil de mi tío desde Colbyville. He pasado casi toda la mañana fuera.

–¿Lo conduce usted, señora Hawthorn? –le preguntó uno de los dos, claramente sorprendido.

–Sí, mi tío me enseñó –no ocultó lo orgullosa que se sentía por ello.

El hombre le lanzó a John una mirada más que elocuente antes de comentar:

–Qué... eh... interesante e inusual.

–¿Verdad que sí? Si me disculpan, debo subir a asearme.

–Sí, será lo mejor –apostilló John, que parecía estar conteniendo las ganas de añadir algo más.

Ella se apresuró a subir, mortificada al ver que la miraban como si fuera un bicho raro, y al llegar al rellano de arriba oyó que uno de los hombres decía a su espalda:

–No es recomendable permitir que tu esposa conduzca esa cosa, John. ¿Qué va a decir la gente?

Aquellas palabras la indignaron, y no esperó a oír lo que contestaba su marido. Los hombres eran unos necios, se escandalizaban si a una mujer se le ocurría quitarse el delantal y hacer algo inteligente... ¡pues ella iba a hacer lo que le diera la gana, así que su marido ya podía prepararse para llevarse más de una sorpresa!

Su valentía duró hasta que John entró en el apartamento y cerró la puerta con una firmeza y una rigidez que la pusieron nerviosa.

–No quiero que conduzcas ese cacharro por la ciudad –le espetó él con voz cortante.

–¿Porque no es propio de una dama y a tus amigos no les parece bien? –le contestó, retadora y con ojos relampagueantes.

–Porque ese endemoniado trasto es peligroso, no vuelvas a conducirlo sola.

–No te pongas gallito, haré lo que me dé la gana. No soy tu esclava ni tu propiedad.

–Eres mi esposa, por mucho que me pese, y tengo la responsabilidad de cuidarte. ¡Ese artilugio es una trampa mortal!

–¡Es igual de peligroso que un caballo, y la opinión de tus amigos no me importa lo más mínimo!

–A mí tampoco. Lo que me preocupa no es la opinión de los demás, sino tu seguridad.

–¿Lo dices en serio?

–Sí; además, no quiero que la gente hable de ti –lo admitió con voz más serena, y la miró a los ojos antes de añadir–: Hay que mantener cierto decoro, Claire. Ahora tienes una posición social más elevada que cuando vivías con tu tío, así que vas a tener que ceder un poco.

Ella sintió que el alma se le caía a los pies al darse cuenta de que los días de libertad de su juventud parecían haber muerto junto con su tío. ¿Cómo iba a soportar una vida tan tediosa después de los maravillosos años que había pasado junto a su alocado tío?

Se aferró al respaldo de un elegante sillón al sentir que le flaqueaban las piernas, y solo alcanzó a decir:

–Ya veo.

En ese momento vio con claridad el giro tan radical que había dado su vida, y el impacto fue tremendo; y por si fuera poco, también se dio cuenta de la diferencia de actitud de su esposo... seguro que no habría sido así de autoritario con Diane, que no habría protestado siquiera si a aquella mujer se le hubiera antojado circular desnuda en un coche por las calles de Atlanta.

Pero la diferencia radicaba en que a Diane la amaba, y por ella solo se preocupaba porque no quería que pusiera en peligro su buen nombre. Él no quería que su esposa diera pie a chismorreos que pudieran avivar aún más los que ya había.

John se sintió culpable al verla empalidecer de golpe, y soltó un sonoro suspiro antes de decir:

–En un matrimonio como el nuestro hay que hacer ciertos sacrificios.

–Claro, pero soy yo la que tiene que hacerlos mientras tú

sigues como siempre, trabajando quince horas al día y penando por Diane.

Aquel ataque le tomó desprevenido.

–¡Maldita sea, Claire!

Ella tuvo la impresión de que estaba viéndole implosionar, pero no se dejó amilanar por su mirada fulminante ni por su actitud amenazadora. Alzó la barbilla en un gesto de rebeldía, y dio un paso hacia él sin miedo alguno.

–¿Quieres golpearme? Adelante, hazlo. No me das miedo, haz lo que te dé la gana. He perdido a mi tío, mi hogar y mi independencia, pero aún me quedan mi orgullo y mi amor propio, y jamás podrás arrebatármelos por mucho que lo intentes.

–Yo no agredo a mujeres, pero no pienso permitir que sigas yendo sola en ese automóvil. Como vuelvas a intentarlo, le rajaré las ruedas a ese condenado trasto.

–¡John!

Él esbozó una sonrisa gélida antes de decir:

–¿Crees que por trabajar en un banco no reacciono como cualquier hombre si me enfado? Llevé uniforme durante varios años después de licenciarme en La Ciudadela, antes de entrar en Harvard. Cuando volví a alistarme y luché en Cuba ya estaba trabajando en el banco, pero hubo una época en que jamás me planteé una vida al margen del Ejército. Aprendí a habituarme a ser un civil porque no tuve más remedio, igual que tú acabarás amoldándote a la vida de la alta sociedad. No quiero que haya más habladurías sobre nosotros.

Ella tuvo la sensación de que estaba ante un desconocido, era la primera vez que le hablaba así. Tuvo que carraspear un poco para aclararse la garganta antes de decir con voz carente de inflexión:

–Tenía que traer a Chester, ¿no?

–¿Quién es Chester?

–Mi automóvil.

John contuvo una sonrisa, porque era una mujer peculiar... tenía agallas y podía mostrarse quisquillosa, pero le daba un nombre a una máquina.

–De acuerdo, no volveré a conducirlo –fue como si estuviera renunciando a una parte de sí misma; al parecer, iba a tener que reprimir su propia personalidad como pago por tener un hogar–. Supongo que puedo conformarme con ir en bici.

–No hace falta que te lo tomes tan a pecho. Lo único que te pido es que dejes de comportarte como una niñita a la que le gusta entretenerse con juguetes peligrosos, y empieces a tener el comportamiento que se espera de la esposa del vicepresidente de uno de los bancos más prestigiosos del Sur.

–Un automóvil no es ningún juguete –le espetó ella con indignación.

–Para ti sí que lo es. Da la impresión de que tienes mucho tiempo libre, ¿por qué no lo empleas en cultivar amistades, haer visitas, o comprarte ropa nueva? Ahora vives en la ciudad, ya no tienes que dar de comer a las gallinas ni lavar la ropa como una pueblerina.

En otras palabras: tenía que comportarse como si estuviera a la altura del vicepresidente de un banco, de un hombre que había estudiado en Harvard. En ese momento sintió que le detestaba con todas sus fuerzas, y contestó con actitud altanera:

–Intentaré estar a la altura de mi ilustre marido –añadió una teatral reverencia para rematar.

Tuvo la impresión de que él estaba a punto de soltar una sarta de imprecaciones, pero como no estaba dispuesta a oír más sandeces, se fue a toda prisa a su dormitorio y cerró de un portazo... aunque al cabo de un momento volvió a abrir, acalorada, y dijo furibunda:

–Quiero que quede claro que he traído a Chester desde Colbyville junto con la bicicleta para ahorrarte los gastos de transporte, y que no tengo intención alguna de aterrorizar a Atlanta ni de escandalizar a tus amigos con él. ¡A partir de ahora iré en la calesa! –sin más, volvió a cerrar de un portazo.

John se quedó mirando la puerta cerrada sin saber cómo reaccionar. La actitud de Claire le había hecho gracia, estaba claro que era una mujer con genio... encajaba a la perfección con él en muchos aspectos, lástima que ya estuviera enamorado de Diane.

En realidad no le molestaba que se entretuviera con el automóvil, pero quería que lo hiciera cuando él estuviera presente para protegerla de su tendencia a ser temeraria; además, tenía que aprender a amoldarse al estilo de vida que él llevaba, le iría bien que la amansaran un poco...

A pesar de todo, tuvo que contener el fuerte impulso de entrar en su dormitorio para continuar la discusión. Claire le resultaba muy estimulante cuando estaba enfadada, ¿sería igual de apasionada en la cama que a la hora de discutir? Quizás algún día se sintiera impelido a averiguarlo.

CAPÍTULO 4

Después de pasarse toda la noche en vela, Claire llegó a la conclusión de que quizás le beneficiaría acceder a los deseos de su marido y convertirse en una dama modélica de la alta sociedad.

Jamás le había interesado ascender en el escalafón social, pero lo cierto era que conocía a varios miembros de la élite de Atlanta... y el más prominente de todos ellos era la señora Evelyn Paine, la esposa del magnate ferroviario Bruce Paine. Fue a verla temprano por la mañana, con las dos tarjetas de visita de rigor en la mano (una para Evelyn y otra para su marido, tal y como dictaba la costumbre), pero como Evelyn estaba en casa, no tuvo que entregarle las tarjetas a la doncella.

Las tarjetas solo se entregaban si el señor o la señora de la casa no estaban disponibles, y en la mayoría de ellas se detallaba los horarios en los que el portador estaría libre para recibir visitas; en su caso, sabía de antemano que Evelyn siempre recibía visitas aquel día de la semana.

La hicieron entrar en el saloncito, y le sirvieron café y pastelitos. Su anfitriona estaba reclinada en un diván tapizado de satén, ataviada con un caro y precioso vestido de seda y encaje. Se habían conocido por mediación del tío Will y en otras circunstancias habrían llegado a ser íntimas amigas, porque tenían muchas cosas en común, pero ella no había intentado ahondar en aquella amistad porque las dos tenían posiciones sociales diferentes; aun así, Evelyn le había encargado que le diseñara y le confeccionara un buen número de vestidos al descubrir lo habilidosa que era con el hilo y la aguja.

Ella jamás había utilizado su relación con Evelyn para abrirse puertas, pero en ese momento se sentía obligada a acudir a alguien que pudiera ayudarla, que la guiara para poder ocupar el puesto que le correspondía en calidad de esposa de un banquero; por mucho que John no la quisiera como una esposa de verdad, estaba decidida a demostrarle que no era una pusilánime y que valía tanto como cualquiera de sus encopetados amigos, incluyendo a su adorada Diane.

–Qué placer tan inesperado verte, querida –comentó Evelyn, con una sonrisa indolente–. Iba a ir a verte para pedirte que me diseñaras algo especial para el baile navideño en la mansión del gobernador. Faltan cerca de tres meses, así que estoy dándote tiempo de sobra.

–Seguro que podré idear algo muy especial con un plazo tan amplio.

–¿En qué puedo ayudarte?

Claire aferró con fuerza su bolso al admitir:

–Deseo entrar en algunas asociaciones. Trabajaré duro y no me importa tener que pedirles donaciones a desconocidos, prepararé pasteles y comida, estaré en los puestos de los mercadillos benéficos... estoy dispuesta a hacer lo que sea, dentro de unos límites razonables.

Evelyn se incorporó hasta apoyarse sobre un codo antes de contestar:

–Pareces muy desesperada, querida. ¿Puedo preguntar a qué se debe este súbito arranque de ambición?

–Quiero que mi marido se sienta orgulloso de mí.

–¡Qué objetivo tan loable! –Evelyn se sentó en el diván, y

se desperezó con languidez antes de añadir con una sonrisita traviesa–: Conozco a miembros de varios comités y siempre necesitan a gente, así que cuenta conmigo. Me encargaré de presentarte a las personas clave.

–Gracias.

–No hace falta que me lo agradezcas, las mujeres debemos apoyarnos las unas a las otras.

Claire no tardó en convertirse en una mujer muy solicitada. Estaba atareada desde la mañana hasta bien tarde cocinando para las ventas benéficas, seleccionando ropa y objetos de segunda mano para donaciones, y enrollando vendajes junto a su grupo eclesiástico para mandarlos en Navidad a las tropas que estaban destinadas tanto en Filipinas como en China.

También mantenía el apartamento limpio como una patena, y procuraba ayudar a cocinar a la señora Dobbs siempre que podía... esto último se sentía obligada a hacerlo, ya que a menudo tenía que pedirle a la casera que le dejara usar el horno para preparar lo que donaba a las asociaciones con las que colaboraba.

Las damas que iban a tomar el té con Claire eran la élite de la alta sociedad de Atlanta, y la señora Dobbs estaba tan impresionada, que había empezado a vestir con ropa más formal e incluso la ayudaba a servir el té con su mejor vajilla de plata.

–Debo admitir que estoy muy impresionada al ver la gente con la que se codea últimamente, Claire. ¡Quién me iba a decir a mí que la esposa de Bruce Paine vendría a mi casa! Los dos pertenecen a familias fundadoras de la ciudad, y se relacionan con gente como los Astor y los Vanderbilt.

–Hace años que conozco a Evelyn. Es una persona encantadora, pero jamás intenté entablar una amistad más estrecha con ella por razones obvias.

–Pero las cosas han cambiado a raíz de su matrimonio, porque el señor Hawthorn es muy adinerado y ocupa el puesto que ocupa en el banco.

Claire no estaba al tanto de la situación económica de John, porque a pesar de que nunca parecía faltarle el dinero, jamás hablaba con ella del tema de las finanzas. Lo que sí que estaba claro era que tenía un puesto importante en el banco.

–Sí, ya lo sé. Por eso he puesto tanto empeño en entrar en los círculos adecuados, porque no quiero que se avergüence de mí.

–Nadie podría avergonzarse de una joven tan trabajadora y encantadora como usted, querida –le aseguró la mujer.

Claire se ruborizó al oír aquellas palabras de apoyo, lo cierto era que la señora Dobbs siempre lograba animarla. Menos mal que la mujer no estaba en casa el día en que había llegado con el automóvil, y John y sus dos compañeros de trabajo la habían visto sucia y desastrada.

–Usted sí que es encantadora, señora Dobbs. Gracias por darme tanta libertad en su casa.

–Ha sido un placer. La verdad es que me encanta probar la comida que prepara para sus donaciones, ¿dónde aprendió a cocinar tan bien?

–Me enseñó el ama de llaves de mi tío, es una cocinera fantástica... de las de «una pizca de esto, y un toque de lo otro».

–Yo soy todo lo contrario, no puedo cocinar sin saber las cantidades exactas –la casera se interrumpió al oír que llamaban a la puerta, y añadió sonriente–: Ya han llegado las visitas, voy a abrir.

Evelyn llegó acompañada de dos de sus amigas, Jane Corley y Emma Hawks. Claire les dio la bienvenida y les presentó a la señora Dobbs, que las saludó encantada y fue sonriente a por el té.

Más tarde, después de tomar té con pastas, Evelyn sacó de

la carpeta de cuero que llevaba un papel donde había un vestido dibujado y se lo dio a Claire.

–No soy diseñadora, pero esta es la idea aproximada de lo que quiero para el baile. ¿Qué te parece?

–Es muy bonito –Claire lo observó en silencio mientras empezaba a pensar en las telas y los adornos que podría emplear, y al cabo de unos segundos añadió–: Esto de aquí hay que eliminarlo, Evelyn. Con un peplo parecerá que tienes las caderas muy anchas, y no es así.

–Tienes razón, no me había dado cuenta.

Claire sacó un lápiz de un pequeño cuenco de cerámica que había sobre la mesita auxiliar, borró algunas cosas, y trazó varias modificaciones rápidas en el dibujo ante la fascinada mirada de su amiga.

–Si añadimos un volante a la falda, justo aquí... ten, ya está. ¿Qué te parece? Debe ser en negro, por supuesto, ribeteado en plata y con el cuerpo adornado con cuentas negras.

Evelyn se había quedado sin palabras, y al final alcanzó a decir:

–Es una maravilla, una verdadera maravilla.

–Nunca había visto algo tan hermoso –apostilló Emma Hawkes, maravillada–. Compro toda mi ropa en París, pero este vestido es... es extraordinario. ¡Tienes un talento asombroso, Claire!

–Gracias.

–Sí, es justo lo que quiero. No me importa lo que valga –se apresuró a asegurarle Evelyn.

–Yo creo que sí que te importará, va a salirte bastante caro –le dijo Claire, en tono de broma.

–Ningún vestido digno del baile del embajador saldría barato.

Emma se mordisqueó el labio, y la miró con indecisión antes de preguntar:

–Supongo que confeccionar el vestido de Evelyn va a acaparar todo tu tiempo, ¿verdad?

–En absoluto.

–¿Podrías hacerme uno a mí? –su rostro entero se había iluminado de entusiasmo.

–¡Yo también quiero uno! –apostilló Jane.

–¡Pero no con el mismo diseño que el mío! –exclamó Evelyn.

Claire sonrió al ver la expresión de consternación de su amiga, y la tranquilizó de inmediato.

–Por supuesto que no, cada vestido será individualizado y pensado para su dueña. Me pondré a trabajar en los diseños, y podríais venir el viernes para darles el visto bueno. ¿Qué os parece la idea?

–Fantástica –lo dijeron las tres al unísono, sonrientes y llenas de excitación.

A Claire apenas le quedó tiempo libre tras comprometerse a diseñar los tres vestidos. Cuando no estaba cocinando o colaborando con alguna causa benéfica, estaba atareada en su habitación con la máquina de coser y kilómetros y kilómetros de tela, cosiendo como una loca para poder cumplir con el plazo. Con John no coincidía casi nunca, y teniendo en cuenta la última conversación que habían tenido, prefería no verle, porque aún seguía dolida por sus críticas.

Él había estado evitándola tras la discusión, pero un viernes llegó pronto a casa y al ver que tenía la puerta de la habitación abierta se asomó a saludarla... y se llevó una sorpresa enorme.

–¿Qué demonios estás haciendo? –le preguntó, con voz cortante.

Ella estaba cosiendo una enagua para el vestido de Evelyn, y se alegró de tener el resto de la ropa oculto en el armario. No quería que John se enterara de que tenía su propia fuente de ingresos al margen del dinero que él le entregaba para los gastos de la casa, porque su independencia era sagrada y no estaba dispuesta a compartir aquella información con el enemigo.

–Estoy haciéndome un vestido –le contestó con calma.

–Ya no vives con tu tío, no tienes que conformarte con ropa hecha en casa. Ve a comprarte lo que quieras a la tienda de Rich, tengo una cuenta abierta allí.

–Me gusta coserme mis propias cosas.

Él la recorrió con la mirada y dijo en tono burlón:

–Sí, ya lo veo, pero no debes ir por la ciudad vestida así.

Claire se indignó aún más al ver su actitud. El sencillo vestido azul que llevaba puesto ya estaba bastante viejo y descolorido, pero resultaba muy cómodo para trabajar. Decidió airada que iba a hacerse uno para el baile del gobernador... ¡uno tan espectacular, que su maridito iba a quedarse con la boca abierta!

–¿Por qué parte de la ciudad sugieres que vaya? Nos casamos hace un mes, y no me has sacado a pasear ni una sola vez.

–¿Ya ha pasado un mes?

–Sí, pero parece que hace mucho más –se apartó un mechón de pelo de la cara, y añadió con voz apagada–: Si no te importa, estoy bastante ocupada. Seguro que tienes que asistir a algún evento de alto copete, o ir a alguna cena de negocios.

Él se apoyó en el marco de la puerta y la contempló en silencio, le costaba creer que ya hubiera pasado un mes. Ella se había mantenido apartada de su vida, últimamente nunca la encontraba en el apartamento cuando la buscaba. Había dado por hecho que estaría comprando, pero no parecía tener ropa nueva... la tela que estaba cosiendo no parecía para un vestido, sino para una combinación o algo así.

Recorrió la habitación con la mirada. Estaba limpia y ordenada, pero lo único que revelaba que estaba ocupada era el peine y el espejo de mano que había sobre el tocador, además de una polvera de porcelana y varios joyeros.

–Apenas te veo, Claire.

Ella siguió cosiendo con la máquina, y ni siquiera alzó la mirada de la tela al contestar con voz queda:

–Pues es una suerte, teniendo en cuenta la opinión que tienes tanto de mi ropa como de mí.

Él se metió las manos en los bolsillos, y la tela de los pantalones se tensó contra los poderosos músculos de sus muslos.

–Ya me han hecho varios comentarios sobre el hecho de que no hemos ido juntos a ningún evento social, supongo que deberíamos dejarnos ver más en público.

–¿Por qué?, ¿crees que alguien sospecha que me has asesinado y tienes mi cadáver enterrado en el jardín?

–No sé, a lo mejor tendría que preguntarlo –no pudo evitar esbozar una pequeña sonrisa.

–Estoy a gusto con mi vida tal y como está –sacó la tela de debajo de la aguja, cortó el hilo con unas tijeras de costura, y observó el resultado con ojo crítico.

No se atrevía a alzar la mirada hacia él, porque se le aceleraba el corazón al ver aquel cuerpo alto y poderoso en una postura que denotaba una elegancia innata. Era tan apuesto que la dejaba sin aliento, pero no quería que él se diera cuenta de su reacción. Ya estaba harta de que se burlara de ella por culpa de aquella atracción que no podía evitar.

–¿No te gustaría tener ropa bonita y asistir a fiestas, Claire?

–Jamás he tenido ninguna de las dos cosas, ¿por qué habría de quererlas ahora?

John no tuvo más remedio que darle la razón en eso, ella jamás había tenido demasiados bienes materiales; aun así, las cosas habían cambiado y podía comprarse lo que le apeteciera gracias a él, así que era incomprensible que no estuviera aprovechando la situación. Diane lo habría hecho. Después de casarse con Eli Calverson había salido de compras y en la ciudad aún se hablaba de todo lo que se había gastado.

–Cómprate un vestido nuevo, los Calverson nos han invitado a una fiesta que organizan el próximo sábado; al parecer, Eli piensa que ya has tenido tiempo suficiente para llorar a tu tío y acostumbrarte a estar casada conmigo, y quiere presentarnos a un inversor nuevo y muy importante.

–¿Por qué quiere que le conozcamos nosotros?

–Porque soy el vicepresidente del banco y mantenemos la solvencia gracias a los inversores, Claire. Este caballero es el director de una firma de inversiones, y es muy amigo de Eli. Tengo entendido que es tan rico como Creso.

–Me alegro por él, pero no me apetece ir a casa de los Calverson.

–¡Ya te he dicho que no mantengo ninguna relación con Diane!

–Pero tengo que acompañarte y pasar toda la velada viendo cómo la miras encandilado, ¿verdad? Gracias, pero no.

–Sería mucho mejor que pasar toda la velada aquí, viendo cómo tú me miras encandilada a mí –le espetó él con voz gélida.

Claire lanzó la enagua al suelo, se puso de pie, y sus ojos grises lo fulminaron mientras iba hacia él con paso airado.

–¡No te miro encandilada! De hecho, apenas te veo. No albergo ningún interés oculto por un tipo tan engreído, dominante, y...

John la calló del golpe al agarrarla y atraerla contra su cuerpo; como seguía reclinado contra el marco de la puerta, quedó atrapada entre sus piernas en una posición de lo más íntima mientras la rodeaba con fuerza con los brazos.

La cara que ella puso le hizo tanta gracia, que su enfado se desvaneció y le dijo sonriente:

–No te calles, sigue hablando.

Ella quería hacerlo, pero el corazón le martilleaba con

fuerza en el pecho y le impedía articular palabra. El corpiño emballenado ya le constreñía el pecho de por sí, y con la presión añadida de aquel abrazo apenas podía respirar.

–Suéltame, no puedo... no puedo respirar –protestó, con voz débil, mientras intentaba apartarle.

–Relájate.

–Es por el corsé.

Empujó con todas sus fuerzas y se sintió aliviada al ver que él aflojaba un poco el abrazo, pero se tensó al sentir un placer inesperado cuando él deslizó las manos hacia arriba y le rozó con los dedos la parte baja de los senos, por encima de la camisola de muselina que los cubría sobre el borde superior del corsé.

John estaba observándola con atención, pendiente de cómo reaccionaba ante sus caricias, y alzó un poco más los dedos por su cuerpo antes de decir con voz ronca:

–¿Mejor así?

Claire se dio cuenta de que estaba temblorosa. Se había aferrado a sus brazos musculosos, y seguía sin poder articular palabra. Le flaqueaban las piernas al tenerle tan cerca, al sentir cómo la acariciaba. Le amaba tanto, que el más mínimo contacto era una bendición. Se sentía mortificada por capitular con tanta rapidez, pero no tenía la fuerza de voluntad necesaria para apartarse de él. Anhelaba sus caricias demasiado como para protestar.

Él le rozó la frente con los labios, y se dio cuenta de que estaba debatiéndose contra sí misma.

–Soy tu marido, está bien que disfrutes de mis caricias. Dios sabe que te he dado muy poco desde que nos casamos, y no me cuesta nada darte un poco de placer. Relájate, no voy a hacer nada que pueda asustarte o hacerte daño.

Ella siguió agarrándole los brazos con manos temblorosas. Le habría gustado afirmar que no sentía placer y pedirle que la soltara, pero fue incapaz. En ese momento carecía de orgullo. Gimió angustiada y se dejó llevar por el anhelo de sentir sus caricias, de sentir que la abrazaba y la deseaba.

John la entendía a la perfección, porque a él le pasaba lo mismo con Diane... no podía evitar la pasión que sentía por ella. Su esposa y él se parecían mucho en ese sentido, y le dolió verla sufrir por el deseo que sentía por él. Sintió una sensación extraña, un ansia dolorosa de complacerla y satisfacer el anhelo casi palpable que intuía en ella.

Mientras deslizaba los labios sobre sus párpados para cerrarle los ojos con ternura, deslizó las manos por sus senos y empezó a acariciar aquellos pezones cálidos y endurecidos; al ver que ella se echaba hacia atrás de forma instintiva, respiró hondo y negó con la cabeza para indicarle que no se apartara. Sus ojos se encontraron por un instante; en las miradas de los dos ardía un fuego cada vez más intenso.

El tictac del reloj parecía inusitadamente alto en el silencio de la habitación, se oyeron los cascos de un caballo y las ruedas de un carruaje que circulaba por la calle, pero para John el único sonido que contaba era el de los latidos acelerados del corazón de Claire.

Verla reaccionar con tanta franqueza estaba enloqueciéndole de deseo. Diane era tan experimentada, que cuando estaban prometidos se limitaba a ronronear como una gatita cuando la acariciaba, pero Claire era completamente diferente. Estaba claro que jamás había permitido que otro hombre la tocara así, y lo más probable era que ni siquiera la hubieran besado. La mera idea le afectó en lo más hondo.

Siguió acariciándole los pezones mientras contemplaba su rostro cabizbajo, y la sintió temblar contra su cuerpo. Era obvio que estaba disfrutando con aquellas caricias, pero era demasiado tímida tanto para admitirlo como para demostrarlo abiertamente.

Alzó las manos hasta los botones del cuello del vestido, fue desabrochándolos uno a uno mientras ella permanecía inmóvil y callada. La excitación de experimentar por primera vez las caricias de un hombre la tenía cautivada, era incapaz de moverse y de hablar.

Después de desabrocharle el vestido hasta la cintura, metió las manos bajo la tela y la abrió a los lados antes de deslizarlas bajo la suave muselina de la camisola. Sonrió con indulgencia al notar que ella contenía el aliento antes de empezar a respirar jadeante, que le aferraba con más fuerza los brazos, y fue bajando las manos hasta que cubrió con las palmas aquellos pechos cálidos y firmes. Se puso rígido de golpe al oírla soltar un jadeo, y se rio sorprendido al ver la facilidad con la que había logrado excitarlo la pequeña Claire.

–¡No, no debes...! –murmuró ella, frenética, mientras le tiraba de las muñecas para intentar apartarle las manos.

–Eres mi mujer –hizo caso omiso de sus protestas, y siguió acariciándole los pechos con intensidad creciente mientras le recorría con los labios la frente, la sien y la nariz–. Esto forma parte del matrimonio –bajó la boca hasta dejarla a un suspiro de la suya, y susurró–: Así es como un hombre expresa ternura –le frotó la boca con los labios, y siguió jugueteando así hasta que logró que la abriera–. Eso es, cielo, abre la boca –se apretó más contra ella y la besó de lleno, como un amante de verdad.

Todas aquellas sensaciones eran nuevas para Claire. Empezó a temblar al sentir que aquella boca se fundía con la suya, saboreó el placer de sentir sus manos acariciándole los senos desnudos, se dejó llevar por la dulce agonía de aquel beso intenso y profundo.

No quería que aquello acabara nunca, y gimió ante la fuerza del placer que la embargaba. Sintió que él le agarraba los brazos y la instaba a que le rodeara el cuello con ellos, notó cómo cambiaba un poco de postura hasta tenerla bien colocada entre sus piernas. Le flaquearon las rodillas cuando él bajó la mano libre hasta la base de su espalda y la apretó contra su cuerpo excitado. No tenía ni idea de fisonomía masculina, pero se dio cuenta de inmediato de la diferencia que había, y empezaron a temblarle las piernas. Una súbita calidez le recorrió el abdomen, y una inesperada oleada de placer le arrancó una exclamación ahogada.

Él alzó la cabeza, vio la expresión de asombro que se reflejaba en sus ojos, y le sostuvo la mirada mientras la apretaba contra su cuerpo y la instaba a mover las caderas contra las suyas. Se sintió en la gloria al verla estremecer de deseo, y fijó la mirada en su corpiño mientras ella luchaba por recobrar el habla. Le bajó la camisola de muselina poco a poco, y contuvo el aliento al desnudar sus pechos.

–¡Oh, Dios, Claire...! –susurró, con voz ronca, abrumado por el deseo.

Ella no tenía ni idea de por qué se había puesto tan tenso de repente. Daba la impresión de que se había quedado impactado por algo, y estaba aferrándola de la cintura con una fuerza casi dolorosa.

–¿Qué pasa? –le preguntó, con voz trémula. Parecía dolorido, rígido.

–¿No lo sabes? –le dijo él, antes de alzar la mirada.

Ella se quedó paralizada, sintió una mezcla de miedo y de fascinación al ver la pasión y el dolor que se reflejaban en sus ojos negros; justo cuando estaba a punto de preguntarle si había hecho algo que le hubiera molestado, alguien llamó a la puerta del apartamento.

John se sobresaltó y dio un respingo como si acabaran de golpearle, la soltó y se apartó de ella. Fue hacia la puerta con rigidez, como si le doliera caminar, y se limitó a entreabrirla un poco.

–¿Qué?

La señora Dobbs se ruborizó ante aquel recibimiento tan cortante, y dijo con cierta incomodidad:

–Señor Hawthorn, no le he oído llegar... quería avisarles

que les he preparado la mesa en el comedor principal, porque van a venir unas amigas a jugar a las cartas y cenaremos en la cocina.

Él tardó unos segundos en contestar:

–Podemos cenar aquí arriba para no causarle más molestias.

–No es ninguna molestia, se lo aseguro –le dijo, sonriente–. Bajen cuando estén listos. Le he preparado a Claire un pastel de cereza, sé que le encantan –se despidió con la mano, y regresó a la planta baja.

John cerró la puerta y apoyó la cabeza contra ella mientras luchaba contra el deseo más poderoso que había sentido desde su juventud. Claire no entendía lo que acababa de hacerle y era preferible no explicárselo de momento, porque aún estaba impactado.

Se volvió hacia ella, y vio que ya se había abrochado el vestido y estaba recogiendo la enagua del suelo. Se quedó mirándola como si fuera la primera vez que la veía, no alcanzaba a entender cómo era posible que le hubiera afectado tanto. A lo mejor habían sido la devoción y el anhelo que se reflejaban en aquellos ojos grises los que habían avivado su deseo hasta enloquecerlo, estaba claro que sentirse amado afectaba mucho; aun así, lo que más le afectaba era el hecho de haber sentido un deseo tan intenso por alguien que no era Diane.

Logró recobrar el control de sí mismo y se dijo que no había sido más que un momento de debilidad puntual, pero se sentía irritado tanto por el hecho de que ella se hubiera rendido ante sus caricias como por su propia reacción.

–No me mires como si yo tuviera la culpa de lo que ha pasado, no te he apuntado a la cabeza con un arma para obligarte a tocarme –le espetó ella, al ver el enfado que se reflejaba en su rostro–. Y ya que estamos con el tema, quiero decirte que no necesito tu lástima. No me muero por tus besos, y no pienso suplicarte que me los des –le fulminó con la mirada mientras luchaba por ocultar lo humillada que se sentía.

John se dio cuenta de lo dolida que estaba. Era la mujer más vulnerable que había conocido en toda su vida, pero tenía un orgullo férreo y no le gustaba que los demás se dieran cuenta de su vulnerabilidad. Eso era algo más que tenían en común. Sintió un fuerte deseo de protegerla, de ampararla, y le dijo con voz suave:

–Ha sido un instante de locura, no te preocupes por lo que ha pasado –al ver que ella se limitaba a doblar y desdoblar la enagua que tenía en las manos con nerviosismo, añadió–: ¿Tienes hambre? Apenas he tenido tiempo de comer al mediodía, la señora Dobbs ha dicho que te ha preparado un pastel de cereza.

–Es que me gusta mucho.

–Sí, ya lo sé.

–Supongo que me vendrá bien comer algo –dejó la enagua a un lado, y al mirarse al espejo vio que la había despeinado y que tenía los labios hinchados por sus besos. Se sintió un poco mortificada, pero no pudo contener un pequeño gemido al recordar sus caricias.

–Estamos casados, Claire –le recordó, mientras ella se arreglaba el peinado–. La gente espera que nos comportemos como un matrimonio de vez en cuando.

–Tú mismo admitiste que no querías estar casado conmigo –le recordó, con la cabeza gacha.

–Pero también dije que sería mejor que nos amoldáramos a las circunstancias; en cualquier caso, no vas a quedarte embarazada por unos cuantos besos.

–¡John!

Sonrió de oreja a oreja al verla ruborizada, había multitud de cosas que le encantaban de su esposa. Se quedó contemplándola con ojos brillantes mientras ella se acicalaba, y se dio cuenta de que hasta ese momento no se había planteado el lugar que ella ocupaba en su vida. Lo cierto era que había estado demasiado centrado en penar por Diane, pero en ese preciso momento, mientras contemplaba a Claire, se sintió posesivo y orgulloso de saberla suya. Era inocente, tierna y traviesa, y estaba enamorada de él. Jamás había habido otro hombre en su vida, porque le quería a él y solo a él.

Sintió que todo aquello se le subía a la cabeza como el vino. Diane había flirteado y había usado la táctica de apartarse de él, pero Claire no tenía ni idea de ese tipo de juegos. Ella era honesta y sincera con él al cien por cien, carecía de coquetería, era muy diferente a las mujeres sofisticadas y experimentadas que habían pasado por su vida.

Se preguntó por un instante cómo habrían sido las cosas si jamás hubiera conocido a Diane, si hubiera conocido a Claire con el corazón libre... a lo mejor habría llegado a enamorarse de ella; en todo caso, en ese momento sentía una atracción súbita e impactante hacia ella, se sentía posesivo y protector.

Mientras contemplaba el rostro ruborizado de aquella mujer a la que apreciaba tanto, se preguntó por qué no había notado nunca el hoyito que tenía en la barbilla, o la dulzura que transmitía su boca. Tenía un cuerpo con el que cualquier hombre estaría satisfecho, curvilíneo y bien proporcionado aunque un poco delgado. No era una mujer hermosa, pero tenía unas cualidades maravillosas.

Sintió que una súbita oleada de deseo le corría por las venas, y se quedó atónito. No esperaba sentir aquello por su esposa, ¿qué pasaría si se dejaba llevar? Pero por otro lado, también estaba Diane...

Se sintió más confundido que nunca, y le dio la espalda a Claire al volverse hacia la puerta.

CAPÍTULO 5

Claire averiguaba cosas nuevas sobre su marido día a día. Era un hombre estudioso y callado en gran medida, le gustaba jugar al ajedrez y le encantaban las vías férreas y los ferrocarriles. Cuando estaba en casa le encontraba a menudo en el balcón, viendo cómo avanzaban poco a poco por las vías camino de las zonas de carga y descarga. A lo mejor había soñado de niño con llegar a ser maquinista.

Él nunca le hablaba de su pasado, pero de vez en cuando se le escapaba algún comentario sobre cosas que había aprendido durante su estancia en el Ejército. Sabía, por ejemplo, cuáles eran los diferentes tipos de medallas, y cómo distinguir un uniforme de otro. También tenía amplios conocimientos sobre historia militar, leía bastante sobre estrategias y tácticas, y parecía encantarle revisar su colección de biografías sobre grandes líderes militares.

Era muy puntilloso en cuanto a su aspecto, siempre llevaba el pelo limpio y peinado, las uñas inmaculadas y bien cortadas, los zapatos relucientes, y la raya del pantalón perfecta. A lo mejor nunca iba desarreglado o con la ropa arrugada por influencia de aquel pasado en el Ejército del que nunca quería hablarle.

Ella era consciente de que había muchas cosas que desconocía de su marido. Sentía curiosidad por saber si había habido otras mujeres aparte de Diane en su pasado, pero había deducido por lógica que sí... a veces la miraba con una expresión sensual que la derretía, y estaba claro que no había aprendido a mirar así en el banco.

Siempre le abría las puertas y la ayudaba a subir a los carruajes, y en las escasas veces en que habían salido a pasear juntos, se colocaba en el lado de la acera que daba a la calle. Estaba claro que su familia le había inculcado unos modales exquisitos. También tenía un concepto muy firme del bien y del mal, y era muy honesto.

Pero, a pesar de todo, mantenía las distancias con ella y no había vuelto a besarla ni a acariciarla. No parecían marido y mujer, se había apartado de ella justo cuando empezaban a tener un acercamiento.

Entendía en parte su actitud, porque estaba enamorado de Diane y a lo mejor había sentido que estaba siéndole infiel al besarla a ella, por mucho que fuera su esposa. Era muy triste que se hubiera casado con ella estando tan enamorado de otra, pero lo trágico de verdad era el hecho de que ella le amara con todo su corazón. Él era consciente de que jamás había habido ningún otro ni en su vida ni en sus pensamientos, quizás se sintiera halagado por ello... aunque, por otro lado, debía de resultarle muy desagradable ser responsable de la felicidad de una mujer por la que no sentía nada, alguien a quien no podía amar.

A pesar de la cortesía con que la trataba, los detalles del día a día que tanto valor tenían para una mujer brillaban por su ausencia. Nunca le regalaba flores ni pequeñas naderías, nunca la buscaba para charlar y pasar un rato a su lado. No la había llevado ni a la ópera ni al teatro, solo la llevaba a algún restaurante cuando se trataba de una comida de negocios. Jamás hacía comentarios positivos sobre su ropa, ni la piropeaba.

Solo en una ocasión llegó a vislumbrar al John de verdad,

al hombre que se ocultaba bajo una máscara intangible: cuando un hombre alto, delgado, moreno y de ojos verdes vestido de uniforme llegó a la casa preguntando por él.

–Mi marido está trabajando, en... en el Peachtree City Bank –alcanzó a decir, desconcertada.

El desconocido, que había adoptado una pose muy formal con la gorra bajo el brazo, esbozó una sonrisa y comentó con ojos chispeantes:

–¿Es usted su esposa? Debo admitir que me alivia ver que no es rubia y menudita, señora. La última vez que vi a John, estaba sufriendo por la pérdida de su antigua prometida y amenazando con pegarle un tiro a su marido.

Claire no tenía ni idea de aquello, y sintió que se le caía el alma a los pies; el hombre debió de darse cuenta de que había metido la pata, porque se apresuró a decir:

–Discúlpeme, por favor. Permita que me presente: soy el teniente coronel Chayce Marshal, del Ejército de los Estados Unidos –le entregó su tarjeta de visita, y la saludó con una reverencia formal–. Estuve destinado en Filipinas, pero me hirieron y he estado convaleciente hasta hace poco. Me incorporaré en breve a mi siguiente destino, pero he querido venir a ver a John antes de marcharme de la ciudad. Me temo que tengo muy poco tiempo.

–¿Le apetece tomar un té o un café conmigo? –ni ella misma se dio cuenta de lo esperanzada que parecía. Llevaba una vida muy monótona, solo se relacionaba con el pequeño círculo de mujeres con las que colaboraba para causas benéficas.

–Será un placer. ¿Tiene alguna forma de avisar a John de que estoy aquí?

–Sí, la señora Dobbs tiene un teléfono. Le pediré que llame al banco.

–Perfecto –le contestó él, con una enorme sonrisa.

La señora Dobbs se ofreció a servirles la comida del mediodía, porque ya era bastante tarde, pero el recién llegado declinó la oferta y les aseguró que un café le parecía suficiente. La casera entró minutos después al saloncito con una bandeja que contenía el café y unas porciones de bizcocho, y comentó:

–El señor Hawthorn se ha alegrado mucho al saber que está aquí, ya viene de camino.

–Gracias... y gracias también por este festín.

–No es más que bizcocho y un poco de pan recién horneado, pero espero que le resulte pasable.

Claire se echó a reír, y comentó sonriente:

–No diga tonterías, señora Dobbs. Todo lo que prepara está delicioso.

–Gracias, Claire, se lo agradezco. Si necesitan cualquier cosa, estaré en la cocina.

–¿Cuánto hace que John y usted se casaron? –le preguntó el coronel a Claire, mientras esta servía el café.

–A ver... ya estamos en la segunda semana de noviembre, así que pronto harán dos meses.

–Ah. ¿Esta casa les pertenece?

–No, John tiene en alquiler unas habitaciones de la segunda planta –tenía la mirada fija en las delicadas tazas de porcelana que estaba llenando de café, así que no vio la expresión de sorpresa que puso su invitado–. Me dijo que no hacía falta comprar una.

–Gracias –aceptó la taza que ella le alargó, y no le añadió leche ni azúcar. La contempló con expresión pensativa durante unos segundos, y notó lo pálida que estaba–. ¿Hace mucho que le conoce?

–Varios años. Mi tío falleció hace poco, pero les unía una buena amistad además de la relación que tenían como banquero y cliente. Me quedé desamparada tras su muerte, y acepté la proposición de matrimonio de John –alzó la mirada, y añadió con una pequeña sonrisa llena de melancolía–:

Como ya habrá supuesto, el nuestro no es un matrimonio por amor, sino un mero acuerdo de conveniencia.

Él optó por tragarse el comentario que tenía en la punta de la lengua, y permaneció callado.

–Discúlpeme, pero es que me ha dado la impresión de que le sorprendía que John se hubiera casado con una mujer tan anodina como yo.

Su franqueza le sorprendió, y contestó con galantería:

–No me parece nada anodina, se lo aseguro –la observó con una mirada penetrante antes de añadir–: Me cuesta creer que John se casara con alguien por pura lástima.

–Ese no fue su único motivo. Circulaban rumores escandalosos sobre su relación con su antigua prometida, que está casada.

–Entiendo. Me complace que confíe en mí lo suficiente como para ser tan sincera conmigo, a pesar de que acabamos de conocernos.

–La sinceridad es uno de mis defectos, no considero necesario rehuir los temas desagradables. A lo mejor puedo resultar un poco ofensiva, pero la gente siempre sabe a qué atenerse conmigo.

Él se echó a reír antes de admitir:

–John y yo nos hicimos amigos cuando coincidimos en el Ejército justo por eso, porque los dos dejábamos claro lo que pensábamos. En eso somos idénticos. Nunca le he oído decir una mentira, dudo que sea capaz de hacerlo.

Claire tuvo que admitir para sus adentros que con ella había sido sincero en cuanto a lo que sentía por Diane. Tomó un poco de café antes de preguntar:

–¿John era un buen soldado?

–Un buen oficial, y sí, sí que lo era. La vida militar estaba hecha a su medida. Creo que le dolió mucho renunciar al Ejército, pero no podía soportar los recuerdos.

–¿A qué recuerdos se refiere?

–No puedo revelarle los secretos de su marido, eso le corresponde a él.

–En ese caso, tenga por seguro que jamás llegaré a enterarme. Nunca me cuenta nada sobre sí mismo.

–Se casaron hace muy poco, espere unos años.

–¿Cree que el paso del tiempo hará que se abra más?, no sea iluso. Todo lo que sé lo he averiguado observándole. Le gusta la historia militar, y también las biografías y los trenes.

–Eso es cierto –admitió él, sonriente–. John conoce casi todas las líneas férreas de esta parte del país y sus rutas, y también se sabe los nombres de algunos de los maquinistas. Es todo un experto en la historia de la Georgia colonial, y posee conocimientos básicos sobre los enfrentamientos entre la milicia georgiana y los creeks, los cherokees y los seminolas.

–¡Qué interesante!

–Le sugiero que algún día, cuando le haga falta un tema para matar el tiempo, le pregunte sobre los «bastones rojos».

Claire se inclinó hacia delante, y le preguntó con interés:

–¿Quiénes eran?

–Renegados que abandonaron sus tribus y formaron una confederación para intentar derrotar a los blancos que estaban adueñándose de las tierras de sus ancestros, ¿sabía que Baton Rouge significa «bastón rojo»?

–¡Qué interesante! A John también le gustan los barcos, tiene una maqueta muy detallada del *Cutty Sark* dentro de una botella.

–Sí, él mismo la construyó.

–¡Pero si es pequeñísima! –exclamó, atónita.

–Le encanta navegar. El océano le fascina, pero no quiso entrar en la Marina porque habría tenido que pasar demasiado tiempo en alta mar. Siempre ha sido un gran jinete y ya montaba a caballo antes de alistarse, fue oficial de caballería.

–Me parece que ahora no monta nunca.

–Tuvo una mala experiencia en Cuba con un caballo, el

animal se encabritó en plena batalla y le derribó. A John se le quedó atrapada la pierna, y el ejército enemigo se acercó demasiado. Varios compañeros fuimos a rescatarle, pero jamás olvidó el incidente y creo que ahora detesta a los caballos.

–No sabía que hubiera caballos en Cuba.

–Se enviaron monturas para los oficiales, pero por desgracia, muchos acabaron sirviendo de alimento después de la guerra, cuando la comida escaseaba y la gente estaba hambrienta.

–En el periódico local se publicaron muchos artículos sobre historias tristísimas durante la guerra, y tengo la impresión de que la cosa fue incluso peor en Filipinas.

–Sigue siéndolo –los horrores que había presenciado en aquel conflicto, que aún no había acabado, se reflejaron por un instante en sus ojos. Lo que había visto no era apto para contárselo a una mujer. Lo de Cuba había sido horrible, pero lo de Filipinas era un verdadero infierno–. Lamento no haber podido regresar allí para apoyar a mis hombres, el destino me jugó una mala pasada al decidir que me hirieran.

–¿No va a regresar?

–No, tengo un genio vivo y la valentía que me dan mis convicciones –sonrió de oreja a oreja al admitir–: Me he granjeado la enemistad de quien no debía, y me han asignado el puesto de instructor de un grupo de cadetes inexpertos. Le pido a Dios que consiga entrenarles bien para que no mueran al entrar en batalla, tal y como les pasó a muchos de los jóvenes cadetes que tenía bajo mi mando.

–Debió de ser una época horrible.

–Lo fue. La guerra no tiene nada de gloriosa, señora Hawthorn. No es más que una máscara reluciente que oculta una terrible herida ensangrentada –soltó una carcajada, y añadió sonriente–: Disculpe que me ponga tan poético.

–Podría escucharle todo el día, ¡cuánto sabe! –exclamó, con el rostro iluminado por una sonrisa.

Él dejó de bombardearla con información, y la contempló en silencio mientras pensaba para sus adentros que se ponía muy guapa cuando estaba animada; además, jamás había encontrado una mujer que escuchara con tanto interés.

–John tiene suerte de tener a alguien tan dispuesto a escucharle –comentó.

–Supongo que nunca le han faltado mujeres dispuestas a hacerlo –contestó ella con amargura.

Él carraspeó un poco y tomó un poco más de café, porque no estaba dispuesto a meter el pescuezo en esa trampa.

–Le he incomodado, ¿verdad? Discúlpeme, tiendo a hablar más de la cuenta –se apresuró a decir ella, contrita.

–He pasado la mayor parte de mi vida en el Ejército, así que dudo que haya algo que pueda incomodarme a estas alturas... pero puede intentarlo si quiere –añadió, con ojos chispeantes.

–¿Está flirteando conmigo, coronel? –le preguntó, ruborizada.

Por desgracia, John apareció en la puerta en ese preciso momento, y su estado de ánimo no mejoró lo más mínimo al ver las mejillas sonrosadas de Claire y la expresión traviesa del coronel. Había tenido una mañana complicada, y el día parecía ir a peor; aun así, se tragó la irritación que sentía y se acercó a saludar a su antiguo compañero con fingida alegría.

–Hola, Chayce –le estrechó la mano, y le dio unas palmaditas en la espalda con afecto sincero–. Dios, hacía mucho tiempo que no nos veíamos.

–Dos años. Me alegra verte, amigo mío. Voy camino de Charleston, pero se me ocurrió pasar a saludarte al pasar por Atlanta.

–¿Te han destinado a Charleston?

–Sí, voy a ser instructor de cadetes –Chayce esbozó una sonrisa carente de humor al añadir–: Qué ironía, ¿verdad? ¡Después de años en las líneas de combate! Es que me granjeé algunos enemigos en Washington por expresar mi opinión.

–No me extraña, nunca te callaste lo que pensabas.

–Mostré mi apoyo a William Jennings Bryan demasiado abiertamente, y me uní al movimiento antiimperialista. Los oficiales de mayor edad pensaron que tendría que haberme quedado callado, y ahora que McKinley acaba de ganar las elecciones estoy desacreditado.

–Tus opiniones políticas deberían ser asunto tuyo y de nadie más, y que conste que lo digo a pesar de que yo apoyé a McKinley.

–Sí, porque Roosevelt ganó la vicepresidencia. Serviste a su lado, ¿verdad? –al ver que John asentía, añadió sonriente–: En fin, cada cual puede tener las convicciones que quiera.

–¡Exacto! –John se sentó y aceptó la taza de café que Claire le ofreció, pero estaba demasiado indignado como para mirarla a la cara. Nunca había flirteado con él, pero parecía encantada de hacerlo con Chayce, que sí que era un mujeriego–. ¿Qué es lo que vas a enseñar? –le preguntó a su antiguo compañero.

–Estrategia y tácticas. He aprendido mucho de algunos de los soldados de carrera que conocí mientras servía en Arizona y en Filipinas, muchos de ellos eran veteranos de las guerras indias del Oeste. Ni te imaginas la astucia que mostraban en las batallas esos indios de las llanuras, y Gerónimo fue un quebradero de cabeza para el Ejército hasta que se rindió al fin en el ochenta y seis. Yo estuve destinado en Arizona, pero nunca luché contra los indios... aunque serví con hombres que sí que lo hicieron.

–Me acuerdo de uno de ellos... Jared Dunn, vive en Nueva York. El año pasado me envió una postal navideña.

–A mí también. Era todo un personaje, espero que haya guardado el arma para siempre.

–¿Su arma reglamentaria?

–No, el revólver que usó tanto en su época de pistolero como después, cuando fue ranger de Texas. Podría decirse que llevó una vida pintoresca antes de sentar la cabeza y dedicarse a la abogacía en Nueva York.

–No sé hasta qué punto lo ha hecho, sigue teniendo fama de disparar con una puntería endemoniada cuando le hace falta; además, acepta muchos casos fuera de la ciudad.

–A mí no me gustaría tener un trabajo como el suyo, la ley es árida y seca. Prefiero la vida militar, ¿tú no la echas de menos?

–No hay ni un solo día en que no la eche de menos, pero sabes bien por qué no puedo retomarla –le contestó John con sequedad.

–El tiempo cura todas las heridas, y tenías una hoja de servicios ejemplar. Un viejo coronel me comentó que aún lamentaba que decidieras no volver a alistarte después de que te hirieran, cuando decidiste ingresar en Harvard.

–¿Te refieres al coronel Wayne?

–Exacto. Era un comandante excepcional, jamás lograré aprender todo lo que sabe sobre escaramuzas en primera línea de batalla. Ahora vive en su rancho de Montana, y no tiene intención alguna de mudarse al Este.

–¿Cómo va a sentarte vivir en Charleston después de estar en Arizona?

–Pues supongo que igual que les sentó a Gerónimo y a sus apaches chiricahua que les recluyeran en el fuerte Marion. A la gente de secano no nos gusta la humedad.

–Charleston tiene cosas buenas, yo viví varios años allí y me encantó –le aseguró John.

–Lo que te encantó era el mar, me acuerdo de cuando me contabas que solías salir a navegar con tu padre y tus hermanos de niño. Pero yo lo detesto.

–Vas a tener muchos años para acostumbrarte.

–Espero que no.

–Dale tiempo, acabarás por ganarte de nuevo un buen puesto.

–Eso me han dicho.

Al cabo de un rato, Chayce comentó que tenía que marcharse para no perder el tren, y le acompañaron a la calle. Le estrechó la mano a John antes de subir al carruaje que iba a llevarle a la estación, y le dijo sonriente:

–Cuida de tu esposa, es un verdadero tesoro.

–Gracias, coronel. Ha sido un placer haberle conocido, venga a visitarnos de nuevo cuando vuelva a pasar por la zona.

–Puede que para entonces ya tengáis una casa propia y un montón de hijos jugando en el jardín –lo dijo sin mirar a Claire, con los ojos fijos en su antiguo compañero, pero se volvió hacia ella al añadir–: Dele las gracias a la señora Dobbs por el delicioso pastel, Claire. Cuídese, hasta la vista.

John le echó un vistazo a su reloj de bolsillo antes de decir:

–Voy contigo hasta el banco, tengo que regresar al trabajo. Llegaré tarde, Claire. No me esperes para cenar –subió al vehículo tras Chayce, y cerró la portezuela sin más.

Ella se quedó allí plantada, siguiéndolo con la mirada. Había averiguado algo más sobre su marido, pero no iba a servirle de nada. John le habría explicado todo aquello por sí mismo si sintiera algo por ella, pero había tenido que enterarse por medio de un viejo amigo suyo.

John la sorprendió al día siguiente al ofrecerse a sacarla a pasear. Llegó del banco justo al mediodía, y alquiló un carruaje con cochero.

–He pensado que te gustaría salir un rato de casa –le explicó, al ver lo sorprendida que estaba.

–Pe... pero si nunca vamos juntos a ningún sitio.

–Fuimos a la velada social del sábado que organizó el banco.

–Sí, es verdad.

Después de ayudarla a subir al carruaje, hizo lo propio y contempló con aprobación el traje sastre negro ribeteado en blanco y el sombrero a juego que se había puesto. Claire sabía vestir increíblemente bien... cuando no estaba trasteando con aquel automóvil absurdo ni montando aquella dichosa bicicleta. A pesar de que solo circulaba con ella por el jardín de la casa, se caía a menudo y aquel trasto era muy alto, pero se sentía un poco culpable porque le había pinchado una rueda a propósito y se había negado a repararla con la excusa de que estaba muy ocupado. Ella no entendería que estaba preocupado por su bienestar, pero lo cierto era que la mera idea de que pudiera resultar herida física o mentalmente le aterraba cada vez más.

Mientras paseaban en el carruaje se pusieron a charlar sobre Atlanta y su tempestuoso pasado, sobre acontecimientos recientes como la inusual casa de Peachtree Street, «la casa que construyó Jack», y sobre el famoso coche de cuatro caballos del Club de la Conducción en el que un militar retirado paseaba a jóvenes debutantes y a dignatarios extranjeros. Era un vehículo de aspecto regio con un tiro de cuatro caballos blancos, y tocaba a su paso una trompeta de plata.

–Es una ciudad fabulosa –comentó Claire.

–Sí, y con un futuro muy prometedor. En el banco concedemos préstamos tanto a largo como a corto plazo a multitud de negocios, y las cifras muestran grandes beneficios –era cierto, al menos sobre el papel, pero había empezado a tener algunas dudas sobre las finanzas del banco que no iba a comentar con ella.

–¡John! –le agarró el brazo de forma instintiva al ver que un carruaje que tenían justo delante golpeaba a un perro y continuaba como si nada–. ¡Pobrecito, lo han dejado tirado en la cuneta! ¡Corre, dile al cochero que pare!

–Por supuesto –estaba tan indignado como ella por lo que acababa de presenciar. Golpeó el techo del carruaje con el bastón antes de quitarse la chaqueta, dejó la prenda a un lado del asiento, y fue tras su mujer mientras se remangaba la camisa.

Al llegar junto al animal, que estaba aullando de dolor, se arrodilló junto a él y palpó con cuidado para ver si tenía rota una costilla o una pata. El pobre perro gruñó un poco e intentó morderle, pero sin muchas fuerzas.

–Es la pata, necesito una tablilla y algo para vendársela.

–Le duele mucho.

–Sí, ya lo sé, pero eso no puedo evitarlo.

–¡Beauregard! –el grito procedía de una anciana menuda de pelo blanco y bastón que se acercaba sollozante por el camino de entrada de una mansión imponente–. ¡Dios mío!, ¡Dios mío! –se secó las lágrimas antes de preguntarle a John con resignación–: ¿Va a morir?

–No, solo tiene una pata rota que le duele mucho. ¿Tiene vendas y algo con lo que pueda entablillarle la pata?

–¿Es usted doctor?

–No, pero he atendido a unos cuantos heridos a lo largo de mi vida y sé lo que hay que hacer. No se preocupe, yo lo meteré en su casa.

–Va a mancharse, joven.

Él soltó una carcajada antes de contestar sonriente:

–Sí, es lo más probable –alzó con mucho cuidado al pobre animal, que seguía gimoteando pero no intentó morderle.

Claire miró con adoración a su marido. Siempre le había considerado un hombre considerado, pero le llegó al corazón verle comportarse con tanta ternura. Mientras iban hacia la casa, ella se encargó de intentar calmar a la anciana hablándole de mascotas suyas que habían sobrevivido a percances peores, y para cuando llegaron la mujer ya había dejado de llorar.

–No saben cuánto les agradezco que se hayan parado a ayudarle –les dijo, mientras subían los escalones de la entrada–. Beauregard fue un regalo de mi difunto marido, es todo lo que tengo. He visto lo que ha pasado, el carruaje que le ha atropellado y ha seguido como si nada pertenece a un banquero, un tal Wolford.

–Lo conozco, es la competencia de mi banco –apostilló John.

–Ese hombre no le prestaría ni un centavo a un mendigo hambriento. ¿En qué banco trabaja usted, joven?

–Soy el vicepresidente del Peachtree City Bank.

–Ah.

A John le llamó la atención la sonrisa que esbozó la mujer, pero estaba demasiado ocupado con el perro como para intentar descifrarla. Tumbó al animal en el porche, y le entablilló la pata cuando la anciana se encargó de que le llevaran todo lo necesario.

–Beauregard vive dentro de la casa. Me aseguraré de que esté calentito y no le falte ni comida ni bebida, y no permitiré que camine más de lo necesario. Jamás podré agradecerles lo que han hecho por él.

–No se tome a mal mis palabras, pero puede que se le alivie un poco el dolor si le da un traguito de whisky.

La mujer sonrió al oír la recomendación de John, y comentó:

–Seguiré su consejo, aún conservo varias de las mejores botellas de mi marido –acarició con ternura al perro, que temblaba un poco pero había dejado de gimotear.

–¿Dónde quiere que lo ponga? –le preguntó John, antes de volver a alzarlo en brazos.

La mujer les condujo al interior de la casa. Claire se ruborizó al reconocer a la persona que aparecía en un enorme retrato que colgaba sobre la chimenea encendida, pero permaneció callada mientras su marido tumbaba al perro sobre la alfombra con mucho cuidado.

–Los huesos viejos se enfrían con facilidad, estará muy cómodo cerquita de la chimenea –la anciana le ofreció la mano a John, y se ruborizó cuando este se la besó con sofisticación.

Él sonrió al ver su reacción, y se limitó a decir:

–Espero que se recupere pronto.

–Gracias de nuevo por su ayuda, joven. No olvidaré lo que ha hecho.

–Es lo mínimo que podría haber hecho cualquiera.

–Sí, pero nadie más lo ha hecho –los acompañó hasta la puerta, y permaneció sonriente mientras les veía alejarse.

Claire miró de reojo a su marido poco antes de que llegaran al carruaje, y le preguntó acalorada:

–¿Sabes quién es?

–Por supuesto que sí, pero no tenía ni idea cuando nos paramos. Es todo un personaje y aún se cuentan historias sobre su marido, que fue general en la Guerra de Secesión.

–Sí, ya lo sé, he leído sobre él –también sabía que la anciana era la viuda más rica de toda la ciudad.

Él se echó a reír antes de comentar:

–No sabía de quién eran la casa y el perro. Pobre Wolford, si supiera a quién le pertenece el perro que ha dejado tirado en la cuneta...

–¿Te has fijado en cómo te ha sonreído?

–Sí. Está claro que es una mujer cordial pero vengativa, me temo que el banco de Wolford va a sufrir una gran pérdida.

–¡Le está bien empleado, no tendría que haber seguido adelante como si nada después de golpear a ese pobre animal!

Al llegar al carruaje, John le agradeció al cochero que hubiera esperado con tanta paciencia, y el hombre contestó con pragmatismo:

–No se preocupe, señor. He visto lo que ha pasado, hay que ser muy desalmado para abandonar a un animal que está sufriendo.

–Muy cierto –ayudó a Claire a subir, y subió tras ella. Tenía la camisa manchada y húmeda, y se desabrochó varios botones para poder apartar a un lado la tela mojada.

Claire no pudo evitar fijar la mirada en aquel pecho ancho y cubierto de vello, era la primera vez que veía a un hombre con la camisa desabrochada.

Él enarcó una ceja al darse cuenta de cómo le miraba, y comentó sonriente:

–La vida está llena de lecciones, ¿verdad? –le agarró la mano, y la instó a que la posara contra su musculoso pecho.

Ella no supo cómo reaccionar al hundir la mano en aquel espeso vello oscuro, pero él se la cubrió con la suya y fue guiándola con sensualidad. Mientras deslizaba la palma de la mano por aquella piel cálida notó que a él se le aceleraba la respiración, y al alzar la mirada se quedó atónita al ver el deseo que se reflejaba en aquellos ojos oscuros.

–¿Te... te gusta? –le preguntó, vacilante.

–Sí.

John le agarró la otra mano para que le acariciara con las dos, pero los guantes que ella llevaba le estorbaban, así que se los quitó con rapidez y se los dejó sobre el regazo. Inspiró con fuerza al sentir el contacto de sus manos desnudas contra la piel, y dijo con voz ronca:

–Sí, así es como quería sentir las caricias de tus manos –se inclinó hacia ella y la besó con la boca entreabierta, juguetón y ardiente.

–¡John! –exclamó ella, con un hilillo de voz.

–¡Claire!

La alzó hasta colocarla sobre el regazo, y el beso se volvió profundo e intenso mientras le guiaba las manos. El corazón le martilleó con una fuerza que les sacudió a los dos cuando ella entendió lo que estaba pidiéndole, y al cabo de unos segundos se apartó un poco y la instó a que le acariciara el pecho con los labios. Se arqueó hacia atrás, enfebrecido, y se estremeció al sentirlos contra su piel desnuda.

El carruaje dio una súbita sacudida que les devolvió a la realidad. Se miraron en silencio, y al notar que el vehículo aminoraba la marcha se dieron cuenta de que ya estaban llegando a casa; al ver que ella se apartaba de golpe, acalorada y desconcertada, él le dijo con más compostura de la que tenía en realidad:

–No pasa nada.

Ella recogió su sombrero del suelo y John se bajó las mangas, se abrochó la camisa húmeda y se puso la chaqueta y el sombrero. Estaban hechos un desastre, pero no tuvo más remedio que admitir para sus adentros que le encantaba verla así. Tenía el cuerpo dolorido por el deseo insatisfecho, pero le embargó una mezcla de afecto y diversión al verla tan mortificada.

–Nadie va a regañarnos por nuestro aspecto, Claire. Estamos casados –le aseguró, en tono de broma.

–Ya lo sé –lo dijo con la cabeza gacha, mientras luchaba por volver a ponerse los guantes.

Él le acarició la mejilla con ternura, y le dijo con voz suave:

–Es una delicia besarla, señora Hawthorn. Estás adorable –al ver que ella se ruborizaba y sonreía pero parecía más desconcertada que nunca, soltó una carcajada y añadió sonriente–: Será mejor que entremos ya.

Pagó al cochero, y la ayudó a bajar sin dejar de mirarla con una ternura inusual. Incluso la tomó del brazo mientras entraban en la casa, y solo se detuvieron para intercambiar unas palabras con la señora Dobbs antes de subir al piso de arriba.

Pero cuando llegaron al apartamento se puso esquivo y taciturno de golpe al darse cuenta de que no había pensado en Diane en toda la tarde, le parecía incomprensible haberse comportado así; después de despedirse de Claire con una sonrisa distante, fue a su propio dormitorio con la excusa de que tenía que asearse, y cuando volvió a salir volvía a ser el mismo de siempre... cortés y amable, pero distante, y Claire se preguntó si había soñado lo que había sucedido en el carruaje.

Fue un triste final para un día tan maravilloso.

CAPÍTULO 6

Claire notó que su relación con su taciturno marido daba un vuelco a lo largo de los días siguientes. Después de la visita de su viejo amigo y de la aventura que habían vivido durante el paseo en carruaje, John parecía mucho más cercano y pendiente de ella, y comían juntos casi todos los días; aun así, la camaradería creciente se desvanecía cada vez que ella le preguntaba si iban a asistir al baile navideño del gobernador, porque él se cerraba en banda como si hubiera intentado sonsacarle secretos de estado.

Lo que ella no sabía era que a su marido le resultaba doloroso pensar en ese evento anual porque sus padres siempre estaban invitados. No les había visto desde que se había marchado de casa dos años atrás, pero a pesar de que era reacio a resucitar viejas heridas en público, se esperaba su presencia en calidad de vicepresidente del banco más grande de la ciudad... un banco con el que el mismísimo gobernador tenía tratos.

Como Claire desconocía gran parte de la vida de su marido, no tenía ni idea de lo mucho que le afectaba que su propia familia le hubiera dado la espalda; de hecho, ni siquiera sabía que existía un problema familiar, y por eso creía que él no quería ir al baile porque se avergonzaba de ella. Era obvio que pertenecían a clases sociales diferentes y, además, jamás la había visto vestida con ropa de gala. A lo mejor estaba habituado a verla manchada de grasa o con la ropa cómoda de estar por casa, y había dado por hecho que no sabía vestir bien.

Estaba convencida de que podía demostrarle que sabía vestirse y arreglarse de maravilla, porque ya tenía listo el diseño del vestido y había comprado la tela. Iba a confeccionar un atuendo que iba a dejar boquiabierta a la gente, algo más espectacular incluso que los vestidos que estaba haciéndoles a Evelyn y a las demás. ¡Estaba decidida a demostrarle a su marido que podía competir con su queridísima Diane!

Él llevaba tiempo sin mencionar a la rubia. No había duda de que coincidían de vez en cuando, porque Diane solía ir al banco con su marido, pero John jamás la mencionaba ni comentaba si había hablado con ella.

El día de la boda le había dado su palabra de que jamás sería un marido infiel y estaba claro que pensaba cumplirlo, el problema radicaba en que no estaba enamorado de ella. Se había casado con él pensando que podría haber un milagro, pero su matrimonio solo había contribuido a causarle más sufrimiento; además, la situación le resultaba mucho más dura desde que había saboreado los besos de su elusivo marido. Él solo podía ofrecerle consideración y afecto, pero ella le deseaba y le amaba incluso más que antes.

Estaba claro que la vida podía llegar a ser muy complicada.

Al llegar el sábado, Claire hizo acopio de valor para pasar la velada con los Calverson y con un posible inversor para el banco. Había estado tan atareada cosiendo los vestidos de Evelyn, Jane y Emma para el baile del gobernador, que no había tenido tiempo de hacerse un traje para aquella ocasión, así que había ido a comprarse uno a la tienda de Whitehall

Street que John le había recomendado. El elegante interior en blanco y negro del establecimiento le había encantado, y los escaparates estaban llenos de artículos preciosos.

Exploró la tienda a placer y encontró justo lo que buscaba, un vestido en un intenso tono verde esmeralda con cuentas negras. El escote bajo estaba recubierto con una capa de encaje, los tirantes eran de raso y satén, y el bajo de la prenda estaba ribeteado con las mismas cuentas negras que adornaban el cuerpo. Le había salido bastante caro, pero teñía de verde sus ojos grises y realzaba su complexión.

Se contempló fascinada en el espejo ovalado, la verdad era que no estaba nada mal cuando se arreglaba. Las joyas que se había puesto, un collar de marcasita y ónice que había pertenecido a su madre y unos pendientes a juego, conjuntaban a la perfección con el vestido.

Estaba convencida de que John iba a llevarse una gran sorpresa... y acertó de pleno. La recorrió de pies a cabeza con una mirada penetrante, y le preguntó con sequedad:

–¿De dónde has sacado eso?

–De la tienda de Rich, ¿te gusta?

¿Que si le gustaba? El vestido se amoldaba a la perfección a su perfecta figura curvilínea, y el escote era tan bajo, que dejaba al descubierto las suaves curvas de sus pálidos senos. Llevaba unos guantes blancos y tenía los brazos desnudos... era la primera vez que se los veía, los tenía redondeados, pálidos y tersos... sus preciosos labios tenían color de por sí y no le hacía falta pintárselos, tenía las mejillas sonrosadas, y llevaba en el pelo una peineta color azabache decorada con una pluma de garza. Estaba arrebatadora, y muy elegante para ser una mujer que se había criado en el campo y al margen de la alta sociedad.

–Estás muy guapa –le dijo con formalidad.

Claire pensó para sus adentros que él también estaba muy bien, que la ropa oscura le quedaba de maravilla y que estaba imponente vestido de etiqueta, pero no se lo dijo por timidez.

Agarró con fuerza su bolsito, y se limitó a contestar con cortesía:

–Gracias.

–¿Nos vamos? –abrió la puerta, y la acompañó hasta el carruaje que estaba esperándoles.

Ella estaba muy nerviosa, y no dejaba de mover el bolsito de un lado a otro para mantener las manos ocupadas. Eli Calverson no le caía demasiado bien, y le inquietaba pensar en la reacción que podría tener John al ver a Diane; por mucho que llevara un vestido que la favorecía, sabía que no podía compararse con aquella mujer tan elegante y hermosa. Solo habría conseguido aventajarla si contara con el amor de su esposo, y eso era un sueño imposible.

–¿Quién va a la cena? –le preguntó, tras un largo silencio en el que solo se oía el sonido de los cascos de los caballos sobre el empedrado de la calle.

–Solo los Calverson, el señor Whitfield junto con su esposa y su hijo, y nosotros.

–Ah.

–No es una fiesta, sino una pequeña reunión íntima –se quitó una pelusa de la manga, y se inclinó un poco hacia ella antes de decir con una sonrisa traviesa–: Por cierto, será mejor que no menciones el automóvil.

–¿Por qué? –le preguntó, ceñuda.

–Porque Calverson los considera invenciones del demonio, por eso. Los banqueros tienen que respetar los convencionalismos para lograr buenos negocios; por cierto, ¿te acuerdas del perro al que le entablillé la pata?

–Sí.

–Pues la dueña sacó todo el dinero que tenía en el banco de Wolford y lo ha ingresado en el nuestro –soltó una carcajada al ver que se le iluminaba el rostro, y añadió–: Seguro que Wolford circula con más cuidado en su carruaje de ahora en adelante.

–Le está bien empleado, ¡me alegro mucho por tu banco!

–Calverson está muy contento, aunque me habría parado de todas formas si hubiera sido el perro de una mujer pobre.

–Sí, ya lo sé –dijo con voz suave, mientras lo contemplaba sonriente.

John tuvo que obligarse a apartar los ojos de aquel rostro que lo miraba con tanta adoración. Cada vez se acordaba menos de Diane a pesar de que aún le dolía un poco haberla perdido, pero Claire era un encanto y a veces se preguntaba cómo sería tener un matrimonio pleno con ella. Era algo que se planteaba con frecuencia creciente cuando no veía a Diane. Había estado esperando expectante aquella cena, porque solo con verla su corazón recobraba la vida, pero la verdad era que se sentía orgulloso de Claire al verla tan elegante. No había duda de que su joven esposa iba a llamar la atención aquella noche.

No tardaron en llegar a la enorme mansión de los Calverson, que parecía un castillo con torrecillas y elaborada marquetería de estilo victoriano. Claire subió los escalones de entrada del brazo de su marido, consciente de que jamás encajaría en un lugar tan ostentoso... a diferencia de Diane, que necesitaba un escaparate como aquel. La luz de enormes arañas de cristal salía por largas ventanas con delicados cortinajes blancos, y la escalinata interior era de caoba tallada a mano.

Diane la recibió con un saludo cortante antes de centrarse en John por completo. Le puso una mano en el brazo, y le miró con el corazón en los ojos al decir con voz ronca y suave:

–Me alegro mucho de que hayas ve... de que hayáis venido. Es muy importante causarle buena impresión al señor Whitfield, espero que hagáis lo posible por lograr que se sienta como en casa en Atlanta y que se lleve una buena impresión del banco.

–Por supuesto, querida –John la miró con ojos llenos de ardor y de dolor, y se tensó ante la fuerza tan súbita e inesperada de los sentimientos que le embargaban.

Los ojos de Diane se iluminaron al ver su reacción, al notar el tono de voz tan diferente que empleaba con ella, y esbozó una sonrisa llena de coquetería antes de susurrar:

–No me mires así, John –lanzó una mirada furtiva hacia la puerta del salón, pero no parecía preocuparle lo más mínimo la presencia de Claire–. Debemos ser cuidadosos, Eli ha empezado a sospechar... –no pudo acabar la frase, porque su marido apareció en ese momento a saludar a los recién llegados.

Eli Calverson le hizo un gesto lleno de impaciencia a una de las doncellas para que se encargara de los abrigos de los invitados, pero se ruborizó y pareció recobrar el buen humor al ver que su esposa le tomaba del brazo y le sonreía con dulzura. Le dio unas palmaditas en la mano, y le devolvió la sonrisa antes de decirle a John:

–Me alegra que hayas podido venir a la cena, muchacho... y lo mismo te digo a ti, Claire. Tenéis muy buen aspecto –le estrechó la mano a John antes de volverse a besar la de Claire, pero su expresión se volvió ceñuda y le espetó en tono de advertencia–: Espero que no tengas planeado salir a pasear con ese dichoso automóvil en un futuro próximo, el señor Whitfield se sentiría ofendido. No debemos hacer nada que pueda molestarle, ¿verdad? No favorecería en nada a John.

Claire deseó poder decirle a aquel tipo repulsivo lo que pensaba de él al oír aquella amenaza velada, pero no se atrevió. Ya estaba bastante alterada después de ver el teatral numerito de Diane, que parecía empeñada en representar el papel de reina de la tragedia.

–Últimamente apenas tengo tiempo para automóviles –lo dijo con dignidad, e incluso logró esbozar una sonrisa forzada.

La sonrisa del banquero se ensanchó al oír aquello, y dijo con obvia satisfacción:

–Me alegra saberlo. Venid, quiero presentaros a nuestros invitados.

Los condujo hacia el salón, donde estaban esperándoles los Whitfield y su hijo. El señor Whitfield era un hombre alto y de pelo canoso que parecía cansado y un poco malhumorado, su esposa era una rubia menuda y apocada vestida de rosa que estaba sentada en un sillón tapizado en raso y parecía bastante incómoda, y el hijo era un joven muy apuesto que tenía la mano apoyada en la repisa y parecía aburrido.

Debía de tener la edad de Claire más o menos, y su rostro se iluminó de golpe cuando alzó la mirada al oírles entrar y la vio. Se apresuró a acercarse mientras el señor Calverson se encargaba de las presentaciones de rigor, y la dejó atónita al tomarla de la mano y decir sonriente:

–No sabía que el señor Hawthorn tenía una hija tan encantadora –no pareció darse cuenta de que todo el mundo se había quedado de piedra al oír aquellas palabras, y le besó la mano antes de añadir como si nada–: Soy Ted Whitfield, y espero verla con frecuencia durante mi estancia en Atlanta.

John sintió unos celos viscerales que le tomaron desprevenido. Agarró a Claire del brazo con una mano férrea, y la atrajo hacia sí con firmeza mientras fulminaba con la mirada a aquel jovenzuelo atrevido.

–Soy John Hawthorn, Claire es mi esposa.

A Ted no pareció afectarle en nada aquel dato, porque se limitó a decir con picardía:

–¿Ah, sí? Qué interesante –su amplia sonrisa, sumada al pelo rubio, los ojos azules y el apuesto rostro, enfatizó aún más su imagen de seductor.

–Compórtate como es debido, Ted –le reprendió de inmediato su padre.

–Claro, papi –le contestó el joven, con voz burlona.

–John es nuestro vicepresidente –apostilló Eli, que se había quedado un poco descolocado por el inesperado comportamiento de Ted–. Fue una incorporación muy valiosa para el banco, estudió en Harvard.

–Yo soy de Princeton –comentó Ted.

–¿A qué promoción pertenece? –le preguntó John, con una sonrisa burlona.

–La verdad es que aún no he terminado los estudios.

–Vaya.

A Claire le llamó la atención la facilidad con la que su marido podía reflejar tanto desdén y altivez con una simple palabra. Estaba claro que seguía sin conocerle en muchos aspectos, resultaba sorprendente cómo había intimidado a Ted sin intentarlo siquiera.

La señora Whitfield fulminó a John con la mirada, y se apresuró a decir:

–Pero Ted es el primero de la clase... ¿verdad que sí, cariño? Es muy inteligente –añadió, para recalcarlo aún más.

–Eso salta a la vista –el comentario de John rezumaba sarcasmo.

Eli Calverson optó por intervenir antes de que la situación fuera a peor, y preguntó con voz atropellada:

–¿Alguien quiere tomar algo antes de cenar?

Le lanzó una mirada de advertencia a John, pero este hizo caso omiso y miró con la ceja enarcada el vaso de brandy que Ted tenía en la mano antes de decir con sequedad:

–No creo que sea aconsejable.

Tanto la mirada como la clara indirecta bastaron para que aumentara aún más la incomodidad de todos, en especial la de Diane.

Claire no entendía el comportamiento de su marido hacia Ted. El muchacho era joven e inofensivo, pero daba la impresión de que a John le resultaba ofensivo; Diane, por el contrario, trató al joven con una amabilidad exquisita y se esforzó al máximo por hacerle sentirse como en casa... a lo mejor era una actitud deliberada, y lo que quería era que John se sintiera mal por haber sido tan grosero con él.

La cena fue una pesadilla para Claire. Noah Whitfield parecía un hombre muy rígido, y solo hablaba de asuntos financieros que ella no entendía. Le hizo gracia ver que Diane le escuchaba con mucha atención, porque estaba convencida de que lo único que sabía de dinero era cómo gastarlo... a lo mejor lo que la fascinaba tanto de su invitado no era lo que decía, sino lo adinerado que era.

Las damas se retiraron a conversar a la sala de estar tras la cena, y los hombres fueron al salón y cerraron las puertas correderas para disfrutar a solas de una copa de brandy y un buen puro.

–La cena estaba deliciosa, Diane –comentó la señora Whitfield–. Debe pedirle a su cocinera que le dé a la mía la receta de la sopa de brócoli.

–Se lo diré hoy mismo. El vestido que lleva es una preciosidad, ¿es de alguna casa parisina?

–Naturalmente. Es un diseño de Etienne Dupree, supongo que le conoce.

–Por supuesto.

–No hay duda de que el suyo también tiene el sello de París.

–¡Qué buen ojo tiene! Es un Charmonne.

Estaban haciéndole el vacío a Claire, y de forma magistral. Estaban haciendo que se sintiera como una pueblerina a la que se le había permitido cenar con gente que estaba por encima de ella.

Al final se hartó de aguantar aquel desprecio, y se puso de pie.

–Perdona, Claire, no era mi intención excluirte de la conversación –le dijo Diane, con una sonrisa ladina.

Claire se limitó a mirarla en silencio con una expresión firme y llena de dignidad, y al ver que se ruborizaba y apartaba la mirada dijo con voz serena:

–Mi madre me hablaba en ocasiones de un primo suyo, un ministro baptista que a veces tenía los zapatos muy enlodados porque siempre iba a predicar a pie. Un domingo, al darse cuenta de que un joven que estaba escuchando su sermón no dejaba de mirárselos con expresión de desprecio, se interrumpió en medio del sermón para recordarle que a Dios le interesaba más cómo tenía el alma que lo limpios que llevara los zapatos –sonrió con frialdad al ver que las dos captaban el mensaje, y añadió–: A veces deberíamos recordar que en el Cielo no hay eventos sociales, y que tanto los mendigos como las reinas caminarán por los mismos senderos a ese otro lado de la vida.

–Por supuesto que sí, ¡le aseguro que no pretendía ofenderla! –exclamó la señora Whitfield, que se había puesto roja como un tomate.

–Ni yo –le aseguró Diane, que no podía ocultar la incomodidad que sentía.

Claire se mantuvo firme, y les dijo con la frente en alto:

–No envidio ni su posición social ni sus riquezas –le lanzó a Diane una mirada que hablaba por sí sola antes de añadir–: No codicio nada de lo que tienen –sonrió a pesar de lo enfadada que estaba.

Diane se levantó de la silla a toda prisa, y comentó acalorada:

–¿Verdad que hace bastante calor? Le diré a la doncella que rebaje un poco el fuego de la chimenea.

Claire contuvo por educación las ganas de mandarla a paseo, aquella mujer era una serpiente venenosa que tenía la desfachatez de comportarse como si John le perteneciera. Al principio creía que la pobre le amaba de verdad y estaba destrozada por haberle perdido, pero cada vez tenía más claro que era una farsante que estaba jugando con él como un gato con un ratón.

Diane flirteaba y jugueteaba, pero nada más; por muy guapo

y adinerado que fuera John, ella no le consideraba su igual en cuanto a estatus social, así que jamás se había planteado en serio la posibilidad de casarse con él. Seguro que el compromiso no había sido más que un divertimento para ella.

John se merecía a alguien mucho mejor. Ella no tenía ni la belleza ni la clase de Diane, pero le amaba de corazón. Quizás algún día bastara con eso. Mientras tanto iba a andarse con cuidado, procuraría no agobiar a su marido ni hacer cosas que pudieran llevarle a avergonzarse de ella... pero no por eso iba a permitir que gente como Diane y la señora Whitfield la menospreciaran por el mero hecho de no haber nacido en el seno de una familia acomodada.

La conversación se mantuvo tensa y llena de largos silencios hasta que llegó la hora de regresar junto a los caballeros, y John la miró ceñudo al notar el mal ambiente. El hecho de que él diera por sentado que era ella la que tenía la culpa de cualquier posible problema no la tomó por sorpresa, y suspiró resignada.

Justo cuando él estaba a punto de preguntarle con disimulo sobre lo que había pasado, Ted la tomó del brazo y la condujo hacia el sofá. Se sentó junto a ella y sacó el tema del automóvil, que parecía resultarle fascinante.

–Tengo entendido que usted sabe de mecánica y se encarga de reparar el vehículo –comentó, con ojos llenos de interés–. Un amigo mío está estudiando la nueva teoría cuántica de Max Planck... es un tema intrincado que solo está al alcance de los entendidos en Física... pero la cuestión es que le interesan mucho los vehículos a motor y construyó uno eléctrico con el que circula por la ciudad. Es un aparato similar al cuadriciclo que Henry Ford estaba intentando comercializar en Detroit.

–Henry Ford es un chiflado –apostilló con irritación la señora Whitfield, que aún seguía molesta por los anteriores comentarios de Claire–. Esos trastos absurdos no son más que una moda pasajera que desaparecerá en uno o dos años.

—Yo creo todo lo contrario, estoy convencida de que cobrarán una gran importancia en el futuro —le contestó ella con cortesía—. Duran más que los caballos, y no les afecta el mal tiempo ni enferman.

—Estoy de acuerdo con usted —apostilló Ted, que estaba cada vez más animado—. Ford tiene una fábrica en Detroit, y el señor Olds...

—Mi automóvil es un Oldsmobile de salpicadero curvo, y es una delicia conducirlo.

—Tiene que llevarme a dar una vuelta, ¡me encantaría montar en él!

Tanto la madre del joven como John estaban que echaban chispas y el señor Calverson parecía tener ganas de echar a Claire a patadas de su casa, pero el señor Whitfield les sorprendió a todos al decir:

—A mí también. Estoy de acuerdo con Claire, los automóviles son el futuro; de hecho, estoy convencido de que las máquinas acabarán por reemplazar a los caballos de tiro en los sembrados. La mecanización es inevitable, y los más avispados harán inversiones en ese campo y obtendrán fortunas.

El señor Calverson cambió radicalmente de postura al oír aquello, y afirmó sonriente:

—Justo lo que he dicho siempre. Seguro que Claire estará encantada de llevarles de paseo a los dos... ¿verdad que sí, Claire?

El señor Whitfield la miró con una sonrisa sincera al comentar:

—Tendremos que dejarlo para la próxima vez que vengamos a la ciudad, me temo que debemos regresar a Charleston mañana por la mañana. Es un viaje muy largo incluso en tren. Ha sido muy interesante conocerla, jovencita. Una experiencia realmente única —se volvió hacia Calverson, y le dijo con firmeza—: Si esto es una muestra del tipo de ejecutivos que trabajan para usted, será un orgullo para mí ingresar fondos en su banco cuando traslademos nuestra oficina a Atlanta. Su gente tiene una visión de futuro encomiable, y está claro que también aciertan de pleno a la hora de escoger esposa.

Claire contuvo las ganas de mirar a John con petulancia, y se limitó a sonreír sin hacer ni caso a las miradas gélidas que estaban lanzándole tanto la señora Whitfield como Diane.

–Eres una caja de sorpresas, ¿verdad? –comentó John, sonriente, en el trayecto de vuelta a casa.

–Me gustan los automóviles, y hay muchos que comparten mi afición.

–Como ese chalado de Ted, ¿verdad?

Claire le miró por encima del cuello alto del abrigo y contestó con voz firme:

–Ted es como mi tío Will, tiene visión de futuro.

Él se reclinó de brazos cruzados contra la portezuela del carruaje, y le preguntó ceñudo:

–¿Por qué estaban tan enfadadas la señora Whitfield y Diane?, ¿qué les has dicho cuando estabais a solas?

–Les he recordado que cuando uno llega al Cielo da igual el dinero que tuviera en vida.

–No ha sido políticamente correcto hacer ese comentario en la casa de tu anfitriona.

–¿Y lo ha sido que ella se te pegara como una lapa?, ¿te parece bien que flirteara contigo en el vestíbulo mientras su marido estaba en el salón? –logró controlar su genio a duras penas, pero tenía el rostro enrojecido de furia.

–Tú has estado haciéndolo con Ted Whitfield.

–Eso no es verdad, ha sido él el que ha flirteado conmigo. A diferencia de otras, yo sí que tengo el buen gusto de no estar dispuesta a serle infiel a mi marido.

La referencia velada a Diane estaba clara. Él se puso muy serio y dijo con voz gélida:

–No sigas por ahí, Claire.

–Si hubiera querido casarse contigo, lo habría hecho antes de que Eli Calverson apareciera en su vida, pero ella no consideraba que estuvieras a su altura. Ahora ya ha conseguido echarle el lazo a un buen partido, así que puede permitirse ponerte ojitos de enamorada a espaldas de su marido; al fin y al cabo, tú eres demasiado honorable como para aceptar su claro ofrecimiento.

–Diane no es asunto tuyo.

–Eso ya lo sé, y no interferiré... siempre y cuando no te olvides de que eres un hombre casado, claro.

–No hace falta que me lo recuerdes –le espetó con sequedad, antes de reclinarse de nuevo en el asiento–. Dentro de una semana se celebra la fiesta de Acción de Gracias del banco, y tengo entendido que los Whitfield vendrán de nuevo a la ciudad para el evento.

–¡Qué bien! –Claire metió el pañuelo en el bolso antes de añadir con calma–: Supongo que no sería considerado de mi parte recordarte que el señor Calverson y tú no estabais avanzando lo más mínimo hasta que Ted ha mencionado mi automóvil.

–No, no lo sería.

Ella sonrió al verle tan ceñudo. Estaba claro que le había ofendido que hablara mal de su querida Diane, pero cuanto antes se diera cuenta de que ella no estaba dispuesta a echarse atrás, mejor.

John se pasó la semana posterior ignorando a su esposa. Ella pensó que estaba resentido por lo que le había dicho sobre Diane, pero en realidad se mostraba tan esquivo porque tenía la cabeza hecha un lío. No entendía por qué se había puesto tan celoso con Ted Whitfield, su propia reacción le desconcertaba. No estaba dispuesto a plantearse por qué se había sentido tan celoso por Claire, cuando se suponía que estaba enamorado de Diane.

Cuando llegó la noche de la fiesta de Acción de Gracias organizada por el banco, Claire tuvo que bajar sola al vestíbulo, porque él ni siquiera la había esperado en la sala de estar del apartamento. La capa de terciopelo negro con el cuello bordado cubría un vestido de su propia creación que había confeccionado a lo largo de aquella semana... su marido iba a quedarse boquiabierto al verlo, y le estaría bien empleado.

Ella era consciente de que no era tan bella como Diane, pero tenía mejor figura, y aquel vestido era perfecto para realzarla. Era una prenda de satén blanco y organza negra, y tenía un provocativo escote drapeado en satén blanco y negro cuyas capas ascendían hasta convertirse en anchos tirantes que enfatizaban la palidez de sus hombros. Como complemento se había puesto un collar de perlas que había pertenecido a su abuela.

Estaba elegante y sexy a la vez y el vestido ajustado realzaba su esbelta figura, pero John aún no lo había visto... y no iba a verlo hasta que llegaran a la fiesta.

–No es un baile –masculló él con irritación, al ayudarla a subir al carruaje.

–Me alegro, porque no es un vestido de baile. Sé cómo hay que vestir en los eventos sociales a pesar de mi procedencia humilde.

–¡Maldita sea...! ¡No he dicho ni una palabra sobre tu procedencia!

Ella optó por callarse. Estaba tan irritable últimamente, que había que ir con cautela hasta para hablarle.

Eli Calverson les recibió a las puertas del banco junto con Diane, que enarcó una ceja al ver la capa de terciopelo y dejó de lado a Claire como si la considerara insignificante.

–Estás preciosa –le dijo John a su anfitriona, que llevaba un vestido rojo.

Claire se tragó las ganas de comentar que aquel vestido le quedaba demasiado ajustado a la rubia, con lo que le daba a su voluptuosa figura un aspecto que rayaba la vulgaridad. El color tampoco era el adecuado para Diane, aunque estaba muy de moda para las prendas femeninas de la temporada de otoño e invierno; por incomprensible que fuera, había mujeres tan pendientes de las últimas tendencias, que solo se fijaban en el diseñador de una prenda y en si estaba de moda.

Había reconocido de inmediato el diseño de aquel vestido, porque Evelyn le había pedido que le confeccionara uno similar pero con algunas modificaciones. Se preguntó si Diane tenía idea de que era una experta en moda, seguro que se quedaría de piedra si viera algunas de las creaciones que había confeccionado para damas de Atlanta de más categoría social que ella. La verdadera moda era el arte de saber lo que le quedaba bien a una mujer, y lucirlo al margen de las tendencias del momento.

Dejó que una de las doncellas la ayudara a quitarse la capa, y sonrió al ver que soltaba una exclamación de sorpresa y exclamaba maravillada:

–¡Es el vestido más bonito que he visto en mi vida!

–Gracias –se volvió hacia sus anfitriones, y sintió una enorme satisfacción al ver que Diane la miraba boquiabierta. El contraste entre la pureza de un vestido y la chabacanería del otro era brutal.

John contempló desconcertado a su esposa. Era imposible que hubiera comprado aquel vestido en alguna de las tiendas de la zona, ¿cómo había encontrado una prenda que parecía digna de los mejores diseñadores parisinos?

Claire fue hacia él con la frente en alto, pero a medio camino la interceptaron tres jóvenes solteros que trabajaban en el banco y Ted Whitfield, que le dijo admirado:

–Está deslumbrante, Claire –hizo una cortés reverencia que hizo que se sonrojara, y añadió con galantería–: No hay duda de que es la dama más bella de todas las presentes.

Diane se enfureció al oír el comentario, y John permanecía como petrificado mientras intentaba asimilar la situación. Su esposa se había convertido de repente en la sensación de la fiesta, y no tenía ni idea de cómo lidiar con la vorágine de sentimientos que se agolpaban en su interior. Le habían tomado totalmente desprevenido tanto los celos que le quemaban las entrañas como el deseo ardiente que se encendió en su interior al ver a Claire vestida así.

CAPÍTULO 7

Claire nunca se había sentido tan atractiva ni había sido tan popular. La llevaban de un grupo de gente a otro, y las mujeres elogiaban sin parar su vestido. Todo el mundo quería saber dónde lo había comprado, pero no podía admitir que lo había confeccionado ella misma porque no quería que John se enterara de su trabajo secreto.

Mencionó el nombre de una boutique donde solían exponerse sus creaciones, pero una dama le preguntó con insistencia:

–Sí, querida, pero ¿quién es el diseñador?

–Eh... Magnolia –el nombre le salió de forma improvisada.

–Magnolia... ¡qué nombre tan apropiado para una diseñadora de Atlanta!

–¿Verdad que sí?

La única mujer presente que no mostraba el más mínimo interés por el vestido era Diane, que aprovechó para acercarse a John al ver que Eli salía del salón junto al señor Whitfield y comentó con irritación:

–Ese vestido resulta demasiado atrevido para un evento como este, ¿verdad? ¡Además, ese blanco virginal no es nada apropiado para una mujer casada!

Él optó por no confesar que el color era de lo más adecuado para su inmaculada esposa. Tomó un trago de ponche mientras contemplaba las alfombras persas, los elegantes cortinajes y las arañas de luces, y pensó para sus adentros que el elegante vestido de Claire entonaba de maravilla con aquel lugar.

–Ni siquiera es lo que está de moda –refunfuñó Diane.

A John le sorprendió el veneno que destilaban sus palabras. La había visto ponerse de uñas alguna que otra vez, por supuesto, pero era la primera vez que la oía hablar así de Claire, y le sorprendió lo molesto que se sintió al ver su actitud.

–Dudo que a Claire le importe demasiado lo que está de moda.

–Eso salta a la vista –contestó ella, con voz cortante. Sus ojos llenos de resentimiento no se apartaban de Claire, que estaba charlando con Ted Whitfield y dos jóvenes más. De repente se encogió de hombros, y se volvió a mirarlo con una sonrisa llena de dulzura–. En fin, no merece la pena hablar de nimiedades. Estás impresionante, John, realmente impresionante. Ojalá pudiéramos estar a solas.

Él sintió que el corazón se le aceleraba, y deseó con todas sus fuerzas poder besar una boca suave y dulce. La abstinencia estaba siendo una dura carga últimamente, y anhelaba tener a una mujer entre sus brazos... era extraño lo vívido que estaba en su mente el recuerdo de lo cálida y tersa que era la boca de Claire, lo grabado que se le había quedado lo que había sentido al besarla.

–¿Verdad que te encantaría, querido? –insistió Diane, con voz insinuante, antes de acercarse un poco más.

Él regresó al presente de golpe, y dijo con rigidez:

–Diane...

Ella hizo caso omiso de la advertencia y le rozó con el cuerpo con actitud incitante antes de susurrar:

–¿Te acuerdas de la noche en que nos comprometimos?

Permití que me desnudaras, y si el inoportuno de tu padre no hubiera llegado de forma inesperada, habría dejado que me hicieras el amor.

Él la miró ceñudo. Aquel recuerdo le había afectado en lo más hondo en el pasado, pero en ese momento lo único que sintió fue fastidio al ver que se lo recordaba.

–No es ni el momento ni el lugar para semejantes comentarios, Diane. Te recuerdo que estamos casados con otras personas.

Ella se apartó antes de refunfuñar:

–Tú siempre con tu dichoso sentido del honor, supongo que es por tu entrenamiento militar. Tendrías que haber ido a Harvard desde el principio.

–Conseguí un puesto mejor en Harvard gracias a haber estudiado en La Ciudadela –le espetó él con voz cortante.

–Supongo que el Ejército es necesario, pero esto es mucho mejor –recorrió el salón con la mirada antes de añadir–: Mira todo este lujo, el dinero y el poder son lo que cuenta de verdad. Cualquiera puede ser soldado.

Él contuvo las ganas de decirle que aquello no era cierto, porque Diane jamás había ocultado el desprecio que sentía hacia los soldados. Frunció el ceño al pensar en lo poco que tenían en común, más allá del ardiente deseo que sentía por su cuerpo... y lo cierto era que dicho deseo había ido desvaneciéndose. Era maliciosa y taimada, y le gustaba que los hombres se enfrentaran por ella.

Le había asegurado que le amaba, pero a juzgar por cómo se comportaba, cualquiera creería que estaba enamoradísima de su marido. Era una mujer que siempre se ponía del lado ganador. Cuando él se había negado a rebajarse ante su padre para recuperar la herencia, ella no había tardado ni un mes en echarle el lazo a Eli Calverson y casarse con él.

Recordó en ese momento el día en que se había detenido a ayudar al perro que Wolford había atropellado, la reacción de Claire. Ella había mostrado compasión por el animal, se había encargado de consolar a la anciana mientras él le entablillaba la pata. Era una mujer tierna y con un corazón de oro, pero tenía tanto genio y fuerza de voluntad como él.

–¿En qué estás pensando? –le preguntó Diane.

–En que los hombres somos unos necios.

Ella le dio una palmadita en el brazo, y contestó en tono de broma:

–No digas tonterías, tú eres muy inteligente.

–Yo no estoy tan seguro de eso.

Miró hacia Claire, que estaba sonriendo encantada ante las atenciones de aquellos jovenzuelos. La situación era un despropósito, porque el que tendría que estar piropeándola y pendiente de ella era su marido... ¡sí, tendría que ser él y no aquel zoquete de Ted Whitfield, que estaba devorándola con la mirada!

–Discúlpame –lo dijo con sequedad, y echó a andar hacia su esposa con una expresión amenazante que dejó boquiabierta a Diane.

Claire notó lo airado que estaba al verle acercarse. Se había sentido muy herida al ver que la ignoraba y optaba por charlar con Diane, y la sorprendió que de repente le apeteciera ir a hablar con ella.

–¿Te has quedado sin tema de conversación con Diane?, ¿te ha dicho algo que te haya... afectado?

Él hizo caso omiso de aquellas preguntas cargadas de sarcasmo. Miró ceñudo a Ted, y le dijo con rigidez:

–El salón está lleno de jóvenes casaderas –tomó a Claire de la mano en un gesto muy posesivo antes de añadir–: Deseo disfrutar de la compañía de mi esposa.

–Qué raro, tenía la impresión de que lo que deseaba era disfrutar de la de la señora Calverson... aunque soy un forastero en esta ciudad, así que supongo que me he equivocado –al ver la mirada asesina que aparecía en los ojos de John, se despidió de Claire con una reverencia y le dijo con galantería–: Volveremos a vernos antes de que me marche con mis padres, Claire.

John le siguió con la mirada, enfurecido y muy tenso. Seguía agarrándola de la mano, y no se dio cuenta de que estaba apretándosela con demasiada fuerza.

–Algún día se pasará de la raya y perderé la paciencia –masculló.

Ella se zafó de su mano de un tirón a pesar del placer que le daba tocarle, y le espetó con voz gélida:

–Se ha apiadado de mí al ver que no tenía acompañante. Todo el mundo se ha dado cuenta de que desde que hemos llegado no te apartas de Diane y me has dejado a merced de completos desconocidos.

En sus palabras se reflejaba una furia contenida e inesperada que le impactó de lleno, pero ella siguió hablando antes de que pudiera responder.

–No deseo tu compañía, y tú has dejado bien claro que el sentimiento es mutuo. Vuelve junto a tu vistosa pava real, y que tengas suerte si el señor Calverson deja de estar pendiente del señor Whitfield por un momento y se da cuenta del espectáculo que estáis ofreciendo. Siempre estoy sola, ¿qué más da tener que estarlo también en los eventos sociales? –dio media vuelta, y regresó junto a los jóvenes con los que estaba hablando cuando la había interrumpido.

Decir que se quedó atónito sería quedarse muy corto, y se quedó allí plantado mirándola boquiabierto. No se había dado cuenta de que su actitud con Diane había llamado la atención; de hecho, era la primera vez que se sentía tan poco atraído hacia ella. Miró a su alrededor, y al ver que varias mujeres estaban mirándolo con desaprobación se sintió avergonzado por haber dejado a Claire en evidencia en público. Ella no se merecía que la tratara así... lo cierto era que en aquella ocasión no había sido él quien había flirteado, sino Diane, pero su esposa no lo sabía.

Diane también se dio cuenta de las miradas que tanto John como ella estaban recibiendo, así que fue a buscar a su marido y permaneció junto a él.

Claire calmó su sed con un par de vasos de ponche, que tenía un gustito especial porque Ted Whitfield había vaciado una petaca de whisky en la ponchera para «mejorar el sabor»; lo mejoraba tanto, que el joven se puso a beber de una segunda petaca que tenía en el bolsillo, y empezó a mostrarse demasiado atento con ella.

La pequeña orquesta había empezado a tocar para que las parejas que lo desearan pudieran bailar, y Ted se empeñó en sacarla a bailar un vals. Debía de ser muy buen bailarín estando sobrio, pero al ver que se tambaleaba tanto que resultaba incluso peligroso, Claire optó por parar en medio de la abarrotada pista de baile y conducirlo hacia una silla.

–Disculpe, Claire. He bebido demasiado –admitió, avergonzado.

–No debería hacerlo, no es sano.

–No lo entiende, es la única forma en que puedo soportar lo que está haciendo mi padre. Parece muy honesto, ¿verdad? Honesto e inteligente... en realidad es un hombre despiadado que me ha criado a su imagen y semejanza, pero desde que la conocí a usted no quiero ser así –la tomó de la mano con fuerza, y le preguntó implorante–: ¿Cree que podría llegar a sentir algo por mí?

–Es... estoy casada, Ted –alcanzó a decir, aturullada.

–Él no la ama, hasta un ciego se daría cuenta de que la esposa de Calverson le tiene embobado. Esa mujer es de armas tomar, se lo aseguro. No es lo que aparenta, estaría dispuesta a hacer lo que fuera por dinero. Créame, sé de lo que estoy hablando...

–Ya basta, por favor –le pidió, antes de soltarse de su mano con suavidad–. Suélteme.

Estaba tan centrada en él, que se sobresaltó al oír que una amenazante voz masculina decía a su espalda:

–Sí, suéltela.

Ted alzó la mirada, y frunció el ceño en actitud desafiante al encontrarse con unos ojos negros que parecían querer fulminarlo.

–Vaya, por fin ha conseguido despegarse de la hermosa Diane. No quiere a Claire, pero no soporta que otro hombre le preste la atención que se merece, ¿verdad? –ni siquiera se molestó en bajar la voz.

–Por favor, Ted...

–Deja que hable, le sacaré por la puerta de cabeza en cuanto acabe –la interrumpió John, con voz gélida.

Ella se volvió hacia él, posó una mano firme sobre su pecho, y le dijo en voz baja:

–De eso ni hablar. No puedes arriesgar por él la fusión que desea el señor Calverson, ha bebido demasiado.

–Eso no le excusa.

–Se cree muy importante porque tiene un máster de Harvard, ¿verdad? –le espetó Ted.

–El máster es de Harvard, pero estudié la carrera en La Ciudadela.

Ted entendió lo que implicaban aquellas palabras a pesar de la borrachera, porque nadie que estudiara en La Ciudadela salía hecho un blandengue. En ese momento notó la postura erguida de John, lo acerada que era su mirada y la fuerza pétrea que reflejaba su rostro, y llegó a la conclusión de que no quería enfrentarse a un hombre así, un hombre que sin lugar a dudas había vivido años de disciplina y entrenamiento.

–No estoy en condiciones de pelear –se apresuró a retroceder un paso, y miró a Claire con expresión suplicante–. No va a permitir que me golpee, ¿verdad?

–No va a hacerlo... ¿verdad que no, John?

Él inspiró con fuerza mientras intentaba mantener la calma, y miró ceñudo primero a Ted (el muy bobalicón estaba sonriendo con petulancia al ver que tenía el apoyo de Claire), y después a su mujer (a juzgar por la testarudez que se reflejaba en su rostro, era obvio que no estaba dispuesta a permitir que le diera su merecido a aquel necio).

Claire se inclinó un poco hacia un lado para ver más allá de su marido, que no se había movido ni un ápice, y comentó aliviada:

–Allí está su padre –le hizo un gesto al señor Whitfield para indicarle que se acercara, y cuando llegó junto a ellos susurró–: Ted se ha pasado un poco con la bebida, creo que será mejor que lo lleve a casa.

El señor Whitfield asintió y le dijo con una cálida sonrisa:

–Está claro que es una joven de mucha valía. Lástima que esté casada, habría sido una buena esposa para Ted. Vamos, hijo, hay que llevarte a casa –le pasó el brazo por la cintura para servirle de apoyo, a juzgar por el cansancio que se reflejaba en su rostro estaba claro que no era la primera vez que pasaba algo parecido.

–Diantre, papá, estaba disfrutando mucho de la velada.

Claire les siguió con la mirada durante unos segundos antes de volverse para alejarse también, pero John la agarró del brazo con rudeza.

–Como parece molestarte tanto verme con Diane, será mejor que te quedes a mi lado durante el resto de la velada.

–¿Por qué?, ¿acaso quieres castigarme?

Él la soltó de golpe antes de contestar con tono despectivo:

–Como quieras.

Claire miró hacia la puerta a tiempo de ver que el señor Whitfield entraba de nuevo, pero sin Ted. Él la saludó con la cabeza antes de regresar junto al señor Calverson.

–Lamento haber sido una aguafiestas. Supongo que te habría encantado golpear a Ted, pero no creo que la imagen del banco hubiera quedado demasiado favorecida.

Dio media vuelta y estuvo a punto de topar con un joven

que no estaba borracho, pero que no sabía que John era su marido.

–¿La está molestando este hombre, Claire? ¡Porque si es así, estaré encantado de defenderla!

Fue John quien contestó. Estaba furioso con Claire y enrabietado por no haber podido darle un par de puñetazos a Ted, así que aquella oportunidad era demasiado tentadora como para dejarla escapar. Aquel hombre tenía un peso parecido al suyo, y no estaba borracho.

–Me parece perfecto, ¿salimos fuera?

–¡John!

La protesta horrorizada de Claire fue en vano, porque los dos iban ya camino de la puerta. Se apresuró a ir tras ellos, y alcanzó a ver que su marido paraba con facilidad un puñetazo de su contrincante y contraatacaba de inmediato. El puñetazo fue tan fuerte, que el joven dio una voltereta hacia atrás al caer y acabó sentado.

–¡Venga, levántese! Quería pelear, ¿no? ¡Aquí me tiene!

No era de extrañar que el joven se amilanara y vacilara. John estaba esperando el siguiente ataque con las piernas entreabiertas, la frente alzada, y un rostro pétreo y amenazante.

–¡Es mi marido! –exclamó Claire, al ver que el joven se levantaba.

–¿Su marido?

–Sí, soy su marido, y será afortunado si puede andar para cuando acabe con usted.

Al ver que iba hacia él, el joven alzó las manos en un gesto de rendición y empezó a retroceder a toda prisa.

–¡No, no hace falta llegar a tales extremos! Lamento mucho haber interferido, me disculparé ahora mismo... ¡discúlpeme, caballero! –se llevó la mano a su dolorida mandíbula, y se fue a toda prisa hacia la hilera de carruajes de alquiler.

Claire estaba muy confundida, tanto por el alcohol que había bebido con el ponche como por la actitud de John, y se quedó mirándolo boquiabierta. Le costaba creer que su reacio marido estuviera dispuesto a luchar por ella.

–¿Vas a crear más problemas, o has acabado por hoy? –le preguntó él, con un tono de voz cortante que rezumaba sarcasmo–. Yo ya he tenido bastante. Ve a por tu capa, voy a llevarte a casa.

Ella protestó, pero fue en vano. La condujo con firmeza hacia la puerta principal sin detenerse siquiera a despedirse de los Calverson, y no volvió a dirigirle la palabra hasta que estuvieron en el apartamento.

–Acuéstate, Claire. Ya has causado bastantes problemas por una noche.

–¿Ahora resulta que la culpable soy yo? ¡La pelea se habría evitado si le hubieras dicho que eres mi marido!

–Así me habría perdido la diversión.

–¿Adónde vas? –le preguntó, perpleja, al ver que volvía a abrir la puerta.

–De regreso a la fiesta, por supuesto. Estaba pasándolo bien hasta que te pusiste a flirtear con Ted.

–¡No estaba flirteando!

–Pues él parecía estar convencido de tener motivos para desafiarme, al igual que ese otro perro guardián tuyo. ¡Nadie tontea con mi mujer delante de mí!

Ella se llevó las manos a las caderas y le espetó con indignación:

–Pero tú sí que puedes tontear con la esposa del señor Calverson delante de mí, ¿verdad?

Ni siquiera vio cómo se movía, pero en un abrir y cerrar de ojos él le rodeó la cintura con un brazo y le bajó de un tirón tanto el vestido como la camisola interior. Se quedó mirándolo enmudecida, con un pecho expuesto ante aquella gélida y relampagueante mirada.

–¿Prefieres esto, virginal esposa mía? –la apretó más contra su cuerpo antes de mascullar–: ¡Si tanto anhelas mis caricias, vas a tenerlas! –se inclinó hacia ella mientras hablaba, y le cubrió el pecho con la boca abierta.

Nada, ni siquiera los besos que habían compartido semanas atrás, podía compararse a la sensación que la embargó. Se arqueó contra él, estremecida, y sintió que le flaqueaban las fuerzas cuando él empezó a chuparla enfebrecido.

Notó que acababa de bajarle con la otra mano la parte de arriba del vestido, que el otro pecho también quedaba desnudo. Sintió que la habitación daba vueltas a su alrededor mientras él devoraba con avidez su piel pálida y tersa, mientras la hacía arder con una fiebre que la desconcertaba, y ni siquiera le oyó susurrar:

–Di... Dios mío –lo dijo con voz quebrada cuando logró apartar la boca de aquellos pechos enloquecedores y la vio reclinada contra su brazo en una actitud de entrega absoluta, con los ojos cerrados y la boca entreabierta.

Vaciló por un instante, pero de repente la alzó en brazos con brusquedad y la llevó a su propio dormitorio. Permaneció dubitativo en la oscuridad durante unos segundos, se apoyó contra la puerta cerrada mientras luchaba en vano por controlar aquel deseo explosivo que le estremecía de pies a cabeza.

–John... John, no debes a... acostarte conmigo –susurró ella, con voz trémula–. ¡No soy Diane, no lo soy! No te aproveches de sentimientos que no puedo evitar...

Sus palabras se contradecían con el perceptible martilleo de su corazón, con el deseo y la curiosidad que se reflejaban en sus ojos grises.

–¿Quieres que me detenga? –se lo preguntó con voz ronca antes de dejarla de pie con suavidad, pero antes de que ella pudiera contestar, volvió a adueñarse de sus senos con la boca y se quitó con brusquedad los guantes mientras la saboreaba a placer.

La escasa fuerza de voluntad que aún le quedaba a Claire se

desvaneció por completo. Le deseaba tanto, el amor que sentía por él era tan enorme, que en ese momento se sentía en el séptimo cielo. Se rindió por completo y echó la cabeza hacia atrás para que la explorara a placer con la boca y las mano. No protestó cuando volvió a alzarla en brazos y la llevó a la cama.

Estaba completamente entregada, el ardor de su marido la tenía tan embriagada que ni siquiera notó lo diestro que parecía ser a la hora de desnudarla. Permaneció tumbada sobre el cobertor de damasco como una tentadora ofrenda, expuesta por completo bajo la escasa luz que penetraba por las finas cortinas, mientras él se desnudaba a toda prisa.

Para cuando se tumbó junto a ella, cálido y fuerte, y experimentó por primera vez la sensación de tenerlo piel contra piel, había recobrado cierta cordura y volvía a sentirse un poco aprensiva. Permaneció rígida entre sus brazos, y se apartó un poco con nerviosismo cuando la acarició íntimamente por primera vez.

–Shhh... tranquila –susurró él, mientras volvía a deslizar los dedos por aquella zona tan íntima que ella se resistía a entregarle; al ver que soltaba una exclamación jadeante y se arqueaba contra su mano, la acarició con más firmeza y le preguntó con voz ronca–: ¿Aquí?

Ella sollozó enfebrecida al sentir aquel placer indescriptible, se aferró a sus hombros y le clavó las uñas estremecida mientras se dejaba llevar por aquellas sensaciones tan pecaminosamente maravillosas.

Él le metió una rodilla entre las piernas para instarla a que las abriera más, para poder acariciarla más plenamente, y ella obedeció sin pensárselo dos veces mientras jadeaba y alzaba las caderas en un ritmo cada vez más rápido.

–¡Sí, por favor...! –gritó extasiada, justo antes de ascender en una explosión de placer al mismísimo Cielo.

Junto al placer notó un extraño desgarramiento, una punzada de dolor, y en algún lejano rincón de su mente se dio cuenta de que John se había puesto encima de ella y se había colocado entre sus piernas. Notó que una parte de su cuerpo masculino que no le resultaba nada familiar la penetraba poco a poco, que iba metiéndose en su interior, y exclamó sobresaltada:

–¡John!

Él no se detuvo. La sujetó por las caderas mientras empezaba a moverse con embestidas cada vez más largas y profundas, mientras la penetraba una y otra vez...

Estaba desgarrándola por dentro. La sensación de sentirse desbordada, demasiado llena, fue intensificándose cada vez más, y susurró algo ininteligible mientras apoyaba las manos en aquel pecho musculoso y sudoroso e intentaba echarle hacia atrás.

Él soltó un gemido gutural, deslizó una mano hacia abajo y volvió a acariciarla en el mismo sitio de antes, y el placer resurgió dentro de ella pero agudizado, más intenso que nunca. Ansió de repente que la llenara más, que la penetrara más hondo para llenar el doloroso vacío que sentía dentro, quería más...

Se arqueó hacia arriba y empezó a alzar las caderas enfebrecida mientras él iba acelerando el ritmo más y más, enloquecido de deseo. Una de las tablas de la cama golpeó contra el suelo, pero ella ni siquiera oyó el fuerte sonido mientras se aferraba a su marido entre jadeos y sollozos, mientras ascendía hacia aquel ardiente placer dulce y cegador que estaba justo al alcance de su mano...

Sintió que se precipitaba por un precipicio sin fin y acabó en un mundo cálido y palpitante, embargada por una plenitud absoluta que iba más allá de la mera relajación.

Mientras ella yacía allí, trémula y exhausta, él se quedó rígido de golpe y soltó un gemido gutural antes de estremecerse de pies a cabeza. Bajó la cabeza hacia ella hasta hundir el rostro contra su cuello perlado de sudor, y su cuerpo entero se sacudió una y otra vez mientras la sujetaba de las caderas con una fuerza que seguro que iba a dejarle moratones.

Las ventanas estaban cerradas, pero Claire oyó que un

perro ladraba en la distancia. Oyó también el tictac del reloj, y tanto la respiración jadeante como los latidos acelerados del corazón de su marido. Notó que el sudor de aquellas piernas largas y musculosas humedecía las suyas cuando él se movió un poco sin apartarse, le oyó soltar un pequeño gemido antes de empezar a acariciarla de nuevo.

Él deslizó los labios por su cuello y su mejilla hasta adueñarse de su boca entreabierta, y saboreó aquel cuerpo perfecto mientras la recorría con las manos; después de acariciarle a placer los senos, sus manos fueron bajando hasta la parte interior de los muslos.

Ella se quedó sin aliento al sentir que se ponía erecto de nuevo en su interior. Empezaron a recorrerla nuevas descargas de placer, y la pasión se avivó de golpe. Se movió con sensualidad bajo su cuerpo, deslizó las manos por su espalda hasta llegar a sus firmes glúteos, y susurró enardecida contra su boca:

–Sí... oh, sí, otra vez... ¡otra vez!

Él soltó un sonoro gemido, y la besó con pasión desatada mientras iniciaba de nuevo aquel movimiento rítmico con el que ya estaba familiarizada y que había dejado de doler. Se aferró a él con fuerza, se apretó todo lo posible a su cuerpo, y siguió el ritmo de sus embestidas; al ver que el fuego se intensificaba, que daba comienzo la larga y poderosa espiral que iba a conducirla al éxtasis, se echó a reír de felicidad.

Él enloqueció al oírla, solo era consciente de su cuerpo terso y tentador bajo el suyo. Cuando la oyó gritar de placer y sintió que le arañaba la espalda, deseó que aquel momento no tuviera fin.

Claire no le oyó marcharse. La despertó la luz del sol que entraba por la ventana y bañaba la almohada, y al abrir los ojos se quedó mirando el techo desorientada hasta que se dio cuenta de que aquella no era su habitación.

Se incorporó de golpe en la cama, conmocionada y avergonzada, cuando los acontecimientos de la noche anterior relampaguearon en su mente. Se cubrió con la sábana a toda prisa, pero no había ni rastro de John ni se le oía fuera de la habitación. Vio que él le había recogido la ropa del suelo, y que se la había dejado sobre la silla de palisandro que había junto a la cama con su habitual pulcritud: las prendas interiores estaban colocadas bajo el vestido, y los zapatos estaban con la puntera mirando hacia fuera.

La almohada de su marido aún conservaba la marca de su cabeza, pero él no le había dejado ni una simple nota. Se había limitado a vestirse y marcharse sin más con aparente indiferencia, como si lo que había pasado fuera de lo más normal.

Salió de la cama con cautela, como si fuera una ladrona que temía que la atraparan de un momento a otro, y al apartar a un lado el cobertor vio que la sábana bajera ya no estaba inmaculadamente blanca y tenía una vívida mancha oscura. Se puso roja como un tomate, consciente de que la lavandera haría algún comentario al respecto. Si fuera su cama podría haber puesto la excusa de que tenía el periodo, pero era la de John.

Atravesó la sala de estar a toda prisa, pertrechada con su ropa y descalza, y al llegar a su dormitorio cerró la puerta con alivio. Al alzar la mirada se vio en el espejo de cuerpo entero y no le sorprendió ver lo sonrojada que estaba, pero lo que le llamó la atención fueron las marcas que tenía en la piel.

Sintió curiosidad, así que dejó la ropa sobre la cama y se acercó al espejo para verse mejor. Sí, tenía un chupetón en el pecho y varios pequeños moratones en la parte alta de los muslos... seguro que John se los había hecho cuando la había agarrado con fuerza la segunda vez. Se puso un poco de lado, y vio que tenía unos cuantos más en los glúteos. Sus ojos ya no eran los de una joven inocente, su iniciación a los placeres de la carne le había dejado unas marcadas ojeras, tenía los labios rojos e hinchados... y los pezones se le endurecieron cuando se los miró, como si recordaran la calidez de la boca de John.

–¡Cielos! –exclamó, ruborizada ante los recuerdos.

Llenó la palangana de agua, y sacó un paño y una pastilla de jabón. Después de asearse y de vestirse con ropa limpia se sintió menos mancillada, pero pensaba bañarse más tarde para acabar de quitarse aquella sensación de suciedad. John había admitido que amaba a Diane, ¿cómo era posible que se hubiera entregado a él? ¿Acaso era una cualquiera?

Estaba tan avergonzada de sí misma, que se sintió incapaz de dar la cara aquella noche, así que le dijo a la señora Dobbs que no iba a cenar porque le dolía la cabeza y se encerró en su dormitorio.

Fue un esfuerzo innecesario, porque su marido no fue a cenar a casa. Le oyó llegar al apartamento pasada la medianoche, y dirigirse sin vacilar a su propio cuarto antes de cerrar la puerta con firmeza.

CAPÍTULO 8

John estaba tan afectado como su mujer por lo que había pasado. El deseo que sentía por ella había acabado por imponerse a su autocontrol y se había comportado como un enajenado. Le había hecho el amor a su inocente esposa con el refinamiento de un animal en celo, no había tenido ningún cuidado con su virginidad.

Estaba tan cegado de deseo por ella, que su inocencia ni siquiera se le había pasado por la cabeza, y en cuanto a la segunda vez, ella le había embriagado con su sensualidad. Aún le costaba creer que fuera tan apasionada... soltó un gemido al recordar su cuerpo cálido envolviéndolo por completo, cómo había seguido el ritmo de sus fuertes y profundas embestidas...

La dulce entrega de Claire le había cautivado. La había seducido llevado por la furia, la confusión, los celos y la frustración, pero no había hombre sobre la faz de la Tierra que pudiera pedir un placer más intenso que el que ella le había dado con tanta generosidad. Había notado cierto sabor a whisky en su boca (seguro que alguien había echado un poco en el ponche), pero no se le había entregado con tanta dulzura porque estuviera borracha, sino por amor.

Claire le amaba, se lo había demostrado una y otra vez a

lo largo de aquella larga y sensual noche al yacer contra su cuerpo con total confianza, al susurrarle palabras de aliento y de cariño. Aún tenía en la boca el sabor de su piel, aquella piel tan blanca, tersa y sensible que olía a rosas...

Tuvo que hacer un esfuerzo titánico por volver a centrar su atención en el asunto de negocios que tenía entre manos y dejar a un lado aquellos pensamientos tan perturbadores, pero gracias a su educación militar había aprendido a hacerlo incluso con los recuerdos más terribles. No tenía ni idea de lo que iba a hacer en adelante, pero había algo que sí que tenía muy claro: Lo que sentía por Diane no era tan profundo ni fuerte como pensaba, porque de ser así, no habría podido ser tan ardiente con Claire.

Claire no había dejado de darle vueltas a la mentira que le había dicho a la mujer que le había preguntado por el nombre del diseñador de su vestido, porque sería pésimo para su reputación que se descubriera que había mentido. Al final decidió que lo mejor sería confeccionar varios vestidos de noche bajo la firma «Magnolia», y fue a ver a la dueña de la pequeña boutique donde a veces se exponían algunas de sus creaciones.

La mujer se mostró encantada de poder exponer diseños originales tan exquisitos como el que le llevó de muestra, y Claire le pidió que mantuviera en secreto que ella era la diseñadora porque no quería que su marido se enterara de que trabajaba; además, las dos convinieron en que el anonimato le daría un aire de misterio tanto a la marca como a los diseños en sí.

Inició aquel proyecto estando ya muy atareada, ya que estaba confeccionando los vestidos que le habían encargado para el baile navideño del gobernador. Trabajaba con diligencia para tenerlos a punto a tiempo, y además tenía que ocuparse de su propio vestido.

John y ella procuraron evitarse durante una semana, y aunque los dos mostraron diversos grados de torpeza y reparo, lo cierto era que ella se llevó la palma en ese sentido. Ni siquiera era capaz de mirarlo a los ojos, y él parecía entender su timidez y no se enfadaba.

La llegada de Acción de Gracias cambió aquella dinámica, porque tuvieron que comer juntos y ocultar sus emociones para que la señora Dobbs no pensara que tenían problemas conyugales. No podían arriesgarse a dar pie a más rumores.

–Debería sacar más a Claire, John –comentó la mujer con naturalidad–. Se pasa el día entero en el apartamento, cosiendo sin parar.

–¿Qué es lo que coses?

A Claire estuvo a punto de caérsele el tenedor cuando él le preguntó aquello. No se había dado cuenta de que la señora Dobbs alcanzaba a oír desde la planta baja el ruido de la máquina de coser.

–He estado intentando hacerles unos cambios a algunos de mis vestidos.

–No soy pobre, no hace falta que aproveches ropa vieja –le espetó, ofendido en su orgullo–. Cómprate lo que necesites en la tienda de Rich, ya te dije que tengo una cuenta abierta allí.

–De acuerdo.

Cuando la señora Dobbs se fue a por el pastel que había cortado, John se reclinó en la silla y la observó con una mirada tan penetrante que Claire no pudo evitar ruborizarse.

–Quería hablar contigo, pero no sabía qué decir –admitió él al fin, con voz suave.

Ella sintió que se le aceleraba el corazón al recordar la larga y dulce noche que habían pasado juntos, y solo alcanzó a contestar:

–¿Ah, sí?

John suspiró al ver que ella no le ayudaba ni lo más mínimo. Fijó la mirada en su plato y llegó a la conclusión de que aún era demasiado pronto para hablar de lo que había pasado, así que optó por sacar otro tema.

–Quería pedirte que organizaras una cena benéfica el sábado que viene, para echarle una mano al orfanato presbiteriano de la ciudad; como sabrás, fue pasto de las llamas, y todos los niños están instalados en la sala común. La reconstrucción urge mucho –hizo una pausa antes de añadir con toda deliberación–: Pensé en pedirle a Diane que lo hiciera por mí... –tuvo que contener una sonrisa al ver que aquellos preciosos ojos grises echaban chispas.

–¡Soy perfectamente capaz de organizar una cena!

Prefería aquel arranque de genio a la timidez extrema con la que le trataba últimamente, estaba preciosa cuando se enfadaba.

–Por supuesto que sí, pero es que necesito que a esta en concreto asista gente muy adinerada, gente que pueda sufragar con sus donaciones la reconstrucción del orfanato.

–No te fallaré, John. Dame al menos el beneficio de la duda.

–¿Te crees capaz de solicitar la presencia de tantos miembros de la alta sociedad de Atlanta?, ten en cuenta que se trata de gente a la que no conoces –lo dijo con voz suave, intentando con todas sus fuerzas no ofenderla.

–No tienes un concepto demasiado bueno de mí, ¿verdad? –ella intentó aferrarse a su orgullo malherido, y alzó la barbilla al añadir–: Hubo un tiempo en que me importaba muchísimo lo que pensaras de mí, menos mal que ahora me resulta indiferente –fue incapaz de descifrar la extraña expresión que vio en su rostro. Dejó a un lado la servilleta y se puso de pie, con lo que él se vio obligado a levantarse también–. Organizaré esa cena si quieres, solo necesito que me detalles los pormenores.

Él luchó por ocultar la confusión que sentía, y contestó con calma fingida:

–Te daré un listado, junto con una relación de la gente a la que me gustaría que invitaras. Si tienes cualquier dificultad...

–No la tendré, pero gracias. No me apetece tomar postre... preséntale mis disculpas a la señora Dobbs, por favor –salió del comedor, y subió a toda prisa la escalera para dejar atrás cuanto antes aquella triste celebración de Acción de Gracias.

John la siguió con la mirada mientras se debatía entre el abatimiento y el enfado. Así que le resultaba indiferente la opinión que pudiera tener de ella, ¿no? Pues no había dado esa impresión cuando habían hecho el amor, cuando se había aferrado a él con tanta fuerza que le había dejado los hombros marcados. Si ella quería encauzar así la situación para salvaguardar su orgullo, pues perfecto, él podría olvidar sin problemas que su cuerpo la deseaba y anhelaba tenerla cerca día y noche.

Se preguntó qué habría pensado Diane de ese traspiés, pero se sorprendió al darse cuenta de que su opinión le importaba mucho menos que la de Claire. Su esposa era atractiva... atractiva, cariñosa, generosa, y tenía carácter. Se merecía a un marido que la consintiera, que la adorara y la tratara como a una princesa... seguro que a alguien como Ted le habría encantado cuidarla...

Se enfureció al pensar en aquel necio, al recordar lo atento que se había mostrado con Claire. Por mucho que el suyo fuera un matrimonio de conveniencia, era su esposa y Ted no tenía ningún derecho a tomarse tantas confianzas con ella. No estaba dispuesto a permitir más problemas en ese sentido, ningún otro iba a tocar a su Claire...

Soltó una carcajada, sorprendido, al darse cuenta del rumbo que habían tomado sus pensamientos. Menos mal que la señora Dobbs llegó en ese momento, porque de no ser así, seguro que habría empezado a hablar en voz alta consigo mismo.

A Claire no le costó demasiado organizar la cena benéfica en una semana, tal y como quería John, aunque había tenido que contratar a un mensajero para que repartiera las invitaciones. Para la mayoría de eventos sociales había que avisar con tres semanas de antelación (su marido era consciente de eso, por supuesto), pero había añadido una nota en las invitaciones explicando que se trataba de un caso urgente, que había habido un incendio en el orfanato y los niños estaban pasándolo mal.

Había contratado los servicios de un buen restaurante de la zona, y había invitado a todas las damas a las que había conocido a través de las obras benéficas con las que colaboraba; de hecho, había añadido a unas cuantas que no estaban en la lista de John.

Cuando llegó al fin la noche de la cena, se puso otra de sus nuevas creaciones. Era un vestido en blanco y negro tan impresionante, que la señora Dobbs soltó una exclamación de admiración y John se quedó pasmado.

–No recuerdo haber visto antes ese vestido –comentó él.

–Porque no lo habías visto. Es una prenda original de una diseñadora de la zona.

–Es una preciosidad –apostilló la señora Dobbs–. Me gustaría ser lo bastante joven y agraciada como para poder lucirlo, querida. Va a ser la envidia de todas las presentes.

–Gracias, señora Dobbs –Claire la miró con una cálida sonrisa, y se puso la capa negra de terciopelo ribeteada en satén blanco antes de decirle a John–: Deberíamos marcharnos ya, no debemos llegar tarde.

Él la tomó del brazo, la condujo hacia el carruaje que estaba esperándoles en la calle, y dio unos golpecitos en el techo del vehículo para indicarle al cochero que podía ponerse en marcha.

–La verdad es que estás preciosa –comentó, mientras la recorría con la mirada bajo la tenue luz del farolillo. Su esposa se había dejado el pelo suelto, y las únicas joyas que llevaba eran el collar de perlas que había pertenecido a su abuela y la alianza de boda, que se percibía bajo los largos guantes blancos–. ¿Cómo se llama la diseñadora?

–La firma es Magnolia.

–¡Qué apropiado! Es muy buena, de eso no cabe duda... aunque me parece una prenda demasiado formal para este tipo de evento.

–Recuerdo que dijiste lo mismo del vestido que llevé en la velada que organizó el banco –lo dijo sin pensar, y se ruborizó al recordar lo que había pasado cuando John la había llevado a casa.

Él también lo recordó, y la contempló con ternura antes de decir:

–Me acuerdo más de lo que había debajo de la ropa que del vestido en sí, Claire –al ver que apretaba su bolsito con fuerza y apartaba la mirada, añadió–: Estamos legalmente casados, es del todo lícito que pases la noche entre mis brazos.

–Fue un error.

–¿Ah, sí? ¿Ha pasado el tiempo suficiente para que sepas si va a haber consecuencias?

Ella no entendió en un principio a qué se refería, pero se dio cuenta al cabo de un instante y le contestó con rigidez:

–Aún es muy pronto para saber si hemos... concebido un hijo, pero dudo que... en fin, no creo que...

–¡Ojalá tengamos suerte! –sonrió al imaginarse a un niñito o a una niñita con los ojos grises de Claire, y pensó para sus adentros que le encantaría que estuviera embarazada.

Ella no le vio sonreír, y se sintió dolida al malinterpretar el comentario.

–Sí, ojalá –apenas pudo pronunciar aquellas palabras.

Amaba a su marido, y él estaba diciéndole con toda frialdad que no quería tener hijos con ella. Estaba claro que no iba a querer volver a hacer el amor con ella, para evitar correr ese riesgo de nuevo. A lo mejor tenía la esperanza de poder tener hijos con Diane algún día, si ella llegaba a quedar libre. Sintió como si acabaran de hundirle un puñal en el pecho.

–Ya hemos llegado –le dijo él, al llegar al restaurante; después de ayudarla a bajar del carruaje, le dio instrucciones al cochero y la condujo al interior del establecimiento.

Diane y su esposo habían llegado pronto y ya estaban esperándoles dentro. La rubia se volvió a tiempo de ver a John quitándole la capa, y sus ojos azules relampaguearon de furia. El vestido de Claire era increíblemente hermoso.

–Vaya, Claire, cuánta elegancia –sus palabras destilaban malicia. Soltó una risita antes de añadir–: ¿Acaso vamos a asistir a un baile?, tenía entendido que era una simple cena.

Claire no estaba dispuesta a dejarse amilanar. Le echó una mirada elocuente al sencillo vestido de seda negra que llevaba la rubia, y lanzó su propia estocada con una sonrisa al contestar:

–Supongo que lo de «simple» es una buena descripción.

Diane la miró ceñuda, pero no tuvo tiempo de contestar porque en ese momento llegaron dos parejas más. John le había dado un ligero apretón en el brazo a Claire y estaba a punto de intervenir para defenderla del malintencionado comentario de la rubia, pero la llegada de los invitados se lo impidió; aun así, Claire malinterpretó el apretón, y mientras Diane y el señor Calverson estaban charlando con los recién llegados, masculló en voz baja:

–Supongo que ella puede insultarme pero yo no puedo contraatacar, ¿verdad?

–Claire...

Se apartó airada de él y fue a saludar a Evelyn, que acababa de llegar con su marido. John la siguió con la mirada, apesadumbrado al ver que le había malinterpretado por completo.

Si se sorprendió al ver la calidez con la que una de las damas más influyentes de la ciudad saludaba a su esposa, lo ocultó bien. Se acercó al grupito al cabo de un momento, y Claire le presentó a los Paine. Fue la primera de un sinfín de presentaciones más, y cuando los invitados se sentaron a la mesa empezó a darse cuenta de que ella conocía de antes a todas aquellas damas.

Diane se quedó igual de sorprendida, no solo por el hecho de que Claire las conociera, sino por la calidez que mostraban hacia la joven; a pesar de todos sus esfuerzos, ella jamás había conseguido que Evelyn aceptara alguna de sus invitaciones... y lo mismo pasaba con tres o cuatro más de las damas presentes, que eran incluso más adineradas que Evelyn y parecían tener una relación muy cordial con Claire.

–Da la impresión de que conoce a nuestra pequeña Claire, señora Paine –comentó.

–Por supuesto que la conozco –le contestó Evelyn, con cierta altivez.

Claire contuvo el aliento al pensar que estaba a punto de revelar su faceta de diseñadora, pero se relajó al ver que Evelyn le lanzaba una sonrisa llena de complicidad antes de añadir:

–Claire ha sido una incorporación valiosísima a nuestro círculo. Es una voluntaria incansable... cocina para los mercadillos benéficos, hace manualidades y puntillas para donaciones... su ayuda ha sido inestimable, ninguna de nosotras obtendríamos ni la mitad de beneficios para nuestras causas benéficas sin su participación. No me cabe la menor duda de que su marido se enorgullece del tiempo que le dedica a nuestras causas, a pesar de que le impidan pasar más tiempo con él. Ha hecho tanto por nosotras, que no podíamos rechazar su invitación a esta cena en beneficio del orfanato.

John apenas podía creer lo que estaba oyendo. Estuvo a punto de admitir que no tenía ni idea de que su mujer colaboraba con causas benéficas, pero se dio cuenta de que sería un error... en especial porque Calverson estaba mirándole con fijeza, y ya le tenía celos por las habladurías que había habido sobre su supuesta relación con Diane.

–Sí, me siento muy orgulloso de Claire. Se le dan muy bien las manualidades, ¿verdad?

–Sí –le contestó Evelyn.

–¿Va a asistir al baile del gobernador, señora Paine? –preguntó Diane.

–Por supuesto, Magnolia está diseñándome un vestido para la ocasión. Le vendría bien contratar sus servicios, querida. Sus creaciones son exquisitas.

Diane no se atrevió a dejar ver cuánto la habían ofendido aquellas palabras, y dijo con una sonrisa forzada:

–Tengo que contactar con ella, ¿vive en Atlanta?

Claire se tensó de nuevo hasta que Evelyn contestó con vaguedad:

–Por la zona. Señor Hawthorn, ¿van a asistir Claire y usted al baile del gobernador?

–Me temo que no, ese fin de semana esperamos visita. Se trata de gente de fuera de la ciudad, y desaprueban los bailes porque son muy religiosos.

Claire había estado trabajando a marchas forzadas para tener su vestido listo a tiempo, y se quedó de piedra al oír aquello; su marido parecía tan convincente, que estuvo a punto de creerle, pero no le había mencionado que fueran a tener visita. Intentó ocultar lo decepcionada que estaba por no poder ir al baile, era un evento que esperaba con mucha ilusión.

–Ya habrá otros años –se limitó a decir, con voz apagada.

–¡Qué lástima! –apostilló Diane, mientras miraba decepcionada a John.

Él no prestó ni la más mínima atención a aquella mirada, porque estaba absorto en sus propios pensamientos. La verdad era que no podía admitir que no se atrevía a asistir a aquel baile por miedo a encontrarse con su propia familia. No quería saber nada de su padre, sentía una mezcla de enfado y desazón ante la mera idea de encontrárselo en el baile.

Claire no tenía ni idea de aquellas desavenencias familiares.

Le habría encantado saberlo todo sobre su taciturno marido, pero él no le había contado nada sobre su pasado.

–¿Van a asistir tus padres al baile, John?

Diane parecía inocente al lanzar aquella pregunta, pero le lanzó a Claire una mirada llena de petulancia; había dado por hecho que la joven no tenía ni idea de los problemas que John tenía con sus padres, y había acertado de lleno.

Mientras la rubia jugueteaba con su copa, la pobre Claire permaneció callada y rígida y luchó por asimilar aquella nueva información.

–No lo sé –contestó él con voz cortante.

Miró a Diane con una expresión tan iracunda, que esta enarcó las cejas en un gesto de sorpresa. La llegada de los camareros con el primer plato evitó que él tuviera que formular una respuesta más extensa, pero Diane le había echado a perder la velada a Claire, que se sentía como una tonta.

John era consciente de lo mal que se sentía su esposa, y lo lamentó de corazón. Estuvo mirándola durante toda la deliciosa cena, pero ella se centró en hablar con Evelyn y le ignoró de forma deliberada.

Al final de la velada, la suma total de las donaciones de los invitados superaba con creces lo que hacía falta para reconstruir el orfanato, así que también se podrían comprar juguetes nuevos para los niños.

–Debo decir que tu esposa es una gran organizadora, John –comentó el señor Calverson. Su esposa y él eran los únicos que quedaban además de John y Claire, y estaban charlando a las puertas del restaurante–. Esta noche has dejado en muy buen lugar al banco, querida. Tendré que buscarte otros proyectos, no tenía ni idea de que mantenías una relación tan cordial con las damas más influyentes de la zona.

–Sí, la pequeña Claire es toda una caja de sorpresas, ¿verdad? –la voz de Diane destilaba veneno–. ¿Nos vamos ya, Eli? Hace mucho frío aquí fuera.

–Por supuesto, querida. Buenas noches a los dos –se llevó la mano al sombrero en un gesto de despedida, ayudó a su esposa a subir al carruaje, y se fueron rumbo a su casa.

Claire subió a su carruaje sin esperar a que John la ayudara y se sentó lo más lejos que pudo de él. En todo el trayecto no pronunció ni una sola palabra a pesar de que él intentó entablar una conversación haciendo comentarios sobre la noche, la velada, y el tiempo que hacía.

Para cuando su marido entró en la casa ella ya iba escalera arriba, pero él ganó terreno y entraron en el apartamento con escasos segundos de diferencia; al ver que iba directa a su habitación, la llamó con voz imperiosa.

–¡Claire!

Ella se detuvo y se volvió con elegancia antes de contestar:

–¿Qué? –su voz gélida reflejaba el frío que le inundaba el corazón.

–Quiero preguntarte varias cosas...

–Lo mismo digo, pero como salta a la vista que para ti carezco por completo de importancia, está claro que no voy a obtener ninguna respuesta. Me lo has dejado más que claro esta noche... supongo que Claire está al tanto de tus asuntos familiares.

–Estuve comprometido con ella.

–Sí, y estás casado conmigo –sus ojos grises relampagueaban de furia. Dejó el bolso y la capa sobre el brazo de una silla, y le plantó cara con actitud beligerante–. ¡Sé más cosas de la señora Dobbs que de ti!

Él se sacó un puro del bolsillo y le quitó la punta con un cortador antes de preguntar:

–¿Qué es lo que quieres saber de mí, Claire?

Aquellas palabras la tomaron por sorpresa, y no supo cómo interpretar la calidez que se reflejaba en sus ojos... lo que ella no sabía era que John estaba encantado al ver que quería saber más cosas de él, porque en los últimos días estaba casi convencido de que ella había dejado de amarle.

–¿Vas a fumarte eso aquí? ¡Porque si es así, esta noche voy a tener que dormir en mi automóvil!

Él enarcó una ceja al ver tanta vehemencia, y soltó una carcajada antes de contestar sonriente:

–No pensaba fumar aquí dentro, suelo hacerlo en la terraza antes de acostarme. El humo no le molesta a nadie ahí fuera, querida.

–Salvo a Dios.

–¿Qué quieres saber de mí?

Claire estuvo a punto de aprovechar aquella ocasión, porque en teoría estaba ofreciéndose a contarle lo que ella quisiera; aun así, notaba cierta tensión en él a pesar de lo relajado que aparentaba estar, y no quería provocar una escena como la que había ocurrido en otra ocasión.

–¿De qué serviría preguntártelo? –su voz reflejaba lo cansada que estaba de todo aquel asunto. Hizo ademán de volverse hacia su habitación, pero se detuvo al oírle hablar.

–Mis padres viven en Savannah, pero no me hablo con mi padre desde hace años. Nunca voy a verles, y viceversa. Les ha prohibido tanto a mi madre como a mis hermanos que me dirijan la palabra.

Ella se acercó a una silla tapizada de terciopelo, y se aferró al respaldo de palisandro tallado porque necesitaba un apoyo. El corazón le latía a toda velocidad.

–¿Por qué?

Él se metió una mano en el bolsillo y soltó un profundo suspiro antes de contestar.

–Yo estaba luchando en Cuba. Me alisté en el ochenta y nueve, después de licenciarme en La Ciudadela, porque estaba harto de libros y educación y me encantaba la idea de ser soldado y luchar en la guerra –soltó una risa gélida y carente de diversión–. ¿Te das cuenta de cómo puede llegar a distorsionar la realidad el idealismo? Creía que la vida en el Ejército era algo glorioso, excitante, y lleno de aventuras y emoción.

Fijó la mirada en la alfombra persa, y sus ojos trazaron las líneas y las curvas del estampado.

–Pero mi padre me convenció de que el Ejército no estaba hecho para mí —siguió diciendo—, así que me di de baja y entré en Harvard. Ya sabes que después vine a Atlanta en el noventa y seis y que empecé a trabajar para Eli, pero en el noventa y siete hubo rumores de una guerra inminente contra España, así que volví a alistarme. Me sentí revigorizado ante la idea de entrar en batalla, y cuando fui de visita a casa durante un permiso no dejé de despotricar sobre la situación de la isla... es que un periodista que estaba de paso en la ciudad me había hecho varios comentarios al respecto. Dos de mis hermanos menores, los gemelos Robert y Andrew, se indignaron al oír lo que les conté sobre el sufrimiento de los cubanos, y como además estaban muy impresionados con mis historias sobre la vida militar, decidieron alistarse en la Marina de inmediato –hizo una pequeña pausa antes de añadir–: Estaban a bordo del *Maine* cuando explotó en el puerto de la Habana en febrero del noventa y ocho, dos meses antes de que los Estados Unidos le declararan la guerra a España y enviaran fuerzas militares a luchar a Cuba.

–Ya veo –apenas se atrevía a respirar.

Él alzó la mirada, y siguió con su relato.

–Mi padre me culpó de sus muertes, no quiso entrar en razón por muchas explicaciones que yo le diera. Cuando estalló la guerra me destinaron a Cuba, y estuve combatiendo a las afueras de La Habana –se encogió de hombros, y empezó a girar el puro apagado entre los dedos de la mano que tenía fuera del bolsillo–. Se pusieron en contacto con mi padre cuando caí herido, y él les envió un telegrama en el que decía que no tenía ningún hijo en el Ejército –soltó una carcajada llena de frialdad antes de añadir–: Como puedes ver, no tenía a nadie que esperara mi regreso.

–Estuviste comprometido con Diane antes de marcharte a la guerra.

–Cuando me alisté habíamos estado frecuentándonos y me declaré cuando estaba de permiso en Acción de Gracias, antes de que mi unidad fuera destinada a Cuba... cuando mis dos hermanos pequeños eran unos reclutas inexpertos deseando zarpar en busca de aventuras. Ella me pidió que... le pidiera algo a mi padre –no quiso mencionar lo adinerada que era su familia ni la herencia que le habría correspondido, ya que estaba desheredado–. La negativa de mi padre creó la primera fisura en mi relación con ella, y se casó con Calverson cuando me marché a la guerra.

–Cuando estabas en Cuba –apostilló ella, indignada.

–Estaba sola y tenía problemas económicos –seguía defendiéndola de forma inconsciente incluso después de todo lo sucedido–. Estoy convencido de que Calverson la convenció de que yo podría caer en combate y no regresar jamás. Él estaba aquí y yo no, y además, la situación económica de su familia era desesperada.

Claire pensó que, de haber estado en una situación parecida a la de Diane, ella habría trabajado día y noche, que bajo ningún concepto habría intentado salvar a su familia traicionando a un prometido que estaba en la guerra, pero optó por callarse su opinión porque estaba convencida de que John no estaría dispuesto a escuchar ninguna crítica contra Diane.

–Tuviste un regreso a casa muy triste –se limitó a decir.

Él le habló del frío y sombrío muelle situado en el extremo este de Long Island al que habían enviado a su regimiento a su regreso de Cuba, le explicó que muchos de los hombres habían enfermado al pasar de un clima cálido al frío de aquella zona. Los soldados estaban muriéndose de hambre en Cuba, y el gobierno de los Estados Unidos ni siquiera había creado un sistema de rotación de tropas hasta que Teddy Roosevelt y los oficiales de los regimientos habían presentado una petición firmada... pero en vez de enviar a los soldados a Florida durante los periodos de descanso, los mandaban al estado de Nueva York. Él había llegado a Norteamérica herido y desilusionado, y lo único que le había dado un poco de ánimo había sido la compañía y la camaradería de sus compañeros.

La experiencia le había endurecido. Sus recuerdos de Cuba siempre serían agridulces al pensar en los compañeros que habían muerto, al acordarse de la fiebre amarilla y de la resistencia cubana. Recordaba también haber oído a Teddy Roosevelt alabando con voz profunda y sonora los sacrificios y el valor de sus «Duros Jinetes», y haber deseado formar parte de aquel regimiento de voluntarios.

Roosevelt era un hombre al que respetaba, y era obvio que era un sentimiento compartido por los hombres que luchaban a sus órdenes. Eran hombres curtidos y duros, muchos de ellos habían sido agentes del orden en el Oeste... y también había algunos que habían vivido al margen de la ley; de hecho, a un forajido de Texas se le había concedido el perdón por petición expresa de Roosevelt, por la valentía con la que había servido en Cuba.

Haber conocido a Roosevelt le había marcado profundamente. Dos años después de ser elegido gobernador del estado de Nueva York, Roosevelt había optado a la vicepresidencia de la mano de William McKinley, el candidato republicano, que había obtenido la victoria el seis de noviembre de 1900.

–Al menos gozaba de tranquilidad –la miró a los ojos al preguntarle con voz suave–: ¿Te he dicho alguna vez lo mucho que me ayudaron tus visitas en el hospital?

–¿Lo dices en serio?

–Creo que fuiste tú quien me mantuvo con vida. Siempre estabas sonriente y feliz, fue uno de los mejores periodos de mi vida –no alcanzaba a entender cómo era posible que en aquel entonces no se hubiera dado cuenta de lo importante que era Claire para él.

Oír aquello la llenó de felicidad, y admitió con una sonrisa llena de timidez:

–Esperaba que no te importara que acompañara a mi tío cuando él iba a verte. No es que pudiera hacer gran cosa por ti, pero me gustaba ayudarte en la medida de mis posibilidades. Supongo que el señor Calverson no tuvo reparos en volver a contratarte, aunque a la gente le pareció un poco extraño porque habías estado comprometido con su esposa y él te la había arrebatado.

John también se había planteado aquello alguna que otra vez.

–Sí, pero supongo que tenía a mi favor mi máster en Harvard y lo bien que se me dan las finanzas; de hecho, también trabajé en un banco norteño mientras estudiaba en Harvard.

Al verle recorrer el puro con un dedo mientras permanecía pensativo, comentó:

–Nunca me habías hablado de Cuba, ni siquiera durante todas aquellas largas veladas que pasabas en casa de mi tío, jugando con él al ajedrez.

–Intento olvidar aquella época de mi vida, la mayoría de los recuerdos no son nada agradables.

–El tío Will me comentó una vez que te habían concedido una medalla por tu actuación en Cuba.

–Recibí una Estrella de Plata, y también un Corazón Púrpura por la herida en el pulmón –no le dijo por qué le habían concedido la estrella.

Claire recordó haberle visto una cicatriz en el pecho, justo debajo de un pezón, la noche que habían pasado juntos... bajó la mirada en un intento de ocultar los recuerdos que estaban pasándole por la mente.

–Sé que tus padres murieron de cólera cuanto tenías diez años –le dijo él.

–¿Te lo dijo el tío Will?

Él asintió antes de preguntar:

–¿Completaste tus estudios?

–Sí. Quise continuar y estudiar Historia en el Agnes Scott College, pero no pude permitírmelo por falta de dinero.

–Porque Will gastaba todo lo que tenía en su afición por las máquinas.

–Supongo que yo tampoco tenía demasiado interés en ir; además, me encantaba aprender de mecánica con el coche de mi tío.

Los ojos de John se encendieron de pasión mientras la contemplaba, su mirada la recorrió como una caricia tangible, trazó su cuerpo de arriba abajo. El deseo se encendió en su interior de golpe, era su esposa y estaba casi convencido de que no le rechazaría. Solo tenía que besarla... con un simple beso lograría hacerla suya, lo veía en aquellos ojos grises. Ella también recordaba el éxtasis que habían compartido.

Ella se mordió el labio con fuerza mientras intentaba recobrar la cordura, pero su mente estaba enloquecida por el deseo de hacer el amor con él. Alzó la mirada, y le dijo con firmeza:

–Me voy a la cama.

–¿A cuál de las dos? –lo dijo con voz contenida, pero el brillo de sus ojos delataba cuánto la deseaba.

Ella se puso roja como un tomate, y dijo con toda deliberación:

–A la mía, a menos que no te importe aumentar el riesgo de que tengamos un hijo.

–Merecería la pena correr cualquier riesgo, te deseo –admitió, con voz ronca.

Le dio vergüenza oírle hablar de aquellos temas tan abiertamente. Bajó la cabeza y masculló:

–No soy Diane.

Él sintió como si acabaran de clavarle un cuchillo en el

pecho al oír aquel nombre en labios de su mujer, y respiró hondo de forma audible. ¡Como si pudiera confundir a la una con la otra!, ¿no se daba cuenta del insulto que acababa de lanzarle?

Apretó en un puño la mano que tenía en el bolsillo, y con la otra aplastó el puro antes de decir con rigidez:

–Quizás será mejor no arriesgarse. Buenas noches, Claire.

Ella fue hacia su dormitorio con paso lento, cerró la puerta, y se detuvo de golpe mientras intentaba calmar los latidos desbocados de su corazón. Deseó que él hubiera dicho que no le importaba correr el riesgo de que se quedara embarazada, pero con su actitud acababa de confirmar que por ella solo sentía un deseo físico, porque su ardor se había apagado en cuanto la había oído mencionar a Diane.

Se dijo con firmeza que eso era algo que no debía olvidar, y se negó a imaginarse lo que podría haber pasado.

CAPÍTULO 9

Claire recibió al día siguiente la inesperada visita de Evelyn Paine, que quería pedirle un favor. La dama estaba tan elegante como siempre, llevaba una falda color burdeos con una blusa blanca con volantes y un sombrero de ala ancha a juego con la falda.

–Ya sé que te lo pido con muy poco tiempo de antelación y que estás muy atareada con los vestidos que Jane, Emma y yo te encargamos para el baile del gobernador, pero una amiga mía que vive en Savannah ha venido a visitarme junto con su hija, y le encantaría que hicieras un vestido para la puesta de largo de la joven.

–Lo haré encantada, ¿por qué no me has mandado una nota en vez de venir en persona?

–¿La señora Dobbs está aquí? –le preguntó, mientras lanzaba una mirada a su alrededor.

–No, ha salido a comprar.

–Gracias a Dios. Se trata de un asunto muy delicado que deseaba tratar con discreción, así que tenía que venir a contártelo en persona.

Evelyn se inclinó hacia delante antes de añadir:

—La amiga que viene a visitarme es la madre de tu marido. Su propio esposo le prohibió que se pusiera en contacto con John y ella le prometió que respetaría sus deseos, pero nada le impide contactar con su nuera.

–¡No sé qué decir!

–Di que sí, Claire. Se aloja en mi casa... al igual que Emily, su hija. Son unas personas encantadoras y están deseando conocerte, vente conmigo a casa ahora mismo.

Claire vaciló por un instante, consciente de que John se enfurecería si se enteraba; además, ¿cómo iba a justificar su ausencia?

Alzó la mirada y suspiró con resignación. Su marido y ella ya estaban tan distanciados, que un problema más no supondría demasiada diferencia.

–De acuerdo –le dijo a Evelyn con firmeza.

Claire no habría sabido decir qué esperaba encontrar. John era alto, moreno y elegante, así que se había hecho una imagen mental de cómo serían sus parientes, pero se equivocó de pleno. La madre de su marido era menuda, rubia y de aspecto frágil, y su hermana Emily era alta y elegante, pero a pesar de ser rubia como su madre, tenía los ojos oscuros.

Se quedaron mirándola durante tanto tiempo, que empezó a sentirse un poco incómoda, pero al final fue su suegra, Maude Hawthorn, quien rompió el silencio al preguntarle vacilante:

–¿Es usted la esposa de John?

–Eso me temo. Supongo que esperaba ver a una mujer bella...

–No diga tonterías –Maude se le acercó sonriente, y la tomó de las manos. La expresión que se reflejaba en sus ojos era tan cálida como sus dedos–. Si algo me sorprende es el buen gusto que ha demostrado tener mi hijo. Evelyn me ha enseñado una muestra de su talento con la aguja, querida, y esa ha sido una excusa más que suficiente para hacerla venir.

De verdad que nos encantaría que le hiciera a Emily el vestido para su puesta de largo.

La joven en cuestión se acercó con una enorme sonrisa, y comentó con entusiasmo:

–Sí, nunca antes había visto unos bordados tan elaborados y unos diseños con cuentas tan intrincados –se echó a reír, y añadió con ojos chispeantes–: ¡No esperaba que mi hermanito mayor fuera tan inteligente a la hora de elegir esposa!

–Me temo que no lo hizo por inteligencia, sino por lástima –Claire no se dio cuenta de la amargura que se reflejaba en sus palabras–. Tras la muerte de mi tío Will me quedé sin medios para subsistir. John y él habían mantenido una buena amistad, así que se interesó por mi bienestar.

Maude conocía a su hijo a la perfección, y que ella supiera, jamás había hecho nada tan drástico solo por pena; a juzgar por lo que Evelyn le había contado, aquella joven tenía carácter e integridad y no era ni una interesada ni una cazafortunas... a diferencia de aquella otra, la que había tenido un comportamiento tan escandaloso con su hijo que las murmuraciones habían llegado a sus oídos en Savannah.

–Supongo que John le habrá hablado de nosotras, aunque sea un poco.

Claire no supo qué contestar al verla tan esperanzada, y Evelyn malinterpretó su silencio y apostilló sonriente:

–Si me disculpáis, voy a pedir que nos sirvan té y pastas –al salir cerró la puerta corredera de la sala de estar para darles más intimidad.

Claire se volvió de nuevo hacia Maude Hawthorn, y admitió muy a pesar suyo:

–No sé casi nada de ustedes, John apenas me habla de su familia.

–Ah –la mujer parecía muy dolida.

–Por favor, no se ponga así. John y yo pasamos muy poco tiempo juntos, nuestro matrimonio es de conveniencia –se sentó en el sillón tapizado de terciopelo antes de admitir con tristeza–: Lo cierto es que se casó conmigo para evitar que hubiera más habladurías dañinas que pudieran afectar al banco, al señor Calverson, y a él mismo. Había sido un poco indiscreto, y la gente ya estaba chismorreando al respecto. Yo conseguí un techo bajo el que cobijarme gracias a nuestro matrimonio, y él, protegerse de las habladurías.

Maude se sentó junto a ella, abatida. Había albergado la esperanza de que su hijo se hubiera casado por amor.

–Así que sigue sin poder alejarse de esa mujer, ¿verdad? ¡Tenía la esperanza de que hubiera superado por fin esa atracción tan nefasta!

–Todos la teníamos –admitió Emily, antes de sentarse en la silla de palisandro que había frente al sofá.

–Supongo que ya se ha dado cuenta de que la señora Calverson no es un tema que agrade en mi casa –añadió Maude–. Fue ella la que tuvo la culpa de las primeras fricciones entre mi hijo y mi marido al exigir que John recibiera de inmediato la herencia que le pertenecía. Era imposible que mi marido accediera, y mi hijo lo sabía. Los noventa fueron unos años pésimos para la industria de la banca, ahora es cuando vamos recuperándonos.

A Claire le costaba asimilar todo aquello, y preguntó llena de curiosidad:

–¿Ustedes... su familia... son banqueros?

Maude sonrió con calidez al ver su reacción, y no dudó en explicarle la situación.

–Sí. Mi padre era el presidente del banco más grande de Savannah, y mi marido ostenta en la actualidad la presidencia de la junta de dirección... también pertenece a las juntas de otros tres bancos muy prominentes, uno de ellos de Atlanta. Mi hijo Jason tiene una gran empresa de transporte marítimo y una flota de barcos pesqueros. Estamos muy unidos a él, pero echamos muchísimo de menos a John.

Emily optó por pasar a un tema menos triste, y apostilló sonriente:

–Mi puesta de largo será en el baile benéfico de primavera que se celebra en Savannah, tendría tiempo de sobra para diseñarme un vestido.

–¿Accede a hacérselo? Hemos visto los que ha hecho para Evelyn, y no hay duda de que tiene mucho talento.

–¿Qué pasa si John se entera? Pensará que lo he hecho a sus espaldas, y con razón.

–Está enamorada de él, ¿verdad? –le preguntó Maude con perspicacia.

Claire fue incapaz de mentir, y admitió abatida:

–Con todo mi corazón, aunque eso no me ha servido de nada. Él pasaría por encima de mi cuerpo moribundo con tal de llegar junto a la hermosa señora Calverson. No me hago ilusiones respecto a lo que pueda sentir por mí, porque sé que no siente nada –al ver que su suegra parecía impactada por aquellas palabras, se apresuró a añadir–: Lo lamento si la he escandalizado.

–Ha comentado que John apenas le ha hablado de nuestra familia, ¿está enterada de lo de Robert y Andrew?

–¿Quién...? Ah, sí, sus hermanos.

–Sí, querida –Maude entrelazó las manos en el regazo, y en su rostro empezó a reflejarse el peso de la edad–. Robert y Andrew eran mis dos hijos menores. Se alistaron en la Marina poco después de que John viniera de permiso a casa vestido de uniforme, tan digno y entusiasmado ante la idea de ayudar a los cubanos –recorrió el dorso de una mano con los dedos de la otra en un gesto de nerviosismo antes de añadir–: Estaban a bordo del *Maine* cuando se produjo la explosión, y fallecieron los dos.

–John me contó lo sucedido, para él debe de ser un recuerdo muy doloroso. Le costó mucho hablar del tema conmigo.

–Es igual de doloroso para nosotros, pero mi marido le culpó a él. Le lanzó un sinfín de insultos y lo desheredó, y por si fuera poco, prometió que jamás volvería a dirigirle la palabra; por desgracia, nos impuso ese mismo silencio tanto a Jason y Emily como a mí. Siempre he acatado sus deseos hasta ahora, pero está muy enfermo del corazón y sé que lamenta esta situación. Lo que pasa es que el orgullo le impide contactar con John, y yo albergaba la esperanza de que usted lograra convencer a mi hijo de que venga a vernos a Savannah.

–Supongo que después de oír mis explicaciones se habrá dado cuenta de que no tengo ninguna influencia en él. John y yo somos como un par de desconocidos en casi todo –lo dijo con una sonrisa agridulce.

–Esperaba encontrar una situación muy distinta.

–Lo siento de veras, ¿tan mal está su marido?

–Tiene el corazón debilitado, aunque yo creo que se debe a su distanciamiento con John. A veces, cuando se está enfadado, se dicen cosas de las que uno se arrepiente después. Mi marido sufrió mucho con la pérdida de nuestros hijos, y se negó a creer que su muerte fuera por designio divino. Tenía que echarle la culpa a alguien, y John resultó ser el blanco más fácil. Pero la culpa no fue de mi hijo, se lo aseguro. Robert y Andrew tenían pensado alistarse desde niños, pero la mala suerte quiso que lo hicieran al poco de la visita de John, y que les destinaran a aquel barco en concreto.

Claire abrió los ojos como platos al entender algo de repente, y no pudo contener las palabras que brotaron de sus labios.

–¡Es por eso por lo que John no quiere asistir al baile navideño del gobernador, porque no quiere coincidir allí con su padre!

–Mi marido no va a asistir, no puede realizar un viaje tan largo. Y ni Emily ni yo vendremos sin él.

–Ya, pero si se lo digo a John, se preguntará cómo me he enterado.

–Es verdad. Lamento que no vaya a asistir, Claire. Estoy convencida de que lo habría pasado muy bien.

–Sí, pero no siempre se consigue lo que se quiere; en fin, díganme lo que tienen pensado para el vestido de Emily.

Estuvieron hablando animadamente del vestido para la puesta de largo, y Claire hizo varios bosquejos; al final se decidieron por uno con escote tipo «ojo de cerradura» con mangas cortas y abullonadas y cintura imperio.

–Es muy poco convencional, ¡me encanta! –exclamó Emily, con una sonrisa de oreja a oreja.

–Si por algo me distingo, es por ser poco convencional, ¡debería oír lo que dicen los hombres de la zona cuando me ven pasar con el automóvil de mi tío! He tenido que dejar de usarlo, porque dos compañeros de trabajo de John se escandalizaron muchísimo.

–¿Tienes un automóvil? –le preguntó Maude, que ya había empezado a tutearla con familiaridad–. ¡Tengo que verlo, Claire! ¿Podríamos ir a dar un paseo en él?

–Me encantaría, pero si vienen a casa... por otro lado, la señora Dobbs no va a reconocerlas y John no está allí, así que... ¡sí, claro que pueden!

Tanto Maude como Emily se mostraron entusiasmadas ante la idea de dar un paseo en el coche, y la primera admitió que desearía tener uno propio... y que estaba decidida a convencer a su marido de que le comprara uno.

–Entonces sí que tendrás una excusa para venir a visitarnos, Claire, porque tendrás que enseñarme a manejarlo y a repararlo.

–Antes de eso tendré que unirme a las sufragistas de la ciudad, para que los caballeros dejen de criticar mi afición por la mecánica.

Claire lo dijo en tono de broma, pero su suegra le contestó con naturalidad:

–Por supuesto. Tanto Emily como yo pertenecemos a las sufragistas de Savannah, no estamos dispuestas a permitir que los hombres sigan imponiéndonos sus normas.

A Claire le resultaba muy interesante su familia política, pero por desgracia, no podía comentárselo a su marido.

Consiguió sacar el automóvil de la cochera sin que el barrio entero saliera a la calle a ver qué pasaba. La señora Dobbs estaba en casa, pero para evitar las presentaciones de rigor hizo que sus invitadas permanecieran fuera, junto al carruaje de Evelyn, que estaba esperando a media calle de distancia.

El coche solo tenía dos plazas, así que tuvieron que apretujarse un poco cuando Maude y Emily se colocaron junto a ella, pero se las apañaron como pudieron. Fueron de un extremo a otro de la calle entre gritos de entusiasmo, y tuvieron la suerte de no encontrar ningún caballo en su camino... y el anciano señor Fleming, que vivía en la esquina, no salió a amenazarlas a gritos con avisar a la policía.

Cuando paró el vehículo y vio que su suegra y su cuñada tenían la ropa manchada de grasa, Claire se dio cuenta de que tendría que haberles dado algún trapo con el que cubrirse.

–Ir en coche ensucia bastante –les dijo, en tono de disculpa.

–No pasa nada, vamos vestidas en tonos oscuros y podemos lavarnos la cara –le contestó Maude, con ojos chispeantes–. ¡Qué invención tan maravillosa, querida! Debo admitir que resulta muy estimulante.

–Sí, es verdad –apostilló Emily.

Maude miró hacia la casa donde vivían su hijo y su nuera, y mientras se dirigían hacia el carruaje de Evelyn admitió:

–Ojalá hubiera podido ver a John.

–A mí también me habría encantado, pero al menos nos hemos conocido –Claire le dio un abrazo, y después le dio otro a Emily.

–Nos mantendremos en contacto a través de Evelyn –le aseguró su suegra con firmeza.

–Por supuesto... y mientras tanto trabajaré con ahínco en su vestido, Emily.

–Ven a visitarnos algún día si puedes –añadió Maude, con sincero aprecio–. Siempre serás bien recibida en nuestra casa, incluso sin John.

–Lo tendré en cuenta. Que tengan un buen viaje de vuelta.

–Cuídate, Claire.

Su suegra le indicó al cochero que las llevara de vuelta a casa de Evelyn, y Claire esperó a que el carruaje se alejara antes de entrar en casa. Volvía a estar manchada de grasa y polvo, así que era una suerte que John tuviera que quedarse a trabajar hasta tarde.

Aquellas largas veladas a solas sin su marido se habían convertido en algo bastante habitual, pero no había querido plantearse la posibilidad de que él no estuviera trabajando, sino con Diane. No estaba segura de poder soportar la verdad.

En aquella ocasión, John sí que llegó a tiempo de cenar, y fue inevitable que la señora Dobbs mencionara la visita de las dos desconocidas mientras los tres estaban sentados a la mesa.

–Esperaba que las invitara a entrar, Claire. He cortado un pastel, y tenía el té a punto.

–Lo lamento, pero llegaban tarde a un compromiso previo y no ha habido tiempo. Evelyn les ha hablado de mi automóvil, y han querido venir a verlo con sus propios ojos.

–¿Evelyn Paine? –le preguntó él.

–Sí, viene con frecuencia junto con algunas de sus amigas a visitar a Claire –saltaba a la vista cuánto se enorgullecía la casera de que pisaran su casa damas tan distinguidas.

–Así que por eso tienes una relación tan cordial con las damas más prominentes de Atlanta, ¿no? Las invitas a tomar el té –apostilló John.

A Claire le dolió el sarcasmo que se reflejaba en las palabras de su marido, y le contestó con la frente bien alta:

–Y ellas me invitan a mí.

–Sí, y muy a menudo. Son unas personas encantadoras –apostilló la señora Dobbs.

Él dejó a un lado el tenedor antes de comentar con frialdad:

–Es una lástima que nunca se te haya ocurrido mencionarme esas visitas.

–¿Cuándo he tenido ocasión de hacerlo? –Claire se dio cuenta de que a la casera parecían sorprenderle aquellas cáusticas palabras, así que se apresuró a añadir–: Trabajas mucho y hasta muy tarde, John, y por la noche estás cansado y no te apetece hablar de la jornada.

–Supongo que esos eventos sociales a los que asiste son agotadores, señor Hawthorn. Mi cuñada asistió a la velada en casa de los Calverson anteanoche con su marido, y tengo entendido que usted fue solo. A ella le extrañó un poco que un recién casado asistiera a un evento así sin su esposa –le lanzó una mirada de disculpa a Claire mientras se ponía de pie, y se fue a la cocina sin esperar respuesta.

Claire empezó a enfurecerse, y al mirar a su marido con expresión gélida notó que se había puesto tenso.

–Está claro que no consideraste oportuno llevarme a esa velada –le espetó, sin andarse por las ramas.

–No fue más que una reunión de negocios.

–¿La señora Calverson estaba presente?

Él lanzó la servilleta sobre la mesa antes de exclamar, airado:

–¡Sí, sí que estaba!

–Y también estaba la cuñada de la señora Dobbs.

John se puso de pie. Se sentía culpable, y por eso optó por parapetarse tras un arranque de mal genio.

–También estaban los Whitfield, y teniendo en cuenta algunas cosas que han pasado, me pareció prudente mantenerte alejada de Ted.

–¿Estás acusándome otra vez de flirtear con Ted?

–¿Acaso no es verdad? –su sonrisa era tan burlona como su tono de voz–. Recuerdo que estuve a punto de pegarme con él por tu culpa la última vez que coincidisteis, y eso no habría sucedido si no hubieras coqueteado con él... y con aquellos jóvenes empleados del banco.

Claire se levantó de la silla con deliberada lentitud, y le dijo con voz gélida:

–Y lo que tú sientes por la elegante señora Calverson no va más allá de lo que cabría esperarse de un banquero respecto a la esposa de su colega de negocios, ¿verdad?

Él la miró con ojos oscurecidos de ira, y apretó el puño contra su musculoso muslo antes de advertirle con voz suave:

–Ten cuidado, Claire.

–¿Por qué? Te consideras con derecho a pasarte el día babeando por ella y a asegurarte de que yo no haga nada que pueda aguarte la diversión, pero resulta que yo no puedo ni acercarme a Ted.

–¡No babeo por la señora Calverson!

–¡Pues eso es lo que parece! Nuestro matrimonio no logrará acabar con los chismorreos si sigues empeñado en avivarlos aún más con tu comportamiento.

John se tragó la respuesta que tenía en la punta de la lengua al ver que la señora Dobbs volvía a entrar en el comedor, visiblemente preocupada y nerviosa, y se limitó a preguntar con voz cortante:

–¿Continuamos esta discusión arriba?

Estaba convencido de que su esposa le diría que sí, así que se quedó de piedra cuando ella le contestó con sequedad:

–No, no tengo ningún deseo de hablar contigo de un tema tan desagradable; en cualquier caso, está claro que mi opinión no te interesa lo más mínimo, porque te da igual lo que pienso de tu infidelidad.

–¡Nunca te he sido infiel! –exclamó, indignado.

–¡Ja!

John dio media vuelta, salió del comedor, y se detuvo el tiempo justo en el vestíbulo para agarrar el abrigo, el sombrero y el bastón del perchero antes de marcharse de la casa con un sonoro portazo.

–Los primeros días de cualquier matrimonio pueden llegar a ser difíciles –comentó la señora Dobbs, tras una ligera vacilación, para intentar animarla un poco.

–Este matrimonio ha sido difícil desde el principio. No tendría que haberme casado con él, la culpa la tengo yo por pensar que podría conseguir que sus sentimientos cambiaran. La verdad es que no puede evitar que la señora Calverson le resulte atractiva, y yo no tengo ni la belleza ni el encanto necesarios para competir con ella.

La casera se acercó a ella y la tomó de las manos antes de decirle con firmeza:

–Usted tiene muchísimas cualidades encomiables, Claire. Por favor, no permita que esa mujer rompa su matrimonio.

–¿Cómo voy a luchar contra la influencia que ejerce sobre John? No tenía ni idea de que él asistía a eventos sociales sin mí.

–No tendría que haber dicho nada, pero es que me molestaba que él se lo callara. Usted tenía derecho a saberlo.

–Por supuesto que sí. Le agradezco que me lo haya dicho, habría sido horrible enterarme al oír algún rumor al respecto.

–Los rumores pueden resultar muy dañinos.

–Sí, eso es algo que he descubierto por experiencia propia. Buenas noches, señora Dobbs. Gracias por apoyarme.

–No cometerá ninguna insensatez, ¿verdad? –le preguntó la mujer, muy preocupada.

–Ya lo he hice... me casé con él.

Claire recibió al día siguiente un mensaje de su amigo Kenny Blake, que le pedía que fuera a verlo a su tienda. Optó por ir en un carruaje de alquiler y se sorprendió cuando llegó y le encontró acompañado de un hombre alto, delgado y de pelo blanco que estaba observando con atención una de sus creaciones, un vestido en seda blanca y negra con un intrincado diseño de cuentas negras.

–He traído este vestido de la boutique para que lo viera el señor Stillwell –le explicó Kenny, sonriente.

El tal Stillwell la saludó con una cortés inclinación de cabeza antes de decir:

–Encantado de conocerla, señora Hawthorn. Esta es la creación más hermosa que he visto en muchos años, y me gustaría poder exponerla en mi tienda.

–Se refiere a los almacenes Macy's de Nueva York, Claire –la sonrisa de Kenny se ensanchó aún más.

Ella soltó una exclamación ahogada, y solo alcanzó a decir:

–Se... se trata de una broma, ¿verdad?

–Estoy hablando muy en serio, se lo aseguro, y debo decirle que el precio que usted pide es demasiado bajo para semejante original.

Mencionó un precio que la dejó sin habla, y Kenny se apresuró a acercarle una silla al verla tan impactada.

–Ven, siéntate. Ya le advertí que no iba a creerle, señor Stillwell.

El hombre se echó a reír antes de comentar, sonriente:

–Sí, ya lo veo. Es una mujer con mucho talento, señora Hawthorn, y creo que podemos hacer muy buenos negocios juntos. Un taller de costura podría encargarse de confeccionar sus diseños para nosotros, y los pondríamos a la venta en nuestra tienda. Le aseguro que las prendas tendrían la máxima calidad, y que se venderían bajo su sello personal y tan solo a un nivel de alta costura. Usted solo tendrá que aportar el tiempo necesario para plasmar sus ideas en papel y confeccionar un modelo de cada prenda.

–¡No puedo creérmelo!, ¡no puedo! ¡Jamás soñé con algo así! –le caían por las mejillas lágrimas de pura felicidad.

–Yo sí –admitió Kenny, muy satisfecho de sí mismo.

–Podré valerme por mí misma, seré una mujer independiente económicamente hablando –lo dijo casi para sí misma, aún le costaba asimilar todo aquello.

–Más que eso, será una mujer adinerada... y mucho, si estos diseños tienen tanto éxito como espero.

–Solo tengo una condición: mi esposo no debe enterarse.

–No tengo razón alguna para decírselo –le aseguró Stillwell.

–Y yo soy una tumba, así que nadie va a enterarse. Se te conocerá como Magnolia, nada más.

–Exacto –apostilló el señor Stillwell.

–En ese caso estoy a su disposición para empezar cuando quiera, señor Stillwell.

El hombre sonrió de oreja a oreja.

Claire ardía en deseos de contarle a alguien, a quien fuera, el golpe de suerte que acababa de tener, pero sabía que no podía hacerlo; por muy dignas de confianza que fueran tanto la señora Dobbs como Evelyn, serían incapaces de guardar un secreto de tamaña magnitud, así que iba a tener que guardarse la noticia para sí sola.

–¡Nunca podré agradecértelo lo suficiente, Kenny! –exclamó, entusiasmada, cuando el señor Stillwell se marchó después de que intercambiaran sus respectivos datos de contacto.

–Ha sido un placer. Te he echado de menos desde que te casaste, Claire. Fui a verte varias veces a tu casa, pero tu marido me dijo que no podías recibirme.

–¿Cuándo fue eso? –le preguntó, atónita.

–La primera vez fue una mañana justo después de tu boda, y la segunda hace dos semanas.

–John no me dijo nada al respecto.

–Bueno, supongo que un recién casado tiene derecho a celar un poco a su mujer, pero me habría gustado poder felicitarte al menos –hizo una pequeña pausa antes de preguntar–: ¿Tampoco sabes que te envié un regalo de boda?

–No, ¿qué era?

–Un juego de dedales de porcelana, porque sé cuánto te gusta coser a mano.

–No los recibí –estaba cada vez más enfadada.

–Claro que no, tu marido me los envió de vuelta. Es un hombre muy posesivo, ¿verdad?

–Eso parece –él podía ver a Diane Calverson cuando le diera la gana, pero a ella no se le permitía recibir el regalo de boda de un viejo amigo... ¡era indignante!

–¿Te apetece que vayamos a tomar un refresco antes de que regreses a casa?

–Sí, me encantaría.

Él respondió a su sonrisa con otra incluso más amplia. Fueron a una heladería que estaba a una calle de allí, y Claire se dio el gusto de pedir una deliciosa copa de helado de vainilla con nata montada y chocolate caliente. Se sintió como en los viejos tiempos charlando con Kenny, que había ido a visitarla a menudo cuando vivía con el tío Will. Solo eran amigos, pero aun así, le había echado de menos desde que estaba casada. Con Kenny sí que se podía hablar... en eso era muy diferente a John.

–Me encanta que hayas aceptado este trabajo como diseñadora, espero que no te cause problemas en casa.

–No pasará nada mientras John no se entere, y tú te has comprometido a no decirle ni una palabra.

–Por supuesto.

–Es como un sueño hecho realidad –admitió, sonriente–. Siempre había querido hacer algo así, y de repente me lo dan en bandeja. Estoy deseando empezar, ¡tengo muchísimas ideas!

–Envíame los diseños con alguien si quieres, o tráemelos tú misma cuando vengas al centro. Yo me encargaré de enviárselos al señor Stillwell, así no habrá nada que te relacione con él.

–Eres un buen amigo, Kenny. Tengo mucha suerte de tenerte en mi vida.

–Lo mismo digo –la miró sonriente, y le tocó brevemente la mano.

Fue un gesto inocente, pero la mala suerte quiso que Diane Calverson lo viera al pasar por delante de la ventana de la heladería en ese preciso momento.

CAPÍTULO 10

Claire se llevó una desagradable sorpresa aquella tarde, cuando se enteró a última hora de que su marido había invitado a cenar a los Calverson. La señora Dobbs preparó una comida deliciosa, pero como tenía planes para ir al teatro con unos amigos, John contrató a una doncella para que se encargara de servirla.

Eli Calverson parecía preocupado y abstraído, y Diane estaba mostrándose muy atenta con John de forma casi descarada.

Mientras tomaban el café después de cenar, Claire se dio cuenta de que su marido estaba mirándola con ojos fríos y llenos de furia, y que la rubia era la dulzura personificada.

–¡Qué apartamento tan coqueto, Claire! No es lo mismo que tener casa propia, pero supongo que es una alternativa aceptable.

Claire se limitó a observarla en silencio durante un largo momento, y al ver que la afectada sonrisa de la otra mujer empezaba a flaquear bajo el peso de su mirada, se dio por satisfecha y contestó con una sonrisa tan fría como su tono de voz:

–En otras circunstancias, me habría gustado tener una casa propia.

–¿Otras circunstancias?

Como sabía que los hombres estaban enfrascados en su propia conversación sobre asuntos de negocios y no la oían, optó por hablar con total franqueza.

–Sí, si tuviera un marido que me amara a mí –las dos últimas palabras estaban cargadas de amargura, y antes de que Diane pudiera contestar, se volvió para indicarle a la doncella que ya podía empezar a quitar la mesa.

–La cena estaba deliciosa, Claire –comentó el señor Calverson con cortesía.

–Gracias, pero la ha preparado la señora Dobbs.

–Ah. Creía que...

Claire entrelazó las manos antes de admitir sin reparos:

–Habría sido incapaz de apropiarme de la cocina de otra mujer, aún estando enterada de que íbamos a tener invitados a cenar.

–¡John! ¿Nos has invitado a cenar sin que lo supiera tu esposa? –preguntó Calverson, atónito.

Él le lanzó una mirada acerada a Claire antes de contestar con calma:

–Claire es muy bromista.

–¡Ah, ya veo! –Calverson soltó una pequeña carcajada antes de volverse hacia Diane–. Debemos marcharnos ya, querida.

Ella asintió, y se apresuró a decir:

–Le diré a la doncella que nos traiga los abrigos... ¿adónde ha ido, John?

–Por aquí.

Claire no dijo nada al ver que su marido conducía a la rubia hacia la cocina, a pesar de que sabía que la doncella no estaba allí. La había visto salir por la puerta trasera para vaciar fuera un cubo de las cenizas del horno de leña.

–Si me disculpa un momento, voy a llevar estos platos a la cocina –le dijo al señor Calverson.

Después de apilar los platos sucios, los llevó por el pasillo hacia la cocina... y llegó a tiempo de ver a Diane en brazos de John, apartando los labios de los suyos en ese preciso momento.

Se detuvo de golpe, y se quedó paralizada en la puerta. Diane estaba ruborizada y empezó a reírse con nerviosismo, y en cuanto a John, tenía una expresión intensa e indescifrable en el rostro.

–Supongo que no hace falta que te pida que te marches, ¿verdad? –le dijo a la rubia, con toda naturalidad–; como comprenderás, me bastaría con regresar al comedor y contarle a tu marido lo que estabas haciendo con el mío en mi propia casa.

–No te precipites, Claire...

La rubia no pudo acabar la frase, porque Claire no pudo seguir conteniéndose.

–¡Fuera de aquí! ¡Ahora mismo! –sus palabras reflejaban la furia que sentía, y sus ojos grises relampagueaban.

John se acercó a ella, y empezó a decir con tono conciliador:

–Claire...

Ella se apartó con tanta brusquedad, que estuvo a punto de tirar los platos que tenía en las manos. Tenía la respiración agitada y estaba macilenta, pero la furia le daba fuerzas para sobreponerse al aturdimiento.

–Sinvergüenza, ¡eres un sinvergüenza!

Él parecía desconcertado, conmocionado. Diane murmuró una disculpa al pasar corriendo junto a él, y al salir al pasillo se encontró a la doncella y le ordenó que les llevara los abrigos.

–Ahora mismo, señora –la joven se apresuró a obedecer.

Se oyó el murmullo de voces cuando Diane llegó al comedor, pero Claire no se dio ni cuenta. Toda su atención estaba centrada en su marido, al que estaba mirando furibunda como si tuviera ganas de lanzarle los platos a la cabeza. La rabia que sentía era tan grande, el impacto había sido tan fuerte, que estaba temblando.

–Te agradecería que te controlaras hasta que se vayan nuestros invitados –le pidió él, con gélida formalidad.

–Los has invitado tú, no yo –le temblaba la voz, y tenía el rostro encendido–. Si vuelves a traer a esa ramera a mi casa, le contaré al flamante presidente de tu banco lo que hay entre vosotros dos, ¡me importan un cuerno los chismorreos!

–¡Claire!

Ella respiró hondo para intentar calmarse, dejó los platos sobre la mesa, y regresó al comedor sin mediar palabra.

–Gracias por una velada tan encantadora, Claire –le dijo Diane, con una sonrisa forzada, antes de lanzarle una mirada que hablaba por sí sola a John–. Buenas noches, John.

–Buenas noches, gracias a los dos por venir –contestó él, con una sonrisa de lo más natural, antes de acompañarles a la puerta junto con Claire.

Eli Calverson parecía ajeno a lo que estaba pasando, y esbozó una sonrisa distante al despedirse.

–Ha sido un placer volver a verte, Claire. No te preocupes por lo de la fusión con Whitfield, John. No hay que ponerse nervioso por el mero hecho de que unos cuantos no estén conformes.

John estaba luchando por aclararse las ideas, aún estaba intentando asimilar tanto el inesperado comportamiento de Diane como la reacción de Claire.

–He oído algunos comentarios al respecto, y uno de nuestros inversores me ha preguntado esta mañana si somos solventes.

Le llamó la atención ver que las mejillas de su jefe se teñían de un ligero rubor, pero Calverson le dio una palmadita en el brazo y le dijo sonriente:

–Qué ridiculez, ¿crees que Whitfield querría la fusión si

hubiera la menor duda sobre la reputación del banco? Además, no hace falta que te recuerde que hemos tenido un cuantioso ingreso gracias a ti, muchacho. ¡La ayuda interesada que le prestaste a la viuda del general nos ha reportado grandes beneficios!

John frunció el ceño al oír aquello, y no dudó en corregirle.

–Fue una ayuda completamente desinteresada.

–Disculpa, no he sabido expresarme bien. Vamos, Diane, ya es hora de regresar a casa. Buenas noches, queridos amigos.

John se despidió con la cortesía de rigor, pero su preocupación seguía latente porque había oído más de un comentario sobre la solvencia del banco. Tomó nota mental de hablar con el jefe de contabilidad sin que Calverson se enterara.

Claire seguía hecha una furia, tenía la cabeza muy lejos tanto de Calverson como del banco. Permaneció junto a John y cumplió con su papel de anfitriona, pero en cuanto el carruaje de la pareja se alejó bajo la fría luz de las farolas, volvió a entrar en la casa temblando de frío y de la rabia que sentía al sentirse traicionada. Se sentía incapaz de mirar a su marido, ver a Diane en sus brazos había acabado con las escasas esperanzas que le quedaban de poder construir una vida con él. No estaba dispuesta a permitir que la arrinconara en beneficio de su querida, era una cuestión de orgullo.

–Voy a hacer las maletas, John. Mañana me marcho de aquí.

–¡Y un cuerno!

Se volvió hacia él de golpe, pero la doncella se asomó al vestíbulo en ese preciso momento y miró al uno y a la otra con indecisión antes de decir:

–Ya he terminado, señor Hawthorn, ¿puedo irme?

–Por supuesto que sí, gracias por tu ayuda.

–Gracias a usted por contratarme, señor. Todd se ha quedado sin trabajo, y el dinero nos vendrá muy bien. Buenas noches a los dos.

–Gracias –Claire tenía la garganta tan constreñida, que fue lo único que alcanzó a decir.

Aunque la doncella vivía a dos casas de allí y el barrio era muy seguro, John salió al porche y esperó a que entrara en el pequeño apartamento donde vivía, que estaba situado detrás de la casa de su casero.

Mientras él cerraba con llave la puerta principal, Claire empezó a subir la escalera y le dijo por encima del hombro:

–Supongo que entenderás que no tengo nada que decirte, te dejo.

–Acabamos de casarnos, no voy a permitir que me abandones.

Ella se volvió a mirarlo con la mano apoyada en la barandilla, y le espetó con frialdad:

–¿Cómo piensas detenerme? A la señora Dobbs le extrañará que me encadenes al suelo, y solo así lograrías evitar que me fuera. No estoy dispuesta a dejar que sigas utilizándome para ocultar tu vergonzosa aventura con esa mujer, ¿cómo te atreves a besarla en mi propia casa? ¡No tendría que haberme casado contigo, fue una locura!

–Las apariencias engañan, Claire. No ha ocurrido como tú crees; además, te doy mi palabra de que no tengo una aventura con ella.

Claire recordó lo que le había dicho su suegra, y pensó en el dolor y la angustia que debían de haberle convertido en un hombre tan taciturno. Él seguía estando enamorado de Diane, así que en cierto modo, era comprensible que se hubiera dejado llevar por sus sentimientos. Ella no soportaba a la rubia, estaba claro que no era su ideal de mujer ni mucho menos, pero a la gente no se la solía amar por sus defectos. Algunas virtudes debía de tener a ojos de John... aunque ella no se las viera por ninguna parte.

–Tu conducta ha dejado de ser de mi incumbencia, haz lo que te plazca –su voz reflejaba lo derrotada que se sentía.

–¿Adónde piensas ir?, ¿a casa de tu amiguito Kenny?

–¿Disculpa?

–Me acusas de tener una aventura, pero te aseguro que a mí no se me ha visto en público con alguien agarrándome la mano... ¡en una condenada heladería, y a plena luz del día!

Claire se preguntó cómo se había enterado, a lo mejor la había visto con Kenny.

–¡Fue un encuentro del todo inocente! Y ya que ha salido el tema, me gustaría saber dos cosas: dónde está el regalo que me envió, y por qué no me dijiste que vino a felicitarme.

–Yo no comparto lo que es mío. Eres mi esposa, y mientras sea así, no vas a aceptar regalos de otros hombres... ¡y eso incluye los helados!

–¿Cómo te has enterado?

–Diane te ha visto y me lo ha contado.

–¡Qué conveniente! –se sacudió la falda con una brusca palmada, y añadió con indignación–: Yo no puedo tomar un helado con un hombre en un lugar público, pero tú sí que puedes besar a otra mujer en mi propia cocina, ¿no?

–¡Ha sido ella la que me ha besado a mí!

–Y tú no has podido defenderte, ¿verdad?

Él se apartó de golpe de la puerta, y antes de que ella pudiera reaccionar, subió la escalera como una exhalación. Le rodeó la cintura con el brazo, y hundió la mano libre en su moño alto antes de decir con aspereza:

–A lo mejor no tendría que besar a otras si tú lo hicieras más a menudo.

Ella luchó como una tigresa. Estaba furiosa consigo misma por tener celos, y con él por su comportamiento. Le odiaba por haber besado a aquella mujer detestable... pero su boca era tan cálida y apasionada, sus brazos tan fuertes y reconfortantes... fue incapaz de mantener los labios cerrados mientras aquel beso lento y profundo seguía y seguía.

Él murmuró algo contra su boca, y se inclinó un poco para alzarla en brazos mientras respiraba jadeante. Acabó de subir la escalera, y al entrar en el apartamento cerró la puerta a su espalda con el pie.

No la soltó, la llevó a su propio dormitorio como la vez anterior y en esa ocasión ni siquiera se molestó en apagar las luces ni en cerrar la puerta. Cayó sobre la cama con Claire debajo, metió las manos bajo su falda larga, y empezó a deslizarlas por la cálida piel de sus muslos.

–John... –fue un intento de protesta muy poco convincente, y dicho con voz estrangulada.

–Shhh... –susurró él contra sus labios. Estaba temblando tanto como ella. Metió las manos entre sus piernas, y fue apartando las barreras de ropa sin vacilar pero con cuidado.

Ella se quedó pasmada cuando la penetró, porque ni siquiera se habían desvestido, pero la protesta que estuvo a punto de brotar de sus labios quedó silenciada cuando él se adueñó de su boca. Fue un beso profundo y ardiente, la saboreó a placer mientras su lengua la penetraba con movimientos rítmicos... movimientos que emulaban las embestidas lentas y profundas de su cuerpo, que no dolían en absoluto.

Claire oía en la distancia el sonido errático de sus respiraciones, el roce de la ropa y de piel contra piel. Las oleadas iban sucediéndose sin cesar, recorrían su cuerpo y su mente una tras otra. Sintió que él la agarraba con fuerza de las caderas mientras iba acelerando cada vez más, mientras el ritmo iba volviéndose casi frenético. No sabía que pudiera existir un placer tan intenso. Le extrañó que aquella pasión tan desatada no le doliera, pero las oleadas de cálido placer iban recorriéndola sin parar.

Saboreó la piel de su marido, inhaló su aroma mientras su cuerpo se sacudía con la fuerza de sus embestidas en el silencio del frío dormitorio. Le oyó gemir, notó que perdía por completo el control y se rendía por completo ante aquella pasión avasalladora, y ella alzó las caderas y se arqueó bajo su cuerpo.

Los dos gritaron cuando el placer estalló de golpe. Aquella pecaminosa oleada de éxtasis fue tan inmensa, que ella pensó que no iba a ser capaz de soportarla...

Se dio cuenta de que su marido estaba tan estremecido como ella misma, de que estaba abrazada a él con brazos y piernas. Yacieron inmóviles durante un largo momento, unidos de aquella forma tan íntima y vestidos, con los corazones martilleándoles en el pecho.

–¿Lo... lo has hecho porque la deseabas a ella? –susurró, con voz entrecortada. Tenía la boca tan seca, que apenas pudo articular las palabras.

Él inhaló con fuerza al oír aquella pregunta, y le contestó con total sinceridad:

–No, lo he hecho porque te deseaba a ti.

Se echó un poco hacia atrás, y contempló en silencio aquellos enormes ojos plateados mientras empezaba a desabrocharle los botones del vestido. Seguían unidos y cada movimiento resultaba estimulante y sensual.

–Voy a desnudarte –susurró, con voz ronca–. Cuando haya dejado al descubierto la tersa piel de tu cuerpo, voy a quitarme la ropa y a disfrutar de ti durante toda la noche. Cuando amanezca, conoceré tu cuerpo de pies a cabeza, no quedará ni un centímetro que no haya besado y saboreado – bajó la cabeza de improviso, y le mordisqueó un pezón con cuidado a través de la tela. Se movió en su interior y se rio con satisfacción al oír su exclamación ahogada, al sentir que se estremecía y ver el deseo que se reflejaba en sus ojos grises–. Sí, sigues estando preparada para mí, Claire –volvió a moverse, y contuvo el aliento al notar que su miembro se endurecía de golpe–. ¡Y yo estoy más que preparado para ti!

Claire permanecía despierta en la oscuridad, era incapaz de conciliar el sueño. Se ruborizaba solo con recordar las caricias de John, las partes de su cuerpo que él había saboreado con la boca, y se sentía avergonzada por haber reaccionado con tanto abandono.

Estaba desnuda del todo bajo una sábana blanca; por suerte, la luz estaba apagada, porque así no tenía que volver a ver la fría expresión de triunfo que se reflejaba en el rostro de su marido. Empezó a ponerse cada vez más furiosa al pensar que la había utilizado, que la había usado como si fuera una cualquiera... y ella no solo se lo había permitido, sino que se había enroscado alrededor de su cuerpo como una serpiente mientras gemía extasiada, mientras le susurraba cosas que prefería ni recordar.

Apartó a un lado la sábana y empezó a incorporarse, pero una mano férrea la agarró del brazo y dio un firme tirón que la hizo caer sobre un cálido cuerpo masculino que aún estaba excitado.

–No, no te vas. Aún no he acabado –le dijo él con aspereza.

–¡Por favor, John, no puedo más!

–¿Te duele?, ¿estás irritada? –susurró contra su boca.

Ella se puso roja como un tomate, pero admitió:

–No, pero... ¡oh!

Había empezado a acariciarla de nuevo en aquel lugar tan sensible, a despertar otra vez aquel placer enloquecedor que la tensó de pies a cabeza contra su cuerpo musculoso.

–Eres el pedacito de cielo más dulce que he probado en mi vida, la miel más dulce del mundo –susurró él, mientras el ritmo de sus caricias iba intensificándose–. Moriría intentando saciarme de ti sin conseguirlo, te deseo con toda mi alma –la instó a que bajara la cabeza, y mientras se besaban la deslizó hacia abajo y la penetró poco a poco–. Eso es... –susurró, con voz llena de ternura–, eso es... ábrete, acaríciame, abrázame, enloquéceme de placer. Olvídate de lo que hayan podido decirte sobre esto viejas reprimidas, y compórtate conmigo como una mujer.

–No... no te entiendo –sollozó, enfebrecida de placer.

–Claro que me entiendes. Siéntate y cabalga, Claire.

Echó a un lado la sábana con brusquedad, la alzó un poco hasta que la tuvo a horcajadas sobre su cuerpo. La sujetó de las caderas, alzó las suyas mientras le mostraba el ritmo adecuado, y ella se arqueó de golpe ante el intenso placer.

–Sí, Claire... –susurró con ardor, cautivado por el balanceo de sus senos–. Ahora, cariño, ahora... eso es, muévete... sigue, sigue así...

Empezó a jadear mientras los sensuales movimientos de su mujer le hacían temblar. Soltó una carcajada llena de satisfacción, y de repente soltó un gemido gutural. La aferró de los muslos con más fuerza mientras la hacía bajar y subir en un ritmo enfebrecido que los llevó directamente al éxtasis.

Ella le cubrió las manos con las suyas mientras su cuerpo parecía moverse con voluntad propia, y se echó a reír también al sentir que el placer se extendía como una oleada de lava por sus venas. El dormitorio estaba bañado por la luz de la luna, y contuvo el aliento cuando bajó la mirada y le vio tan entregado e indefenso. Lo tenía a su merced por completo, estaba rendido al deseo que sentía por ella.

Se movió con deliberación, atormentándole, le miró con ojos enfebrecidos que reflejaban cuánto disfrutaba sabiendo que podía enloquecerlo tanto de placer. Aceleró el ritmo, y al verle gritar extasiado le aferró con más fuerza las manos mientras se iniciaba la espiral ascendente.

Los muelles de la cama chirriaban sin cesar, los postes temblaban, pero ninguno de los dos se dio ni cuenta.

–¡Hasta el fondo, cariño! ¡Hasta el fondo! –gimió él, con voz ronca.

–¡Sí, dámelo todo...! ¡Todo! –sintió los estallidos hasta en la punta de los dedos de los pies, gimió descontrolada mientras su cuerpo se ponía rígido y la recorría una sacudida tras otra.

A través de la neblina de placer que le nublaba la mente notó que él se arqueaba hacia arriba con fuerza. Le oyó soltar un sollozo gutural, vio que su rostro se ponía rígido, y se dijo enfebrecida que aquel hombre era suyo.

Había sido tan breve y hermoso, tan efímero, que se tumbó contra su pecho y lloró con amargura.

–¿Por qué no puede durar?, ¿por qué? –sollozó, enrabietada.

Él empezó a acariciar aquella larga y ensortijada melena de pelo castaño. Sus cuerpos seguían estando unidos, y le sujetó las caderas contra las suyas para que no se apartara.

–No lo sé –susurró, con voz trémula, antes de apoderarse de su boca en un beso lánguido y lleno de ternura; al cabo de un largo momento, admitió contra sus labios–: Es la primera vez que permito que una mujer me monte, me ha encantado.

Claire escondió el rostro en su cuello, y susurró avergonzada:

–¡No digas eso!

–¿Me notas dentro de ti? –deslizó las manos por su espalda con lentitud, le agarró las caderas, y las presionó hacia abajo. Se estremeció de pies a cabeza, y añadió con voz trémula–: Yo siento cómo me rodeas por completo, eres como una funda tersa y cálida.

–No está bien hablar de esas cosas.

–Eres mi esposa, nada de lo que hagamos juntos está mal.

No deberías sentirte avergonzada por ninguna de mis caricias, por dónde pueda besarte. Formo parte de ti, al igual que tú formas parte de mí. Somos una misma persona cuando hacemos el amor así, Claire... una misma carne, un mismo corazón, y una sola alma –respiró estremecido, y la apretó con más fuerza contra su cuerpo antes de admitir–: ¡Dios mío, jamás había experimentado un placer parecido al que me has dado esta noche! Ni siquiera consigo recobrar el aliento... y sigo anhelando hundirme una y otra vez dentro de ti para volver a alcanzar ese éxtasis tan increíble.

–John, me... me escuece un poco.

–No me extraña. Perdóname, he sido demasiado exigente.

–No, yo también lo deseaba.

–Ha sido una locura compartida –trazó su acalorada mejilla con la punta de los dedos, y suspiró con resignación–. Duérmete, cariño.

Ella abrió los ojos, y fijó la mirada en su pecho musculoso antes de preguntar:

–¿Así, tal y como estamos?

–Sí, así. Tan íntimamente unidos como pueden llegar a estarlo un hombre y una mujer –la rodeó con los brazos antes de añadir–: No soporto la idea de salir de tu cuerpo... aunque si te duele demasiado...

–No, no me duele –estaba tan impactada por lo que había pasado como él, y se relajó contra su cuerpo mientras saboreaba aquella intimidad compartida tan maravillosa. Soltó una pequeña carcajada cuando sus senos quedaron apretados contra su pecho musculoso, porque aquel pequeño movimiento bastó para excitarla de nuevo.

Él debió de entender lo que le pasaba, porque se rio también y susurró sobre su cabeza:

–Sí, el placer que sentimos al estar piel contra piel es asombroso, pero ya es hora de dormir.

–Tienes razón –se obligó a relajarse de nuevo, cerró los

ojos, y a ella misma le habría sorprendido ver que lograba dormirse.

Claire despertó al sentir el contacto del aire frío en el cuerpo. Estaba escocida, y la luz que penetraba por las cortinas bañaba sus párpados hinchados. Parpadeó un poco, y despertó de golpe al ver que un par de ojos negros e intensos estaban contemplando a placer su cuerpo desnudo. John estaba vestido junto a la cama, había apartado la sábana, y estaba mirándola como si fuera la primera vez que veía a una mujer desnuda.

Por extraño que pareciera, no le dio ninguna vergüenza que la viera así... todo lo contrario. Se le endurecieron los pezones bajo aquella intensa mirada, y se estremeció de deseo.

–Tienes un cuerpo exquisito –le dijo él, con voz suave–. A pesar de la noche que acabamos de pasar, me excito solo con mirarte.

Ella se ruborizó al ver que su mirada se oscurecía de deseo y fue entonces cuando empezó a vacilar, porque se avergonzó de lo revelador que había sido su propio comportamiento en la oscuridad; como quería evitar a toda costa que él se diera cuenta de lo esclavizada que la tenía, tanto física como emocionalmente, le espetó con voz gélida:

–Espero que disfrutaras, ¿lo pasaste bien fingiendo que yo era Diane?

El inesperado insulto le hirió en lo más hondo, y soltó una carcajada seca antes de contestar:

–¿De verdad lo crees, o es lo que te gustaría creer? –no entendía cómo era posible que la apasionada amante de la noche anterior se hubiera convertido de repente en aquella desconocida burlona.

–Por supuesto que lo creo. La besaste en la cocina, y en cuanto se marchó me trajiste a tu dormitorio. Dudo mucho que lo hicieras porque te embargara un amor repentino por mí. Tú mismo admitiste que te casaste conmigo para proteger su reputación, no hace falta que finjas que lo de anoche fue algo más que un mero intento de satisfacer conmigo la lujuria que sientes por ella.

Él se enfureció al oír aquello. La miró ceñudo con la mano en el bolsillo y contestó con deliberada crueldad, porque le habían herido aquellas palabras tan injustas.

–Haces bien en llamarlo lujuria, porque nos comportamos como dos animales en celo... aunque debo admitir que nunca antes había tenido una noche así, ni siquiera con una mujer experimentada. Eres muy apasionada, Claire. Apasionada, dispuesta, e incluso más sensual que Diane.

Ella se tapó con la sábana antes de sentarse en la cama y preguntar:

–¿Puedes afirmar eso con certeza?

–Claro que sí. La he visto desnuda... supongo que no eres tan ingenua como para creer lo contrario, ¿verdad?

–¿Ha... has hecho el amor con ella? –tenía el rostro macilento.

Él la miró con ojos centelleantes, y se limitó a darle una respuesta que no afirmaba ni negaba nada.

–Estuvimos comprometidos.

En sus ojos oscuros se vislumbraba el dolor que sentía al lastimarla de forma deliberada, pero Claire estaba demasiado alterada como para darse cuenta. No se le ocurrió pensar en que se había sentido herido por lo que ella le había dicho, no tenía ni idea de que él se sentía muy vulnerable porque acababa de darse cuenta de que lo que sentía por ella iba mucho más allá del cariño, y estaba intentando aferrarse a su orgullo después de que ella le insultara con sus acusaciones. A él le resultaba inconcebible que le creyera capaz de tomarla por Diane.

–Tengo que irme a trabajar, supongo que después de lo

de anoche te inventarás alguna excusa para justificar por qué vas a permanecer a mi lado. Puedes tenerme todas las veces que quieras, te haré el amor cada noche si con eso eres feliz... y a lo mejor, con el tiempo, podré dejar de imaginarme en la oscuridad que eres Diane –se sintió fatal consigo mismo por decir aquella barbaridad.

No había peor insulto para Claire. Se quedó mirándolo, aturdida y petrificada. El corazón se le había helado en el pecho, se sentía entumecida y se habían desvanecido todas sus esperanzas.

Él permaneció a la espera con la esperanza de que admitiera que seguía enamorada de él, que la noche anterior le había amado, pero la espera fue en vano.

–Qué comentario tan bajo –dijo ella al fin.

–Igual de bajo que la acusación que has lanzado contra mí. Jamás te usaría para sofocar lo que siento por Diane, los dos sentimientos son tan distintos como el día y la noche.

–Sí que me usaste.

–Y a ti te encantó. ¡Me rodeaste con las piernas, echaste la cabeza hacia atrás, y gritaste de placer cuando te penetré hasta el fondo! –al ver que se ponía roja como un tomate, se inclinó hacia delante y apoyó una mano en el cabecero de latón de la cama, justo encima de su cabeza–. Anoche no te obligué a nada, Claire. Me deseabas, al igual que me deseas ahora. Mira –le apartó la sábana de un tirón, y le acarició un tenso pezón antes de que ella volviera a taparse a toda prisa–. Acudiste corriendo a tu amiguito de la infancia en cuanto me di la vuelta... venga, vete con él ahora, a ver si consigue que le arañes la espalda en la oscuridad como una gata salvaje.

–¡Yo no te he...!

Enmudeció al ver que él se desabrochaba la parte de arriba de la camisa, y soltó una exclamación ahogada cuando le mostró los profundos arañazos que tenía en el hombro.

–Tengo más, algunos de ellos están... más abajo. Fuiste muy

fogosa, sobre todo hacia el final –al ver que se cubría la cara con las manos y que parecía muy mortificada, exclamó con sequedad–: ¡Por el amor de Dios, Claire...! Es normal que las mujeres arañen cuando las ciega la pasión, a veces incluso muerden. No hay nada de qué avergonzarse. La pasión es violenta, hacer el amor puede causar dolor además de placer, en especial cuando dos personas se desean tanto como nosotros.

–¿Cómo has sido capaz de...?

–¿De qué? ¿De hacerte el amor?, ¿de obligarte a admitir cómo te comportaste conmigo? –le alzó la barbilla antes de añadir–: El sexo es divertido, los dos disfrutamos juntos. Estamos casados, no hay nada que nos impida gozar el uno del otro mientras estemos juntos.

–No quieres estar casado conmigo.

Él soltó una carcajada antes de admitir con socarronería:

–A veces me encanta estarlo... anoche, por ejemplo –enarcó una ceja al ver que lo miraba enfurruñada, y añadió con toda naturalidad–: Te sugiero que les eches un vistazo a tus caderas después de bañarte, supongo que encontrarás tanto moratones como un par de arañazos. No fuiste la única que perdió el control por completo.

Claire se sintió un poco mejor. A su marido parecía resultarle fácil hablar de aquello con toda naturalidad... aunque había que tener en cuenta que, a diferencia de ella, ya tenía experiencia previa.

–Todo saldrá bien, Claire –le aseguró, mientras se dirigía hacia la puerta–. Voy a mantenerme alejado de Diane, tú no volverás a acercarte a tu amigo Kenny, y haremos el amor todas las noches. Puede que incluso llegues a quedarte embarazada. Con eso debería bastarnos a los dos.

Ella sintió que el alma se le caía a los pies. Lujuria, deseo carente de sentimientos, dos cuerpos en un mismo lecho mientras él pensaba en Diane, deseaba a Diane, vivía por ella.

Y un hijo... ¿qué clase de vida le esperaría a ese niño, con unos padres así?

–¿No tienes nada que decir? –insistió él, con voz burlona.

–Nada en absoluto.

–En ese caso me despido de ti hasta esta noche, señora Hawthorn –recorrió con la mirada sus hombros desnudos, y añadió con voz ronca–: Y aunque no pueda hacerte el amor, te desnudaré y te contemplaré a placer hasta que el deseo me enloquezca.

–¡Ni hablar!

Él enarcó una ceja ante aquella respuesta tan vehemente, soltó una carcajada al ver lo ruborizada que estaba, y afirmó con una sonrisa llena de petulancia:

–Vas a dejar que lo haga, te lo aseguro –salió del dormitorio, y cerró la puerta a su espalda.

–Espera y verás –mascullό ella, antes de salir de la cama hecha una furia.

Alargó la mano hacia su vestido, pero se detuvo en seco al verse reflejada en el espejo ovalado de cuerpo entero. La voraz boca de su marido le había dejado los pechos un poco enrojecidos, tenía marcas en el vientre y en los muslos, y se ruborizó al verse en las caderas los moratones que él había mencionado.

Tenía un aspecto... sensual. Alzó las manos y las puso bajo sus senos, como si estuviera sopesándolos, y en ese preciso momento la puerta se abrió. Su mirada se encontró con la de su marido, y no pudo evitar que sus ojos grises revelaran todos sus secretos.

Él la contempló con el cuerpo rígido de deseo y admitió:

–Si creyera que estás en condiciones, te tomaría ahí mismo, delante del espejo, y podríamos vernos mientras hacemos el amor –al ver sus mejillas sonrosadas y la mirada intensa y sensual de aquellos ojazos grises, gimió atormentado y exclamó–: ¡Dios, Claire...! ¡Me vuelves loco! –se acercó a ella como una exhalación, la atrajo hacia sí con brusquedad, y se adueñó de su boca enfebrecido de deseo.

–No puedo... lo deseo con toda mi alma, pero estoy demasiado...

Él le agarró las manos y las posó sobre su propio cuerpo, las guió mientras seguía besándola, pero bastaron un par de segundos para que la pasión alcanzara una intensidad abrumadora. La apartó un poco con un esfuerzo titánico que le estremeció, y luchó por sofocar aquel deseo ardiente que le recorría la sangre antes de decir con voz trémula:

–No, no podemos –apenas pudo articular las palabras. Se dio cuenta de que ella parecía desconcertada, casi temerosa, y la agarró de los hombros mientras contenía a duras penas las ganas de gritar por el deseo insatisfecho. Fue soltándola poco a poco, obligándose a sí mismo, y salió a toda prisa del dormitorio sin volver la vista atrás.

Nunca antes había experimentado un deseo tan intenso, tan arrollador. No estaba seguro de poder manejarlo en el día a día, no sabía si podría contener el anhelo de hacerle el amor a su mujer cada noche.

Se preguntó dónde encajaba en todo aquello Diane, la mujer que le amaba y de la que estaba enamorado. Se sentía infiel, sucio, avergonzado de sí mismo... pero no por lo que había hecho con Claire, sino por su comportamiento con Diane.

Se sentía como un canalla, como el tipo más despreciable del mundo, y estaba furioso con Claire porque le trataba con una indiferencia que solo dejaba de lado cuando estaban juntos en la cama. Si ya no le amaba, si le daba igual lo que él pensara de ella, podría haberle rechazado, ¿por qué no lo había hecho?

La respuesta a esa pregunta fue lo que más le dolió. Estaba claro que su esposa no le había rechazado porque le deseaba, porque ambos eran igual de esclavos del deseo que sentían el uno por el otro, pero eso no quería decir que le amara; de hecho, no le había susurrado palabras de amor ni una sola vez durante aquella noche larga y maravillosa.

Él no se había dado cuenta de hasta qué punto ansiaba oírlas salir de sus labios. Su inocente y pura mujer había sufrido durante mucho tiempo, le había amado de forma totalmente desinteresada, y él le había pagado con indiferencia.

Ella le había ofrecido su amor, y él la había rechazado por culpa de Diane... pero en ese momento ni siquiera recordaba lo que había sentido en el pasado por Diane, porque había quedado eclipsado por completo por el deseo, la pasión y el profundo afecto que sentía hacia Claire.

Lástima que jamás bebiera alcohol, porque en ese momento habría agradecido que un buen trago le nublara un poco la mente.

Al llegar al banco fue directo a su despacho y se sentó tras su escritorio con pesadez, cansado del caos emocional que parecía haberse adueñado de su vida en los últimos tiempos; al cabo de unos minutos recordó los comentarios que Calverson había hecho la noche anterior sobre la solvencia de la entidad y decidió ir a ver al jefe de contabilidad, pero se detuvo de camino a su despacho al oír que alguien alzaba la voz. Vio que se trataba de un anciano que estaba hablando con Calverson, que parecía acalorado y nervioso y estaba estrujándose las manos.

–Me he enterado de que este banco no es solvente. Mi amigo tiene cien mil dólares aquí, pero cuando intentó retirarlos le dijeron que no había fondos suficientes.

–Concedemos préstamos además de recibir ingresos, caballero, y a veces hay que recurrir a los depósitos para compensar la diferencia. Acabamos de recibir una suma muy grande...

–¡Está mintiendo! –el anciano alzó el bastón mientras se enfrentaba al director del banco con actitud acusadora, y añadió airado–: No pueden cubrir los depósitos, este banco no es solvente. ¡Quiero todo mi dinero, y lo quiero ya!

La escena había llamado la atención de los otros clientes. Mientras John iba hacia el anciano, que era uno de los clientes que más dinero tenía ingresado en la entidad, oyó que los murmullos iban ganando en intensidad y que empezaban a formarse colas de gente en las ventanillas.

–Yo también quiero mi dinero –dijo una mujer con firmeza.

–¡Yo también, no pienso arriesgar mis ahorros! –apostilló un joven.

John alzó las manos, y exclamó con voz conciliadora:

–¡Esperen, no hay que provocar un colapso! Habrá un desequilibrio si todos ustedes retiran sus fondos, y entonces no estará a salvo el dinero de nadie.

–¿Le han oído? ¡Él mismo lo ha admitido, no hay dinero suficiente para cubrir nuestros depósitos! ¡Queremos nuestro dinero!

Calverson se apresuró a intervenir al ver que la situación estaba desbordándoles.

–¡Fuera todo el mundo! ¡Guardia, saque a todo el mundo de aquí de inmediato!

El guardia, que estaba contratado para proteger las instalaciones de cualquiera que fuera con malas intenciones, se echó a un lado la chaqueta para dejar a la vista su placa y la pistola que llevaba al cinto.

–Regresen a sus casas, por favor. El banco está cerrado –señaló hacia la puerta, y añadió con calma–: Salgan, por favor. Sin amontonarse.

Le obedecieron en un principio, pero justo cuando salían por la puerta, el anciano le propinó al guardia un golpe en la cabeza con el bastón; al ver que el guardia se desplomaba, Eli se apresuró a gritar:

–¡Rápido, cerrad las puertas! ¡Santo Dios!, ¿qué vamos a

hacer? ¡Van a echar las puertas abajo! ¡John, sal ahí y asegúrales que el banco es solvente!

–Antes quiero que me des tu palabra de que es la verdad –lo dijo en voz baja, para que nadie más pudiera oírle.

Calverson se acobardó ante el brillo acerado de aquellos ojos oscuros, y bajó la mirada. John le resultaba intimidante, sabía que había estado en el Ejército y que estaba acostumbrado a dar órdenes.

–Por supuesto, claro que es solvente. Sería incapaz de mentir sobre algo así –esbozó una sonrisa conciliadora, y le tocó el hombro vacilante–. Vamos, muchacho, sal a calmarlos. Asegúrales que no hay ningún problema.

John no estaba convencido del todo, pero en ese momento no tenía otra opción. Lo primero era apaciguar los ánimos, pero en cuanto pudiera iba a indagar un poco. No entendía las prisas de Calverson por fusionar el banco con la firma de inversiones financieras de Whitfield... aunque lo cierto era que el banco recibiría una fuerte inyección de capital si esa fusión se llevaba a cabo.

Empezó a plantearse por primera vez si las prisas de Calverson se debían a que sí que necesitaba con urgencia dicha inyección; de ser así, la única explicación posible sería que era cierto que al banco le faltaba dinero.

Fue hacia la puerta sintiendo una inquietud creciente, una inquietud que no se debía a que tuviera miedo a enfrentarse al gentío que vociferaba a las puertas del banco.

CAPÍTULO 11

La inquietud de John se habría acrecentado aún más de haber sabido que Claire ya estaba poniendo en marcha sus planes para abandonarle. Sus duros comentarios la habían herido en su orgullo, la habían convencido de que lo único que les unía era el deseo que sentían el uno por el otro.

Su suegra y su cuñada la habían invitado a que fuera a verlas a Savannah cuando quisiera, así que iba a tomarles la palabra. A John jamás se le pasaría por la cabeza buscarla allí, porque ni siquiera sabía que se conocían.

Su decisión de ir al centro en el automóvil del tío Will fue un acto de rebeldía, ya que su marido le había prohibido que lo condujera. Tenía pensado pasar por la estación para comprar el billete de tren a Savannah, pero antes tenía que ir a ver a Kenny para darle los diseños que ya tenía listos para Macy's, ya que iban a reportarle un dinero vital en aquellas circunstancias.

Cuando lo tuviera todo preparado, quería ir al banco para ver a John una última vez, aunque no sabía lo que iba a decirle. Él le había dejado tan claro lo que sentía, que estaba convencida de que la despreciaba. Lo único que podía ofrecerle su marido era lujuria, y no era suficiente.

Aparcó frente a la tienda de Kenny, que salió de inmediato a recibirla con una sonrisa de oreja a oreja.

–¡Me encanta verte en tu coche, ya veo que aún eres capaz de hacer que arranque!

–Claro que sí –le miró sonriente mientras se quitaba las gafas protectoras, consciente de las miradas llenas de curiosidad de los transeúntes.

–Entra, ¿has traído algo para el señor Stillwell? –le preguntó él, mientras la ayudaba a bajar.

–Sí –agarró la enorme carpeta que había dejado en el otro asiento del vehículo antes de añadir–: He pensado que podrías enviarle estos diseños. Puedo tener los otros en tres semanas... bueno, justo después de Navidad.

–Me encargaré de avisarle.

Entraron en la tienda, y Claire saludó con una inclinación de cabeza a una clienta; cuando llegaron al despacho de Kenny, que estaba al fondo de todo del establecimiento, él le presentó a una mujer de mediana edad que estaba allí.

–Te presento a la señora Kenner, mi secretaria. Señora Kenner, le presento a la señora Hawthorn. Su difunto tío y ella han sido amigos míos desde hace años. Es Magnolia, la diseñadora de la que le hablé.

–¡Qué alegría conocerla al fin! Siempre me quedo admirada cuando veo sus vestidos expuestos en la boutique que hay aquí cerca, ¡tiene muchísimo talento!

–Gracias.

–Siéntate para que podamos repasar tus diseños, Claire. Disculpe, señora Kenner, pero son los que vamos a enviar a Macy's y hay que mantener la confidencialidad. ¿Le importaría...?

–¿Qué les parece si voy a prepararles una buena taza de té? –les preguntó, con una sonrisa cómplice, mientras se ponía de pie.

–Perfecto, solo necesitamos cinco minutos.

–De acuerdo, señor.

Kenny fue repasando los diseños uno a uno, y se quedó

maravillado al ver lo innovadores que eran y el estilo que tenían.

–No hay duda de que tienes talento de verdad, Claire.

–Gracias, ¿crees que están bien?

–Son muy, pero que muy buenos. Gracias por dejar que los vea, los embalaré con esmero y me encargaré de que salgan en el primer tren con rumbo a Nueva York.

–No sabes cuánto te agradezco tu ayuda, Kenny. Creo que muy pronto me hará falta valerme por mí misma.

Él la miró con preocupación al oír aquellas palabras, al notar la tristeza que reflejaban, y no dudó en preguntarle:

–¿No puedes decirme qué es lo que te pasa?, ¿puedo ayudarte en algo?

–Ojalá pudieras, pero es un problema personal que tengo que resolver por mí misma. Eres un buen hombre, Kenny –se levantó de la silla antes de añadir–: Prefiero no quedarme a tomar el té, no tengo tiempo que perder. Voy a ausentarme de la ciudad durante una temporada, me pondré en contacto contigo en cuanto sepa con certeza dónde voy a estar. No voy a decirte adónde pienso ir, así no te verás obligado a mentir si te preguntan por mi paradero.

–Estás empezando a preocuparme, Claire.

–Lo siento, pero me urgía darte los diseños. Ni siquiera tengo claro cuándo regresaré.

Él se acercó a ella y la tomó de las manos.

–¿No puedes decirme al menos adónde vas?, jamás se lo diría a nadie.

Claire negó con la cabeza, y le dijo sonriente:

–Eso ya lo sé, Kenny, querido, pero me temo que no puedo.

–Si alguna vez me necesitas, aquí me tienes –la acompañó hasta la puerta de la tienda, pero al salir vio algo que le extrañó–. Qué raro, a esta hora no suele haber tanta gente a las puertas del banco.

Claire contuvo el aliento al seguir la dirección de su mirada y ver lo que pasaba. El banco en cuestión era el de su marido, y saltaba a la vista que la gente que había fuera estaba exaltada.

John estaba justo delante de la puerta. Se oyeron gritos, el gentío avanzó como una súbita oleada, alguien lanzó algo... y el edificio abandonado que estaba al otro lado de la calle empezó a arder. Las llamas pasaron a un carro que estaba aparcado junto a la acera de madera, y de allí a la mercería que había detrás del banco. Las mulas que tiraban del carro se asustaron, rompieron las correas y se alejaron despavoridas, y en el proceso el vehículo en llamas se volcó y bloqueó la calle.

–Madre mía... si alguien no llama a los bomberos, esto va a ser catastrófico –dijo Kenny.

–Sí, pero el carro en llamas bloquea la calle... –señaló hacia el conductor de una calesa que estaba luchando por controlar a su caballo, y exclamó–: ¿Lo ves?, ¡el animal se niega a atravesar la barrera de fuego...! ¡Mira, el cable telefónico acaba de arder también! No se puede llamar para pedir ayuda.

–Alguien va a tener que ir a pedirla en persona.

–Yo lo haré. Puedo atravesar las llamas con el coche lo bastante rápido para que no se funda la goma de las ruedas, y seguir a toda velocidad hasta el parque de bomberos de Peachtree Street.

–¡Es demasiado peligroso, Claire!

Ella se volvió a mirar hacia el banco, y al ver que el gentío avanzaba hacia su marido exclamó:

–¡Debo hacerlo!, ¿no ves que John corre peligro? ¡Si esa gente no lo mata, lo hará el fuego!

Mientras Kenny seguía protestando, le dio a la manivela para poner en marcha el pequeño coche, se subió de un salto, y puso rumbo a la barrera de fuego.

Oyó que alguien soltaba un grito de sorpresa, pero mantuvo el pie en el acelerador y siguió adelante sin vacilar ni un segundo. Atravesó aquella ardiente barrera y emergió disparada al otro lado, sudorosa y pensando que a lo mejor se estaban quemando las ruedas, pero no notó nada más allá de un ligero olor a humo.

–¡Bien hecho, Chester!

Fue tan rápido como pudo, pero se le antojó que tardaba una eternidad en llegar al parque de bomberos. La falda se le enganchó al talón del zapato mientras subía los escalones de la entrada a la carrera y estuvo a punto de caerse de bruces, pero logró mantener el equilibrio y entró en el recinto como una exhalación.

–¡Hay un incendio y disturbios en el Peachtree City Bank! –le gritó, frenética, al primer hombre que encontró a su paso–. ¡Por favor, tienen que ir cuanto antes!

–¿Dónde ha dicho que está el incendio, señora?

Después de que ella le explicara lo que pasaba, el bombero le dio las gracias y fue corriendo a informar.

–¡También avisaré a la policía sobre lo de los disturbios, señora! –le gritó sin pararse, por encima del hombro.

Claire asintió y fue corriendo a por Chester. El corazón le latía a toda velocidad mientras conducía de regreso al banco, estaba desesperada por llegar a tiempo de salvar a su marido aunque la lógica le advertía que era muy poco probable que lo lograra. Por muchas desavenencias que hubieran tenido, a pesar de que no sentía nada por ella, le amaba con toda su alma y no podía darle la espalda en aquel momento tan crítico.

Al llegar a la calle lateral donde estaba el banco vio que las llamas seguían arrasando el edificio abandonado, pero que el carro ya había quedado reducido a cenizas y se podía pasar. Al pasar por encima de los restos candentes, lamentó fugazmente la pérdida de mercancía que había sufrido el propietario del vehículo, pero su atención estaba centrada en encontrar a su marido.

Detuvo el automóvil a escasa distancia del edificio del banco, y se dio cuenta de que alguien había llamado a la policía y varios agentes estaban haciendo retroceder a la multitud. Se abrió paso entre la gente, manchada de polvo y de grasa y con las gafas en la mano, y le dio un brinco el corazón cuando vio por fin a su marido.

Él tenía el rostro magullado y la chaqueta rasgada, y además tenía la manga abierta porque alguien le había arrancado un gemelo, pero aun así tenía un aspecto intimidante y nadie estaba intentando agredirle. A su lado había un hombre sentado en la acera, gimiendo de dolor mientras se llevaba las manos a su rostro ensangrentado.

–¡Le está bien empleado por cobarde! –le gritó una mujer al herido–. ¡Eso es lo que pasa cuando se intenta golpear a un hombre que sabe pelear!

–¡Han perdido todo mi dinero! –protestó el hombre.

Antes de que la mujer pudiera contestar, John gritó con voz firme:

–¡Nadie ha perdido nada! Estamos a punto de fusionarnos con una firma de inversiones financieras, con lo que los activos del banco se duplicarán de inmediato. Los intereses subirán, y se generarán beneficios. ¡Nadie va a perder ni un solo penique!

No estaba siendo sincero del todo, porque no podía asegurar que la fusión fuera a realizarse (y eso sería más que improbable si Whitfield se olía que el banco no era solvente), pero en ese momento lo principal era evitar más disturbios; al ver que los ánimos iban calmándose a pesar de que seguía oyéndose un runrún de voces, añadió con sequedad:

–Váyanse a casa, este comportamiento no es propio de gente civilizada. Su dinero está a salvo, les doy mi palabra.

La gente empezó a dispersarse.

–El señor Hawthorn jamás nos mentiría, yo confío en su palabra –dijo un hombre que pasaba en ese momento junto a Claire.

–Yo también –apostilló otro.

Ella sintió un orgullo enorme al oír aquellos comentarios sobre su marido y echó a andar hacia él, pero antes de que pudiera abrirse paso entre la multitud, Diane Calverson llegó corriendo por la acera y fue directa hacia él con un pañuelo en la mano.

–¡Dios mío, querido! ¿Estás bien?

Claire sintió que se le caía el alma a los pies al ver que limpiaba las magulladuras del rostro de su marido con una actitud solícita, que él la miraba con una cálida sonrisa. Las escasas dudas que hubieran podido quedarle sobre lo que sentían el uno por el otro se desvanecieron de un plumazo.

Estaba claro que eran dos personas que se amaban, el beso que había presenciado en la cocina había reforzado ese convencimiento. No podían evitar lo que sentían, y por mucha pasión que John mostrara hacia ella en la oscuridad, estaba claro que a quien amaba era a Diane.

Regresó al coche, lo puso en marcha, y volvió a casa sin más.

El ruido del vehículo no le pasó desapercibido a John, que alzó la mirada y se asombró al ver cómo se alejaba. No se había dado cuenta de que Claire estuviera allí... además, ¿por qué estaba conduciendo aquel dichoso trasto?

Varios bomberos habían llegado mientras él estaba lidiando con el cliente del banco que se había puesto demasiado violento, y ya estaban sofocando el incendio que había al otro lado de la calle. Uno de ellos pasó junto a él en ese momento, y le dijo sonriente:

–Su esposa es muy valiente, señor Hawthorn. El jefe dice que ha venido a pedir ayuda a toda velocidad subida en ese trasto, y que ha atravesado las llamas como una flecha. Debe de sentirse muy orgulloso de ella, ¡qué mujer!

John se quedó allí plantado, enmudecido y preocupado... y con Diane agarrada de su brazo.

–¿Has visto a Claire al llegar?

–Querido, nunca la veo a menos que no me quede más remedio. La verdad, es una mujer tan anodina e insignificante...

Él se zafó de su mano de un tirón, pero antes de que pudiera articular palabra, Eli se les acercó secándose el sudor de la frente con un pañuelo y comentó:

–Qué momento más tenso, ¿verdad? Gracias, John, no entiendo por qué se han puesto así esos desquiciados.

Él supo sin lugar a dudas que allí estaba pasando algo raro; por un lado, Eli parecía ocultar algo y le rehuía la mirada, y por el otro le extrañaban la súbita actitud afectuosa de Diane y la forma en que le miraba, como si estuviera eligiéndole a él por encima de su marido. Deseó poder darle una explicación a todo aquello.

–Todo está bajo control, la policía ha dispersado a la multitud y parece que el incendio está prácticamente apagado –añadió Eli, sonriente–. Vete a tu casa a asearte, John. Mientras regresas me encargaré de tranquilizar a nuestros empleados para que sepan que ya no hay peligro de que les linchen.

–No bromees con esas cosas –le espetó Diane con aspereza–. ¿Quieres que te acompañe, John?

–¿Qué dices, Diane? ¡No puedes acompañarle a su casa!

–Iré con él si me necesita –le contestó ella, ceñuda.

Eli empalideció de golpe, pero dio media vuelta y entró en el banco sin mediar palabra.

–No te preocupes por él –dijo Diane, con total indiferencia–. Es un majadero, y pronto estará tan hundido que nadie podrá ayudarle –lo miró sonriente, y añadió con voz almibarada–: Mi querido John... me amas a mí, no a Claire. Siempre me has amado. Y yo siento lo mismo por ti –lanzó una rápida mirada a su alrededor para asegurarse de que nadie estaba lo bastante cerca para oírla, y se le acercó un poco más–. Te deseo, estoy dispuesta a darte lo que me pidas... lo que sea.

Cometí un error al casarme con Eli, pero voy a abandonarle dentro de muy poco.

Él se apartó de inmediato, y se limitó a contestar con rigidez:

–En este momento no tengo tiempo de hablar de eso –al ver pasar un carruaje de alquiler, le indicó al cochero que se detuviera y subió sin más.

Diane se quedó allí plantada, incapaz de articular palabra.

Claire se aseó y se cambió de ropa tras su encuentro con el fuego, y se encontraba en la sala de estar con la señora Dobbs cuando John llegó a casa. Él se quedó impactado al ver lo abatida que estaba, le dolió en el alma verla con aquella actitud tan derrotista.

–¿Se encuentra bien, señor Hawthorn? Claire estaba contándome ahora mismo lo sucedido –le dijo la casera con preocupación.

–Estoy bien, he venido a cambiarme de ropa –vaciló por un instante, porque no sabía cómo romper el hielo con su mujer–. Me gustaría hablar contigo, Claire.

Ella no supo cómo negarse, porque no quería avivar aún más las sospechas de la señora Dobbs. Se puso de pie, y le precedió escalera arriba.

John cerró la puerta del apartamento antes de decir:

–Un bombero me ha dicho que atravesaste las llamas para ir a pedir ayuda.

Claire alzó la barbilla, y contestó con voz desafiante.

–Chester es un buen vehículo, así que estaba convencida de que lo lograría; además, el fuego no era demasiado intenso en ese momento.

–Has corrido un gran riesgo... y has demostrado una gran valentía. ¿Te encuentras bien?

La ternura y la preocupación que se reflejaban en su voz

le llegaron al alma, pero como no estaba dispuesta a flaquear, esbozó una sonrisa forzada y contestó con frialdad:

–Perfectamente bien. ¿Y tú qué? No te han lastimado demasiado, ¿verdad?

–Solo tengo unas magulladuras, nada digno de mención –frunció el ceño mientras luchaba por encontrar las palabras adecuadas, y al final comentó–: No te has acercado a verme... me refiero a después de que trajeras a los bomberos.

–La señora Calverson estaba atendiéndote, así que no he querido inmiscuirme.

–Eres mi esposa, tenías todo el derecho de hacerlo.

Aquellas palabras la enervaron, ¿cómo podía tener semejante desfachatez?

–Tienes una memoria muy selectiva, John. En cuanto tienes cerca a esa mujer, da la impresión de que se te olvida que tienes esposa.

–Claire... –respiró hondo, y admitió pesaroso–: Soy consciente de que en tiempos recientes mi comportamiento no ha sido el adecuado, pero es que estaba muy confundido; últimamente, nuestro matrimonio ha tenido... digamos que unos momentos muy interesantes.

–Te refieres a que nos hemos acostado, ¿no? Creo recordar que dijiste que no era más que una compensación por no tener a Diane.

–¡Jamás he dicho semejante disparate! Sería incapaz de usar a una mujer para olvidar a otra.

–Diste a entender que nuestro lecho conyugal era lo único que teníamos en común.

John se quedó sin defensas ante aquella acusación lanzada con tanta calma y frialdad, porque lo cierto era que había hecho muchos comentarios hirientes para darle esa impresión. Había cometido infinidad de errores, y parecía incapaz de rectificar ni uno solo.

–La verdad es que dije muchas cosas. Sabemos muy poco

el uno del otro, Claire. Nos casamos por los motivos equivocados, y no hemos... no he hecho nada para intentar que nuestra relación mejorara. A lo mejor podríamos buscar nuevas pautas de convivencia después de lidiar con este último desastre.

–¿Como cuáles? –le preguntó ella, con actitud beligerante.

–Como salir juntos más a menudo... podríamos ir a la ópera o al teatro, si tú quieres. También podríamos comer siempre juntos –contempló en silencio su rostro tenso y demacrado antes de añadir con suavidad–: Podríamos ser un matrimonio en todos los sentidos.

Ella luchó por controlar su respiración acelerada. Ardía en deseos de aceptar su propuesta, le amaba tanto... la vida era algo muy precario, se le helaba la sangre solo con recordar el peligro que había corrido él poco antes. Pero a pesar de su amor y sus miedos, sabía que John no le pertenecía; por mucho que le hubiera salvado la vida, con quien él quería compartir esa vida era con Diane, lo había admitido incontables veces.

–La besaste.

–¡Ya te expliqué que fue ella la que me besó a mí!

–Sí, sí que me lo explicaste, pero ni te creí entonces ni te creo ahora. El día de nuestra boda me dijiste que os amabais, ¿sigue siendo así? –su voz reflejaba una profunda amargura.

John vaciló mientras se devanaba los sesos intentando encontrar las palabras adecuadas para reparar todo el daño que había causado. Estaba loco por Claire, y Diane se había convertido en un estorbo. Lo que más ansiaba en el mundo era abrazar a su esposa contra su pecho, reconfortarla y hacerle entender lo mucho que habían cambiado sus sentimientos, pero ella retrocedió en cuanto le vio dar un paso hacia delante. Tenía que ir despacio, cortejarla y mimarla. Claire había recibido muy poco de su parte, y no se atrevía a presionarla demasiado.

La miró con una sonrisa llena de ternura antes de decir:

–Han cambiado muchas cosas de las que debemos hablar, pero ahora tengo que asearme y regresar al banco para ayudar en lo que pueda. El fuego no ha alcanzado el edificio, pero ha estado a punto. Hablaremos esta noche.

–Hablar, lo que quieres es hablar –lo dijo con voz queda, mientras pensaba para sus adentros que la situación a la que habían llegado ya no podía arreglarse con simples palabras–. Claro. En fin, te dejo para que puedas asearte en paz.

–Claire, ¿qué hacías en el centro con el automóvil? –le preguntó él, al recordar de repente que ella estaba en las inmediaciones del banco cuando se habían iniciado los disturbios y se había declarado el incendio.

Ella ya estaba dando media vuelta para dirigirse hacia su propio dormitorio, pero se volvió a mirarlo al oír la pregunta. Tenía grabada en la mente la imagen de Claire tocándole las magulladuras de la cara, así que sintió una satisfacción enorme al contestar con malicia:

–He ido a ver a Kenny Blake.

–¡Ya te he dicho que no quiero que tengas nada que ver con él!

–Tú invitaste a Diane a mi casa, y permitiste que me tratara con desdén y que hiciera todo tipo de comentarios maliciosos sobre mí –le espetó ella, con actitud beligerante–. Te has comportado como si ella fuera tu amada y yo un estorbo durante todo nuestro matrimonio, yo al menos he tenido la decencia de no ver a Kenny en casa; además, he ido a su tienda, así que no he estado a solas con él –esto último no era cierto del todo, pero la mentirijilla estaba justificada.

–¿Para qué has ido?

No podía admitir que Kenny estaba haciendo de intermediario entre Macy's y ella, así que alzó la barbilla y le espetó:

–Piensa lo que te dé la gana, John.

Él podría haberse puesto como una fiera; de hecho, lo habría hecho, pero era consciente de que pisaba un terreno resbaladizo. Ella tenía razón al decir que no había hecho nada por cortarle las alas a Diane, y que él mismo le había asegurado que estaba enamorado de la rubia.

De repente se sintió culpable, mezquino y avergonzado de sí mismo. Claire le amaba, y él solo le había ofrecido dolor y humillación.

–Al margen de lo que puedas pensar de mí, te aseguro que me alegro de que hayas salido ileso de lo de hoy –se volvió de nuevo hacia su dormitorio, cabizbaja. Era posible que no volviera a verle en mucho tiempo, y estaba luchando por ocultar lo que sentía por él.

Parecía derrotada, perdida. Él sabía que no tenía una aventura con Kenny, pero aun así, estaba celoso. Quería tomarla entre sus brazos y colmarla de ternura, quería hablar con ella sobre su matrimonio... la llamó con apremio, pero ella entró en su dormitorio sin dignarse siquiera a mirar atrás y cerró con una firmeza desacostumbrada.

Él masculló una imprecación, consciente de que nada de lo que hubiera podido decirle habría bastado para apaciguarla. Le había visto con Diane tras los disturbios en el banco y él recordaba haberle sonreído a la rubia, así que Claire pensaría que era más de lo mismo, más de lo que había visto cuando Diane le había besado en la cocina.

No sabía cómo explicarle que lo que sentía por ella había cambiado de forma drástica... a lo mejor ya habría encontrado las palabras adecuadas para cuando llegara la noche. Solo necesitaba un poco de tiempo para pensar en ello, para decidir cómo expresarlo. ¡Qué diferente habría podido ser todo si él no hubiera hablado de forma tan despreciativa de la maravillosa noche que habían compartido, si no hubiera soltado aquellos comentarios hirientes llevado por sus miedos!

Ella había sido increíblemente apasionada, muchos hombres veían cómo se desvanecían sus sueños de alcanzar el amor al tener que pasar la vida junto a mujeres frías y distantes. Claire había sido una maravilla y él había cometido la bajeza de darle a entender que lo único que deseaba de ella era sexo, que solo sentía deseo.

Gimió ante su propia estupidez. ¡Qué típico de un hombre, no darse cuenta de lo que sentía hasta que ya era demasiado tarde!

Después de asearse y de cambiarse de ropa, le dijo adiós a Claire a través de la puerta y regresó al trabajo.

A la señora Dobbs le pareció un comportamiento extraño en una pareja que acababa de correr el peligro de morir a manos de una turba exaltada o abrasada por el fuego, pero no hizo ningún comentario al respecto. Hasta una ciega se daría cuenta de que había problemas en aquel matrimonio, pero ella tenía la esperanza de que pudieran solucionarlos.

CAPÍTULO 12

Claire no tardó nada en tener las maletas listas para partir. Jamás olvidaría que había sido Diane la que había corrido a estar junto a John tras el incidente en el banco, que era a ella a la que él había querido tener a su lado en aquel difícil momento.

Que se quedara con su adorada Diane, ella estaba harta de luchar por un hombre que amaba a otra. Estaba decidida a cumplir con su amenaza de marcharse de allí. Él se encontraba bien, y si tanto amaba a Diane, a ella no le quedaba más remedio que dejarle vía libre. Él le había dicho que quería hablar... ¿hablar de qué?, ¿del divorcio? Seguro que eso era lo que quería.

Se planteó por un instante ir a Savannah montada en Chester, pero se dio cuenta de que eso sería una locura demasiado grande. Recorrer un par de calles por Atlanta era muy diferente a cruzar el estado entero, y al coche ya le había costado lo suyo realizar sin problemas el trayecto desde Colbyville hasta Atlanta.

En el largo y accidentado camino hasta Savannah podría perderse una correa, pincharse una rueda, romperse un eje, o haber un fallo del motor. Sin tener piezas de recambio ni espacio suficiente para llevar la gasolina necesaria para el viaje, sería una insensatez; de hecho, ni siquiera sabía si encontraría gasolina en las tiendas que había a lo largo de la ruta. Los caminos eran más adecuados para viajar en coche de caballos que en automóvil, así que iba a tener que ir en tren con la esperanza de que todo saliera bien.

Fue a ver a Chester una última vez, consciente de que era más que probable que John se deshiciera de él en su ausencia. En ese momento no veía ninguna posible solución para su matrimonio.

Dio unas suaves palmaditas en la puerta del vehículo, y se despidió de él con voz llena de afecto.

–Esta mañana has sido muy valiente, Chester. Estoy muy orgullosa de ti. Algún día volveré a buscarte, mi viejo y querido amigo.

Mientras el cochero del carruaje que iba a llevarla a la estación se encargaba de subir las maletas al vehículo, Claire se despidió de la señora Dobbs.

–Cielos, se va después de lo de esta mañana... ¿qué voy a decirle a su esposo cuando llegue y descubra que se ha ido?

–Le he dejado una nota –mintió, intentando aparentar naturalidad–. En realidad no pasa nada, señora Dobbs. Hemos tenido un ligero malentendido y necesito alejarme por un tiempo, pero solo voy a pasar unos días con mi prima y regresaré pronto.

–¿Solo van a ser unos días? ¡Qué alivio!, me tranquiliza saber que no ha tenido una desavenencia grave con el señor Hawthorn.

–No ha sido nada grave –se sentía culpable por mentirle, pero no tenía otra opción–. Vuelva a sus quehaceres, estaré de vuelta antes de que se dé cuenta.

Mientras se dirigía hacia el carruaje pensó que a lo mejor sí que tendría que haberle dejado una nota a John, pero lo cierto era que no se le había ocurrido; en cualquier caso, ya le había dejado claro lo que pensaba. Estaba claro por qué le abandonaba, así que no hacía falta dar más explicaciones.

Cuando John Hawthorn llegó a casa aquella noche, se encontró con un apartamento vacío. Se asomó a la habitación de su esposa, y al ver que no había ni rastro de ella y que su mejor abrigo no estaba en el armario, se apoyó en el marco de la puerta y se quedó allí con la mirada perdida.

Era algo más o menos previsible, pero aun así, el impacto fue brutal. Había tardado demasiado en comportarse como un marido de verdad, y cuando lo había hecho había mentido sobre sus motivos... y después, aquella misma mañana, no había encontrado la forma de explicar que hubiera preferido mil veces que hubieran sido las manos de Claire, y no las de Diane, las que le limpiaran las magulladuras de la cara.

Había sido incapaz de pensar con claridad, sobre todo después de la apasionada noche que había compartido con su esposa, y los celos que había sentido cuando ella había admitido haber ido a ver a Kenny le habían distraído.

La señora Dobbs asomó la cabeza por la puerta del apartamento, y exclamó:

–¡Buenas noches, señor Hawthorn! He imaginado que se sentiría muy solo mientras su mujer está fuera visitando a su prima, así que he invitado a cenar a mis hermanas. He pensado que le apetecería pasar la velada acompañado.

Así que eso era lo que Claire le había dicho a la casera, que se iba a visitar a una prima... se preguntó si era cierto, ella nunca había mencionado que tuviera una.

–Creo que tenía pensado marcharse en tren –no tenía ni idea de si eso era cierto, pero lo dijo para intentar sonsacar algo de información.

–¿Ah, sí? Ella no ha mencionado nada a ese respecto, pero

seguro que habrá tomado el tren si se trata de un viaje largo; en cualquier caso, su pequeño automóvil aún está en la cochera. Voy a servir la cena a la hora de siempre. Si desea algo especial de postre, solo tiene que pedírmelo.

–Gracias, señora Dobbs, pero estoy un poco desganado; además, tengo que ir a la estación –no especificó que iba a ir para intentar seguir el rastro de su mujer. No sabía lo que iba a hacer si no lograba encontrarla.

Las indagaciones que hizo en la estación fueron infructuosas. El vendedor de la ventanilla había enfermado de repente y se lo habían llevado a una enfermería, y el sustituto no tenía ni idea de a qué mujer se refería aquel hombre de ojos negros que parecía tan desesperado por encontrarla.

John fue a trabajar al banco al día siguiente alicaído y taciturno. Había pasado la noche entera en vela, y seguía sin tener ni idea de dónde estaba Claire. Tuvo la repentina idea de hacer que el cochero condujera el carruaje por delante de la tienda de Kenny para comprobar que aquella pequeña comadreja aún estaba en la ciudad, y al verle con claridad a través del escaparate se reclinó en el asiento y se sintió un poco avergonzado por haber pensado mal. Claire era demasiado honesta como para marcharse con otro sin avisarle siquiera, pero al menos podría haber esperado a hablar con él antes de marcharse sola; además, no tenía parientes ni amigas íntimas a las que acudir.

Suspiró atormentado al imaginársela sola por ahí. Ni siquiera tenía algo de dinero con el que mantenerse... a menos que se hubiera llevado la asignación que él le daba para los gastos de la casa, en cuyo caso podría permitirse pagar la estancia en un sitio decente.

La idea de que su mujer no tuviera con qué subsistir le preocupaba tanto, que en cuanto regresó al apartamento fue directo a la estantería donde ella guardaba el bote que contenía el dinero, y sintió un alivio enorme al ver que estaba vacío... tan vacío como el apartamento. Antes de casarse jamás le había importado estar solo, pero las cosas habían cambiado de forma radical. Vivir sin Claire era un suplicio, ¿adónde habría ido?

Claire llegó a Savannah agotada y llena de desesperanza. Alquiló una habitación en un hotel del centro, pero firmó el registro usando su apellido de soltera como precaución.

–Bienvenida, señorita Lang. ¿Piensa quedarse mucho tiempo? –el recepcionista la miró con cierta suspicacia. Las damas jóvenes de cierta posición social nunca viajaban solas en el Sur, solían ir acompañadas de una tía de mayor edad o de una prima.

–Espero que no. Tengo parientes en la ciudad, y vengo desde Atlanta para visitarles.

–Entiendo. ¿Cómo se apellidan esos parientes?

Ella le miró a los ojos sin dejarse amilanar antes de contestar con voz firme:

–Es usted muy curioso para ser recepcionista, ¿le haría tantas preguntas a un caballero?

Él se ruborizó de golpe, y carraspeó antes de decir con formalidad:

–Le ruego que me disculpe, no ha sido mi intención inmiscuirme en sus asuntos.

Claire alzó la barbilla, y esbozó una sonrisa llena de altivez.

–Ya veo que el movimiento sufragista necesita más estímulo en esta comunidad.

El hombre abrió los ojos alarmado al darse cuenta de quién era... una de aquellas seguidoras de Susan B. Anthony y Margaret Sanger, una de aquellas mujeres «modernas» que pensaban y se comportaban con la misma libertad que tenían los hombres. Sentía aversión hacia ellas, pero no podía correr el riesgo de enfadar a una por miedo a que invadieran el hotel en protesta por cómo había sido tratada una de las suyas.

–Le he asignado la habitación doscientos dos –esbozó una sonrisa conciliadora antes de añadir–: Es muy acogedora y tiene vistas a la bahía, y además... –vaciló por un momento mientras intentaba encontrar las palabras adecuadas, y al final optó por decir–: además, hay una aseo para señoras justo al fondo del pasillo.

–¿Tienen teléfono?

–Por supuesto. El que hay en el despacho está a su entera disposición, solo tiene que solicitar usarlo.

–Gracias –le dijo con cortesía, antes de que el botones que se encargaba de sus maletas la condujera a la habitación.

Cuando estuvo a solas, descorrió las cortinas y contempló la bahía. Savannah era una ciudad preciosa, se dijo, antes de abrir la ventana y de inhalar el fresco aroma del mar. En otras poblaciones de la costa de Georgia, lejos de la ciudad, había fábricas que soltaban humo y generaban un olor desagradable, pero en aquel lugar el aire era salado, fresco y limpio.

Pensó en John, en cómo se habría sentido al regresar a casa y encontrarse el apartamento vacío. Sabía que iba a preocuparse por ella a pesar de que no la amara y lamentaba causarle aquel quebradero de cabeza, pero no podía regresar. Había demasiados problemas y necesitaba un respiro, quizás él aprovecharía aquel tiempo para tomar las decisiones necesarias. Iba a tener que renunciar a ella si aún seguía amando a Diane, sería lo mejor para los dos a pesar de las habladurías que se generarían. Ella tenía un trabajo, así que podía salir adelante sin su ayuda.

Después de volver a correr la cortina, se acercó a la silla que había junto a la cama y deslizó la mano por el respaldo de nogal tallado. Tenía que decidir lo que iba a hacer. Aquel hotel estaba bastante bien, pero no le gustaba estar allí sola.

Tenía la esperanza de que Maude la invitara a alojarse en su casa, pero como existía la posibilidad de que a su suegro no le hiciera ninguna gracia su inesperada llegada, prefería tener un lugar alternativo donde quedarse por si acaso.

Lo primero de todo era hacerle saber a Maude que estaba en la ciudad, así que dejó las demás consideraciones a un lado y bajó a hacerlo sin más dilación. El recepcionista la condujo hasta la centralita donde estaba sentada la operadora, que por suerte conocía el número de los Hawthorn. La mujer pasó la llamada de inmediato, y la miró con evidente curiosidad mientras esperaban a que se estableciera la conexión.

–Ya está, puede hablar –le dijo al cabo de un momento.

Claire agarró el auricular, y dijo vacilante:

–Buenos días, ¿con quién hablo...? ¿Maude? Soy Claire...

–¡Claire! ¿Dónde estás, querida? ¿Está John contigo?, ¿se encuentra bien?

–Está perfectamente bien. He venido a verles, me alojo en el Hotel Mariner...

–¿Que estás en un hotel? ¡Por Dios, Claire!, ¿cómo se te ocurre? Haré que nuestro cochero aliste el carruaje y voy a buscarte de inmediato... y no quiero oír ni una sola protesta, ¡no puedo permitir que te alojes en un hotel! Tardaré una media hora. No sabes cuánto me alegra que hayas venido.

La conexión se cortó, y Claire esbozó una pequeña sonrisa de alivio. El recepcionista iba a llevarse una grata sorpresa al saber que no iba a quedarse en el hotel; después de darle las gracias a la operadora, se despidió del perplejo recepcionista, y regresó a su cuarto.

Mientras el botones volvía a bajar las maletas, ella se encargó de pagar la pequeña suma que debía por la habitación, y menos de media hora después Maude llegó al hotel con una entrada digna de una gran dama. Iba ataviada con un elegante vestido negro, y llevaba un voluminoso sombrero en el mismo color adornado con una pluma.

Fue hacia Claire en cuanto la vio, y le dio un cálido abrazo.

–¡Hola, querida! Harrison, por favor, lleva las maletas de Claire al carruaje.

–Ahora mismo, señora –el cochero de librea se llevó la mano al sombrero en un gesto de saludo, y se apresuró a obedecer.

–Harrison es un miembro más de la familia, lleva con nosotros desde siempre –Maude miró ceñuda al recepcionista al ver que no dejaba de mirarlas, y el tipo se apresuró a fijar los ojos en su libro de reservas–. Ven, querida. Vámonos.

–Le he enfadado –le explicó Claire, cuando salieron a la calle–. He mencionado el movimiento sufragista al ver que me hacía demasiadas preguntas, y se ha vuelto muy servicial.

Maude soltó una carcajada antes de admitir:

–El movimiento es muy activo en esta zona. Algún día conseguiremos el derecho al voto, Claire... y entonces les enseñaremos a los hombres cómo debe construirse un gobierno de verdad.

–Claro que sí. Había pensado en unirme a las sufragistas de Atlanta, pero no quise hacer nada que pudiera dañar la reputación de John.

–Qué considerada eres, querida... –Maude la miró con una amplia sonrisa cuando subieron al carruaje con la ayuda de Harrison, y esperó a que la portezuela se cerrara antes de añadir–: John no es tan convencional como crees, estoy convencida de que le sorprendería saber que dudaste en hacer algo por miedo a avergonzarle. Hazme caso, querida. No hay forma humana de avergonzarle... te lo digo yo, que soy su madre y le conozco.

–Supongo que tiene razón.

–¿Por qué has venido, Claire?

–Me apetecía un cambio de aires.

–Y no quieres hablar del tema. De acuerdo, no voy a presionarte, ya sabes que puedes quedarte en mi casa todo el tiempo que quieras.

–Es usted muy amable. Me encantaría llegar a conocer bien a la familia de John, gracias por darme la oportunidad de hacerlo.

–Y a nosotros nos encantará llegar a conocer a su esposa. Han sido dos años muy largos para mí, sin poder tener ningún tipo de contacto con mi hijo. Creo que Clayton siente lo mismo, pero es demasiado orgulloso y terco para admitirlo. Puede que tu visita llegue a ser más productiva de lo que esperamos, ruego para que así sea.

–¿Cree que voy a ocasionarle problemas con su marido? Usted me comentó que está delicado de salud...

–Para él será un placer tener en casa a la mujer de John. Estaría dispuesto a hacer lo que fuera con tal de solventar las diferencias que les separan, te lo aseguro, así que tu presencia será para él como un paso en esa dirección. Te recibirá con los brazos abiertos, ¡espera y verás!

Claire se sintió alentada al oír aquello, y dejó a un lado sus preocupaciones.

Al cabo de unos minutos, Claire subió junto a Maude los escalones de entrada de una elegante mansión de estilo colonial. Se encontraba en la esquina de una de las muchas plazas que conformaban aquella pintoresca ciudad situada a orillas del Atlántico, y al igual que la mayoría de las mansiones de la zona, tenía un jardín tapiado que la rodeaba por completo.

Como las fiestas navideñas estaban por llegar, en la puerta principal había una alegre corona en un tono rosa victoriano y adornada con lazos azules, y en el portón exterior varias guirnaldas de acebo y ramas de abeto.

Harrison abrió la puerta, y se apartó a un lado para que pasaran antes de seguirlas con las maletas. Claire alcanzó a ver la aldaba de latón con forma de cabeza de león que había en la puerta antes de entrar al vestíbulo.

–Estás en tu casa –le dijo Maude; al ver que una de las doncellas permanecía a la espera, le indicó sonriente que podía retirarse y fue a asomarse a la sala de estar–. ¡Emily, ni te imaginas quién está aquí!

La joven salió al pasillo, y su rostro se iluminó al verla; después de saludarla con un afectuoso abrazo, las tres fueron a un saloncito y Maude ordenó que les sirvieran té con pastas.

–¿Te lo puedes creer? ¡Estaba en un hotel!, ¡en un hotel! En cuanto me he enterado, he ido a por ella para traerla a casa.

–Bien hecho, mamá. ¡Cuánto me alegro de volver a verte, Claire!

–Yo también me alegro de veros a las dos.

–¿Sabe John que estás aquí? –le preguntó Maude, después de que se sirvieran la primera taza de té.

–No.

–Ha pasado algo, ¿verdad?

–No puedo entrar en detalles –decidió que sería mejor no mencionar el incidente que había habido en el banco, porque haciéndolo solo iba a conseguir preocuparlas–. Baste decir que él ha puesto nuestro matrimonio al borde del abismo, y que he tenido que marcharme para pensar con calma.

–No estarás planteándote el divorcio, ¿verdad? –le preguntó Emily, con voz lastimera.

–Por supuesto que no, sería incapaz de manchar su reputación con un segundo escándalo en otros tantos meses. A lo mejor debemos vivir separados, pero no voy a mancillar ni su buen nombre ni el de su familia.

–Tienes muy buen corazón, Claire –le dijo su suegra.

–Además, a lo mejor llega a entrar en razón algún día. Puede que incluso me eche de menos –su sonrisa cargada de tristeza revelaba lo poco probable que le parecía esa posibilidad.

–Dicen que la ausencia afecta al corazón –comentó Emily, con una sonrisa de aliento.

–En ese caso, aún tengo esperanzas. Emily, he traído la tela para tu vestido. He pensado en aprovechar mi visita para tomarte las medidas.

–¡Qué sorpresa tan maravillosa!

–¿Seguro que mi presencia aquí no será una molestia? –preguntó, vacilante.

Maude le tomó las manos en un gesto lleno de afecto, y le contestó sonriente:

–Eres más que bienvenida, querida; de no ser así, te aseguro que no dudaría en echarte... de hecho, no habría ido a buscarte al hotel si no quisiera tenerte aquí.

Claire se sintió aliviada al oír aquello.

–Gracias, espero poder devolver algún día esta hospitalidad.

–Sería maravilloso –era obvio que Maude estaba pensando en su hijo mayor.

Claire iba a poder mantenerse ocupada trabajando en el vestido de su cuñada; por suerte, ya había acabado y entregado los que le habían encargado Evelyn y las demás para el baile del gobernador, así que esa era una preocupación menos.

Claire no supo nada de su suegro hasta después de cenar, cuando la condujeron a su dormitorio para presentárselo. El coronel Clayton Hawthorn era un hombre alto y delgado de pelo canoso y porte digno, llevaba bigote y perilla, y yacía en la cama de inmaculadas sábanas blancas demacrado y debilitado. El dormitorio tenía vistas al océano, y la enorme ventana estaba entreabierta para dejar entrar la suave brisa que soplaba en aquel agradable día de diciembre.

Clayton la contempló en silencio con sus penetrantes ojos oscuros antes de decirle con voz suave a su esposa:

–No me habías avisado de que teníamos una invitada, Maude.

–No he querido despertarte –le contestó ella, sonriente–. Te presento a Claire Hawthorn, querido.

Al ver que él fruncía el ceño y permanecía callado, Claire se acercó a la cama y le explicó con calma:

–Estoy casada con su hijo John.

–¿Por qué ha venido hasta aquí?

Claire alzó la barbilla en un gesto desafiante, y contestó sin andarse por las ramas:

–¡Porque él no valora la suerte que tuvo al tomar la sabia decisión de casarse conmigo!

Su suegro soltó una débil carcajada antes de preguntar con ojos chispeantes:

–¿Ah, sí?

–Espero que con mi ausencia se dé cuenta de las equivocaciones que ha cometido, aunque la verdad es que mi presencia aquí se debe también a que estoy confeccionándole un vestido a Emily para el baile de primavera.

–¿Es costurera?

–Diseñadora, querido. Ni más ni menos que la Magnolia de la que se habló con tanto entusiasmo en las páginas de sociedad recientemente.

Aquello fue una grata sorpresa para Claire, que preguntó atónita:

–¿En serio?

–En nuestra página de sociedad se describió el vestido que le confeccionaste a la señora Evelyn Paine para el baile del gobernador, el artículo se deshacía en elogios y comentaba lo único que era el diseño. Aparecía también una ilustración bastante buena de Evelyn luciéndolo, y se añadía que la diseñadora empezaría a trabajar en breve para la tienda Macy's de Nueva York. ¿Es eso cierto?

–Pues sí –sonrió ante las muestras de entusiasmo de su familia política, y esperó a que amainaran las felicitaciones antes de añadir–: Me han encargado que diseñe vestidos de noche para una colección de alta costura. Para mí fue como un sueño que mi trabajo les pareciera tan bueno, es todo un honor.

–¡Claro que sí! ¿Lo sabe John?

La pregunta de su suegra apagó de golpe su entusiasmo, y contestó vacilante:

–No he tenido ocasión de.. de decírselo.

Se sintió incómoda hablando de John delante de su suegro sabiendo que padre e hijo llevaban dos años sin hablarse. Saltaba a la vista que Clayton estaba frágil y enfermo, y ella no quería empeorar aún más la situación. Decidió no mencionar ni el altercado que había habido en el banco ni a Diane, y se sentó en el borde de la silla que había junto a la cama antes de decir:

–John me ayudó cuando me quedé sola y desamparada tras la muerte de mi tío. Nuestro matrimonio no le ha hecho feliz, pero es un buen hombre. Siempre está colaborando con causas benéficas que ayudan a los necesitados, y a veces concede préstamos llevado por su buen corazón.

Clayton contempló con atención a la esposa de su hijo, y al ver la desesperanza que se reflejaba en sus ojos grises le dio unas suaves palmaditas en la mano.

–Si se casó contigo, está claro que tiene algo de sentido común –esbozó una sonrisa llena de melancolía antes de añadir–: Soy un hombre viejo, Claire. Me arrepiento de algunas de las cosas que le dije a mi hijo cuando fallecieron mis gemelos, el dolor afecta a la mente. John no tuvo culpa de nada, pero aún estaba enfadado con él por su encaprichamiento con aquella cazafortunas y porque estaba empecinado en tener una carrera militar; en fin, al menos cambió de opinión sobre lo segundo.

–Es un banquero muy bueno.

–También era muy buen oficial –apostilló Maude–. Creo que le habría gustado permanecer en el Ejército y viajar allá donde le destinaran, aún recibimos cartas que le envían antiguos compañeros con los que sirvió en Cuba.

Clayton Hawthorn admitió que aquello era cierto antes de comentar:

–Quería que siguiera mis pasos, que al menos un hijo mío siguiera la tradición familiar de trabajar en la banca. No debería haberle tratado con tanta intransigencia, John tiene derecho a vivir su propia vida como considere oportuno.

–A él le encantaría oírle decir eso –le aseguró Claire.

–No es nada fácil admitir los propios errores. A lo mejor algún día llegamos a un entendimiento, pero ahora ni siquiera se mantiene en contacto con nosotros por carta.

–Porque tú se lo prohibiste, querido, al igual que me prohibiste a mí que contactara con él –le recordó Maude con firmeza.

–Me equivoqué; además, antes nunca solías hacer lo que yo te decía.

Maude sonrió al oír aquello y admitió:

–No quise ir en contra de tu voluntad porque estabas enfermo, pero no estaba de acuerdo con tu decisión.

–Ahora ya estoy un poco mejor –Clayton respiró hondo antes de añadir–: El aire del mar me sienta bien. Cartéate con John si así lo deseas, Maude... si quieres, incluso puedes invitarlo a venir a la cena de Navidad.

–¡Qué alegría, papá! –exclamó Emily, entusiasmada, antes de abrazarle.

–Jason también estará encantado –comentó Maude, sonriente–. Echa mucho de menos a John, son muy parecidos.

–Jason es un constructor naval, es muy emprendedor –le explicó Emily a Claire.

–Algún día le conocerás, querida. No vive en casa, pero nos visita con frecuencia. Todos estamos muy unidos, seguro que querrá conocer a su nueva cuñada.

–¿Se parece a John físicamente?

–No, se parece a mí –le contestó Clayton, con una carcajada.

–Es tan alto como John, pero más fornido –apostilló Emily–. Tiene el pelo rubio, pero los ojos oscuros como papá y John.

–Y también tiene el mismo geniecito, por supuesto –añadió Maude; al ver que su marido la miraba ceñudo, añadió–: Y a veces es un gruñón.

Su marido soltó un sonido de irritación, pero entrelazó los dedos con los suyos cuando ella le tomó de la mano. Claire deseó que algún día John y ella llegaran a mirarse como lo hacía aquella pareja, pero por desgracia, daba la impresión de que eso no sucedería nunca.

Jason era muy distinto a su hermano; a diferencia de John, que era callado y estoico, él era extrovertido y afable. Parecía saberse de memoria todas las historias de pesca que había desde Maine hasta Florida, y fue contándolas en el salón ante un entusiasta público que estaba de lo más entretenido.

A juzgar por su cálida sonrisa, Claire le cayó bien de inmediato, y el sentimiento fue mutuo. Era cierto que en el aspecto físico se parecía a su hermano mayor a pesar de que uno era rubio y el otro moreno.

–¿Por qué no ha venido John contigo?, ya es hora de que en esta familia se cierren algunas heridas –le dijo él.

Fue Maude quien contestó:

–Él no sabe que Claire está aquí, hijo. Ha habido un... malentendido.

–¿Tiene su antigua prometida algo que ver en eso?

Claire se quedó boquiabierta al oír aquella pregunta en boca de su cuñado.

–¿Cómo sabes...?

–La conocí cuando estaban prometidos –no hacía falta que Jason agregara nada más–. ¿No le dijiste a mi hermano que pensabas venir aquí?

–En ese momento me pareció innecesario.

–¿Qué fue lo que sucedió?

Ella se lo contó, aunque optó por omitir muchos detalles.

–Mi hermano no me ha mandado ni una simple postal en dos años.

–Nosotros tampoco lo hemos hecho –le recordó su madre con sequedad–. Tu padre estuvo tan enfermo al principio, que no me atreví a ir en contra de sus deseos, y a estas alturas aún permanece postrado en cama a pesar de que ha mejorado en algunos aspectos. Se limita a yacer allí día y noche, como si estuviera esperando a que le llegue su hora. Ni siquiera lee, a pesar de lo mucho que le han gustado siempre los clásicos.

–Puede que Claire logre rejuvenecerlo –dijo Jason.

–Lo cierto es que se ha mostrado más animado cuando se la hemos presentado.

–Es la primera vez en meses que muestra interés en algo, ha sido maravilloso verle sonreír de nuevo –comentó Emily.

–En mi sala de estar hay una máquina de coser que puedes usar cuando quieras, Claire –dijo Maude–. Espero que te quedes con nosotros una temporada, solo faltan poco más de dos semanas para Navidad.

–Sí, es verdad. Estaba ilusionada ante la idea de celebrar estas fiestas con John, habrían sido nuestras primeras navidades juntos –se le rompía el corazón al pensar en todos los planes que había hecho, en sus sueños truncados. Iba a celebrar el día de Navidad en casa de sus suegros, mientras que él... él seguro que iba a casa de los Calverson, ¿adónde si no?

–Puedes pasarlas con nosotros. El día de Navidad tendremos invitados, a lo mejor podríamos conseguir que Clayton vuelva a mostrar algún interés por la vida. Tómate las cosas día a día, querida... y confía en que Dios hará que todo salga tal y como debe ser.

–Lo intentaré, Maude.

Con el paso de los días, Claire fue encajando a la perfección en el círculo de los Hawthorn. Echaba de menos a John, por supuesto, y aún se sentía culpable por haberle abandonado justo cuando él tenía problemas en el banco, pero las cosas habían surgido así.

Adoptó la costumbre de llevarle pequeños tentempiés a Clayton para mantenerse ocupada, y él empezó a tener más apetito y mejor cara; además, averiguó por qué había dejado de leer.

–Es que tengo problemas de visión –le confesó él, avergonzado–. Tengo una especie de película sobre los ojos que me impide leer, aunque distingo a la gente con claridad.

–¿Quiere que le lea en voz alta?

El rostro de su suegro se iluminó al oír aquel ofrecimiento.

–¿No te importa hacerme ese favor?

–Claro que no, solo tiene que decirme qué libro le apetece oír.

Y así fueron pasando los días. Claire se sentaba todas las tardes junto a su cama y le leía novelas como *Billy Budd*, de Herman Melville, y clásicos como los relatos de Flavio Josefo, Tácito, y Heródoto. Al principio no estaba segura de que fuera buena idea mantener la ventana abierta para que entrara el salado aire del mar, pero no tardó en darse cuenta de que a su suegro parecía sentarle bien e iba mejorando día a día.

–¿Siempre se ha dedicado a la banca? –le preguntó una tarde, después de leer un capítulo de Heródoto sobre los egipcios.

–No, en mi juventud fui marinero. Siempre me ha encantado el mar, y Jason heredó de mí esa fiebre marinera. A veces sale a navegar con alguno de los barcos de su flota pesquera –soltó un suspiro pesaroso antes de admitir–: Me encantaría poder ir con él, echo de menos caminar por la cubierta de un barco. Tuve un yate hasta que me vi obligado a dejar de usarlo por culpa de mi enfermedad, lo echo mucho de menos... tanto como echaría de menos a Maude si algún día llegara a perderla, Dios no lo quiera.

–¿No puede salir a navegar con Jason?

–No lo sé, la verdad es que he mejorado desde que estás aquí. A lo mejor puedo intentarlo en unos meses, al llegar la primavera.

–¿A John le gusta el mar? –le preguntó, con la mirada gacha.

–No lo conoces en absoluto, ¿verdad? –le preguntó, pesaroso.

–Debo admitir que no, jamás hablaba de temas personales con él.

–Qué horror. Maude somos buenos amigos desde la infancia, nos conocemos desde siempre –se tapó mejor antes de añadir–: Sí, a John le gustaba el mar, pero no lo suficiente como para entrar en la Marina. Cuando era niño solía salir a navegar conmigo, así que sabe manejar un barco tan bien como Jason. Yo soy el culpable de que no venga a casa, se lo prohibí. ¿Estás enterada de lo que les sucedió a mis gemelos?

–Sí, no sabe cuánto lo lamento.

–Yo también lo lamento... y también lamento haber culpado injustamente a John. Mis hijos menores ansiaban entrar en el Ejército, y no conseguí que cambiaran de opinión por mucho que me enfurecí y despotriqué. No tuve más remedio que dejarles ir, y pagué con John la culpa que me embargaba.

–Los designios de Dios no se corresponden siempre con lo que a nosotros nos gustaría. Él necesitaba tener a Robert y a Andrew a su lado, y por eso se los llevó. Debe aceptar que no tenemos control alguno sobre la vida y la muerte, y que esta última es algo ineludible por lo que todos vamos a pasar. No se puede culpar a otros seres humanos por los actos divinos.

–Eso he llegado a entenderlo con el tiempo, pero en aquel momento estaba furioso con Dios. No he tenido más remedio que darme cuenta de que su voluntad es más fuerte que la mía, y ahora creo que ya estoy en paz con él. Lo que quiero es hacer también las paces con mi hijo antes de que sea demasiado tarde... ¿crees que aún estoy a tiempo, Claire? ¿Te ha hablado de mí alguna vez?

Ella tragó con fuerza antes de admitir:

–Solo me habló de todos ustedes aquella única vez, cuando me explicó por qué no se hablaban. Lo siento. Pero ya le he comentado que por regla general nunca hablábamos de temas personales.

–Sí, es verdad –cerró los ojos, y tardó unos segundos en volver a abrirlos–. ¡Qué dura es la vida, Claire! Más dura incluso para la gente mayor como yo, cuando dejamos de seguirles el paso a los jóvenes. Me acuerdo de cuando los convencionalismos eran lo principal, cuando los hombres trataban como reinas a las mujeres y las idolatraban. Ahora están tan cargadas de excusas y de quejas, que uno no sabe cómo tratarlas... por no hablar de todas esas modernidades como el teléfono, la electricidad y los automóviles... ¿adónde vamos a llegar?

–El progreso es imparable, y en cuanto a los automóviles, le aseguro que son muy excitantes. Yo tengo uno que pertenecía a mi tío, lo conduzco e incluso me encargo de las reparaciones.

Él se sentó en la cama de golpe, y la miró con ojos que parecían a punto de salírsele de las órbitas.

–¿Te encargas de repararlo tú misma? ¡Dios mío!, ¿no te da miedo?

–Claro que no.

–Jamás había oído algo semejante, ¡pero si eres una mujer! –frunció el ceño, y añadió contrito–: ¿Lo ves?, ya empiezo otra vez. Jamás lograré habituarme a los cambios, a la vida moderna. Luché en la Guerra de Secesión, Claire. He visto a hombres hechos pedazos y a niños famélicos, pero también a familias unidas y la camaradería que se respira dentro de una comunidad sin necesidad de todas estas supuestas mejoras modernas. Mi mundo es el de los caballos y las calesas, pero los motores y las máquinas están abriéndose paso con una rapidez alarmante. No deseo vivir en un mundo que me ha dejado tan atrás, incluso mis actitudes están desfasadas.

Ella le dio unas palmaditas en la mano antes de decir sonriente:

–Su desfasamiento me parece muy bien, usted siga siendo tal y como es y deje que toda esta gente moderna tome el rumbo que le parezca. Siempre habrá un sector de la sociedad que considerará sagradas las viejas costumbres y se aferrará a ellas.

–Eres un verdadero tónico, Claire. La luz que aportas dispersa los nubarrones que ensombrecen mi vida.

Ella se echó a reír.

–Me alegra mucho oír eso, creo que como recompensa me merezco que me cuente más cosas sobre mi marido.

–Claro que sí, ¿qué te interesa saber? –le preguntó él, sonriente.

–¿Cómo era de niño?

–Ese tema puede llevarme días y días –comentó, en tono de broma.

Claire se reclinó en la silla antes de contestar sonriente:

–En ese caso, será mejor que empiece cuanto antes.

Claire averiguó muchas cosas sobre su marido a través de su suegro, tanto sobre su genio vivo como sobre su buen corazón... se enteró, por ejemplo, de que en su infancia le había dado todas las monedas que llevaba en el bolsillo a un niño al que unos bravucones acababan de quitarle la merienda; al parecer, su marido ayudaba mucho a los pobres sin decírselo a nadie, y jamás ignoraba una petición de auxilio aunque pudiera correr algún peligro al prestar su ayuda.

También había averiguado que sabía nadar a pesar de que era una actividad que detestaba, y que había sido campeón de tenis en el grupo de jugadores de la zona al que pertenecía; a pesar de ser muy buen jinete, a raíz de su estancia en Cuba no había vuelto a montar a caballo, y sabía navegar a pesar de que no sentía especial adoración por el mar.

Averiguó un montón de cosas sobre su marido que quizás no le servirían de nada en el futuro, porque él no tenía ni idea de dónde localizarla y ella no quería regresar a casa por miedo a encontrarlo con Diane; aun así, no podía evitar echarle de menos y preguntarse cómo estaría.

También estaba nerviosa por lo de los diseños que había hecho para Macy's, quería saber si habían llegado sanos y salvos a Nueva York. Le mandó un telegrama a Kenny, y recibió de inmediato su respuesta: no había habido problema alguno, los diseños ya estaban en Nueva York y ella iba a recibir el pago en breve a través de Western Union. Sintió un gran alivio al saber que por fin iba a tener dinero para poder ganarse la vida por sí misma; pasara lo que pasase, en adelante no iba a tener que depender de John.

Un día, mientras le echaba un vistazo a su armario, se probó un sencillo vestido de crepé diseñado por ella que había llevado consigo por si tenía que asistir a algún evento social, y tuvo que quitárselo porque le quedaba estrecho de la cintura.

Maude se apropió de la prenda y la llevó a una tienda de ropa de Savannah, y días después llegó a casa con una fantástica noticia: el vestido había llamado la atención hasta tal punto que algunas mujeres habían llegado a pelearse por él, y la dueña de la tienda quería más diseños exclusivos.

–Si quieres trabajo, aquí lo tienes, Claire –le dijo, con una sonrisa de oreja a oreja.

–Puede que lo necesite si mis diseños para Macy's no se venden... me extraña que ese vestido de crepé se me haya quedado estrecho, no me había dado cuenta de que había ganado tanto peso. Supongo que como más por culpa de los nervios y la ansiedad.

–Yo no te veo con sobrepeso, querida –le dijo su suegra, con una cálida sonrisa.

Claire se llevó las manos al vientre, que aún estaba plano. Tenía sus sospechas sobre la posible causa de ese aumento de peso tan súbito, pero prefería callárselas. No le había contado a nadie que últimamente había perdido el apetito, ni que había despertado varias mañanas con náuseas.

Decidió no pensar en ello hasta que no tuviera más remedio que hacerlo.

CAPÍTULO 13

John sentía que su vida había caído en un pozo sin fondo desde que Claire se había marchado. La echaba de menos, le atormentaba no saber dónde estaba, y por si fuera poco, también estaba preocupado por el banco.

Los rumores de que la institución tenía problemas no se habían acallado; al día siguiente de los disturbios, Eli Calverson se había personado a abrir la puerta y se había marchado a toda prisa con la excusa de que se sentía indispuesto. Era innegable que tenía mal aspecto, que estaba demacrado y parecía tenso y preocupado, pero eso había acrecentado aún más la inquietud de John.

Había tomado la decisión de hablar con Dawes, el jefe de contabilidad, así que fue a verlo sin perder tiempo. Era un tipo menudo que se puso muy nervioso al verle entrar en su despacho y que parecía sentirse intimidado ante su mera presencia.

–Le aseguro que el señor Calverson siempre está muy pendiente de mis libros de cuentas, señor Hawthorn, y jamás he recibido ni una sola queja –tenía el rostro muy acalorado, y carraspeó antes de añadir con voz atropellada–: Le sugiero que trate con él en vez de conmigo cualquier problema que pueda tener.

–Voy a hacerlo, señor Dawes, no le quepa la menor duda de eso; aun así, creo que huelga decir que las sospechas recaerán sobre usted si vienen auditores y se encuentra alguna irregularidad. No será el señor Calverson el que tenga que enfrentarse a un juez y a un jurado.

–¡Qué disparate! ¿Cómo se atreve a decirme semejante cosa? –sus ojos estaban abiertos como platos tras las gafas, y estuvo a punto de volcar el tintero que tenía encima del escritorio.

John enarcó las cejas en un gesto que hablaba por sí solo, y le contestó con calma:

–Estoy decidido a llegar al fondo de este asunto, señor Dawes. Yo en su lugar me plantearía colaborar con las autoridades.

–¿A... a qué autoridades se refiere?

–A la agencia de detectives Pinkerton.

El tipo le siguió hasta el vestíbulo, rogándole frenético en voz baja; al llegar a la puerta de su propio despacho, John se volvió a mirarlo y le dijo con firmeza:

–Si tiene algo que decir, esta es su última oportunidad.

Dawes se mordió el labio hasta hacerse sangre. Hawthorn le intimidaba, y era obvio que estaba hablando muy en serio. Calverson se había largado, así que era obvio que todo el mundo le echaría las culpas al contable.

–Calverson re... retiró dinero varias veces, y falsificó algunas entradas para justificar las irregularidades. Amenazó con... es decir, me... me amenazó, y no tuve más remedio que cooperar con él. Todo esto tiene algo que ver con la razón por la que le urgía tanto conseguir la fusión del banco con la firma de Whitfield, pero no sé nada más. No me tenía la suficiente confianza como para contarme cuál era esa razón.

Durante su etapa en el Ejército, John había visto a hombres que habían sido chantajeados. Daba la impresión de que Dawes era un hombre que ocultaba secretos muy oscuros, y hombres de más valía que él se habían visto obligados a delinquir ante el miedo de que sus trapos sucios salieran a la luz.

–Haré lo que pueda por usted cuando llegue el momento... si coopera, claro.

Dawes soltó el aliento que había estado conteniendo y se apresuró a contestar:

–Haré lo que usted me pida, señor Hawthorn.

–De acuerdo, vuelva al trabajo de momento.

–Como usted diga.

Mientras Dawes se alejaba a toda prisa, John se quedó donde estaba con las manos en los bolsillos, ceñudo y pensativo. Aquella mañana no había vuelto a ver a Calverson después de que este abriera las puertas a las nueve en punto.

Decidió ir a comprobar si estaba en su despacho, pero allí solo encontró a Henderson, el secretario de Calverson, organizando el correo.

–¿Ha venido Eli?

–No, señor. Ha regresado a casa después de abrir la puerta, creo que se sentía indispuesto.

–Sí, eso es lo que ha dicho él. Me parece que voy a pasarme por su casa para ver cómo está –lo dijo con toda naturalidad, porque no quería levantar sospechas–. Si surge cualquier asunto urgente, estoy allí.

–De acuerdo.

Después de recoger el sombrero, el abrigo y el bastón, salió a la calle y subió a un carruaje de alquiler. Durante el trayecto hacia la palaciega mansión de Eli Calverson no pudo dejar de darle vueltas al asunto de la fusión con la firma de Whitfield. Estaba claro que Calverson le había mentido en muchas cosas, y él estaba decidido a averiguar qué era lo que estaba pasando.

En todo caso, su mayor preocupación era el paradero de Claire. Parecía haberse desvanecido de la faz de la Tierra, nadie la había visto ni había sabido nada de ella desde que se había marchado en tren. Él había ido a ver a Evelyn Paine para ver si sabía algo, pero estaba tan preocupada como él y tampoco tenía ni idea de dónde estaba.

Aún seguía pensando atribulado en su mujer cuando llegó a casa de los Calverson. Llamó a la puerta, y pasaron unos segundos hasta que una doncella le abrió.

–Deseo ver a Eli Calverson.

–El señor Calverson no... recibe visitas, señor. ¿Quiere que le pida a la señora Calverson que venga?

–Sí, por favor.

Esperó en el vestíbulo, y poco después Diane salió de una sala del fondo de la casa. Tenía los ojos enrojecidos, pero al verle esbozó una sonrisa forzada.

–¡John! ¡Hola, cuánto me alegro de verte! –alargó las manos hacia él antes de añadir–: Vamos al salón.

Lo condujo hacia allí, y cerró la puerta corredera antes de decir compungida:

–Menos mal que has venido, no sabes lo mal que lo estoy pasando. No sé qué hacer, John –se sacó un pañuelo del bolsillo, y se secó con delicadeza los ojos–. ¡Cielos, qué situación tan complicada!

–¿Qué pasa? –era la primera vez que la veía tan alterada sin teatralidades de por medio.

–Eli está... muy enfermo. El médico acaba de visitarle, y le ha puesto... ¿cómo se llama? Ah, sí, en cuarentena –se secó los ojos y la nariz, y le miró por encima del pañuelo de encaje con un brillo calculador en los ojos que no logró ocultar del todo–. Nunca antes había estado tan enfermo, estoy convencida de que no va a poder ir a trabajar en toda la semana...

–Diane, ¿sabes si ha habido alguna actividad inusual en el banco?

–Por supuesto que no –lo aseguró con los ojos bien abiertos, parecía la viva imagen de la inocencia–. Estoy enterada de lo de los disturbios, por supuesto, ya que lo viví en persona.

Eli se quedó muy afectado... por eso ha enfermado, por las infundadas acusaciones que lanzaron esos clientes. ¡Es absurdo pensar que ha habido un desfalco en el banco! Tú sabes que Eli sería incapaz de hacer algo así, ¿verdad?

John se dio cuenta de que aquella pequeña mentirosa estaba tramando algo. Allí estaba pasando algo raro, y ella estaba metida hasta el cuello; por suerte, no tenía ni idea de las acusaciones del contable, y él iba a asegurarse de que no se enterara. Fueran cuales fuesen los tejemanejes que se traía entre manos Eli, no iba a salirse con la suya. No estaba dispuesto a permitir que acabaran echándole las culpas a él.

Diane se le acercó un poco más, y le dijo con una sonrisa almibarada:

–Te he echado mucho de menos, no tendría que haberme casado con él.

A pesar de la dulzura que quería aparentar, parecía nerviosa... y asustada.

–¿Por qué no te quedas un rato conmigo? –mientras hablaba no dejaba de estrujar el pañuelo con las manos–. Me siento tan sola y afligida... además, hace mucho que no tenemos oportunidad de charlar a solas. No sabes cuánto necesito hablar contigo, John.

Tiempo atrás, la cercanía de aquella mujer le habría enloquecido de deseo, pero lo único que despertaba ya en él era irritación.

–Claire te ha abandonado, lo sabe toda la ciudad. Puedes divorciarte de ella y quedarte conmigo, haz las paces con tu familia para que te entreguen tu herencia y viviremos como reyes...

–¿Y qué pasa con tu marido?, recuerda que está enfermo.

Ella vaciló por un instante. Parecía asustada, y era incapaz de sostenerle la mirada.

–Ahora no puedo pensar en él. Aún me deseas, ¿verdad que sí? John, querido, recuerda cuánto disfrutamos juntos cuando estábamos comprometidos –le rozó el cuerpo con el suyo, parecía desesperada–. Debemos vernos de nuevo... ¿te parece bien en casa de mi prima? Y cuanto antes. Hay que guardar total discreción, por supuesto, pero tenemos que planearlo todo lo más rápido posible, antes de que Eli... eh... antes de que... se recupere por completo.

John pensó en lo horrible que habría ido estar casado con una mujer así, alguien que no tenía ningún reparo en abandonar a su marido enfermo... suponiendo que Eli estuviera realmente enfermo, cosa más que dudosa. Diane estaba tan desesperada como su marido por darse a la fuga, pero daba la impresión de que prefería no ir por el mismo camino que él. A lo mejor se sentía incapaz de vivir como una fugitiva.

Los planes descabellados que parecía estar urdiendo la rubia no le interesaban lo más mínimo. Lamentaba la situación en la que se había visto envuelta, porque era inevitable que Eli Calverson acabara en la cárcel por desfalco y ella iba a perderlo todo, pero en ese momento lo principal era averiguar la cantidad que Eli había robado del banco y recobrar ese dinero. Se le caía el alma a los pies al pensar en toda la gente que le había confiado sus ahorros a la entidad, gente que era la que iba a salir perdiendo si aquello no se solucionaba.

Seguro que Calverson llevaba mucho tiempo con el desfalco. Era improbable que Whitfield estuviera compinchado con él, pero cabía preguntarse si estaba enterado de lo que pasaba. Eso era preocupante, sobre todo si había un descubierto y Eli contaba con solventarlo gracias a la fusión.

–Me urge hablar con Eli, Diane. ¿Podría hacerlo a través de la puerta?

Ella se ruborizó y se secó el sudor de la frente con el pañuelo.

–Eso no sería... conveniente. El médico ha dicho que nadie puede verle ni... ni hablar con él. Será mejor que te marches.

–De acuerdo –se zafó de sus manos antes de decir–: Regresaré cuando se haya restablecido un poco.

–Sí, eh... será lo mejor –se mordió el labio, y añadió como para sí misma–: Sí, al menos por ahora. Te avisaré cuando podamos vernos, intentaré que sea lo antes posible. Supongo que vendrás, ¿verdad?

–Por supuesto.

Prefirió no rechazarla de plano al darse cuenta de que le convenía tenerla vigilada hasta que Eli reapareciera, pero no tenía ni el más mínimo interés en tener algún tipo de relación con ella. La única mujer que le interesaba era Claire, y no lograba entender cómo era posible que tiempo atrás hubiera caído en las redes de Diane. Era innegable que la rubia era atractiva, pero Claire era muy superior a ella en todos los aspectos... sobre todo en lo referente a la bondad y al amor.

¿Cómo había podido ser tan necio?, ¿por qué no se había dado cuenta de que a Diane solo le interesaba el dinero y estaba dispuesta a unirse a quien fuera con tal de conseguirlo? A lo mejor se había obsesionado con ella porque la había perdido, y había anhelado conseguirla por el mero hecho de que era inalcanzable.

Dejó a un lado aquellos pensamientos tan inconsecuentes, lo principal en ese momento era evitar que Calverson huyera. Tuvo ganas de subir a escondidas a la planta de arriba para comprobar si era cierto que él estaba en casa, pero no se atrevió a correr el riesgo de que precipitara su huida al saberse acorralado.

Se despidió de Diane, y al salir fue directo a comisaría. Le contó a un inspector todo lo que sabía, le pidió que tratara aquel asunto con toda la discreción posible, y le sugirió que alertara a la agencia de detectives Pinkerton.

–Hemos tenido suerte, varios miembros de la agencia van a venir a la ciudad este fin de semana para participar en una convención –le dijo el inspector–. Va a poder contar con hombres muy capacitados para esclarecer este entuerto, pero... ¿está seguro de lo que me ha contado?

–Del todo; aun así, dudo que el contable se atreva a hablar hasta que se localice el dinero y haya un arresto, porque está muy asustado.

–Lo tendremos en cuenta. Gracias por venir a verme, nos mantendremos en contacto... avísenos si averigua alguna información que pueda resultar de utilidad.

–Por supuesto.

Salió de la comisaría ceñudo y preocupado. No tenía forma de demostrar que había habido un desfalco, la única prueba era la confesión que le había sacado al contable... además del extraño comportamiento de Eli, claro. Habría que iniciar una auditoría de las cuentas para encontrar pruebas fidedignas, y seguro que Calverson aprovecharía para intentar huir... ¡y de ser así, estaba claro quién iba a acabar por cargar con las culpas!

John pasó una semana infernal intentando tranquilizar a los accionistas, vigilando al contable, y estando pendiente de Diane para ver si podía sonsacarle algo. Pasaba todos los días por su casa con la excusa de interesarse por la salud de Eli y tan solo se quedaba unos minutos, pero a pesar de que ella estaba encantada al creer que le tenía encandilado, en realidad él estaba pendiente por si oía o veía algún indicio que revelara que Eli estaba en casa. De momento no parecía haber ni rastro de él.

En medio de aquella pesadilla estaba siempre latente lo mucho que echaba de menos a Claire y la preocupación que sentía al no tener ni idea de su paradero. Podría estar en cualquier parte, podría pasarle algo y él no llegaría a enterarse jamás. Le enfurecía que le hubiera abandonado justo cuando su vida estaba desmoronándose. Su esposa creía que estaba enamorado de Diane, pero se equivocaba por completo. Estaba desesperado por recuperarla a ella, la echaba de menos con toda su alma.

Las cosas empezaron a mejorar un poco a finales de semana. Los detectives de la agencia Pinkerton llegaron a la ciudad un día antes de lo previsto, y uno de ellos resultó ser un viejo amigo suyo llamado Matt Davis. Era indio... sioux, concretamente... y solía despertar o fascinación o miedo en la gente del este que jamás había visto a uno en persona. Él conocía el pasado de Matt, así que le hacía gracia ver aquellas reacciones.

Invitó a cenar a su amigo aquella misma noche, y le explicó lo que pasaba.

–Déjamelo a mí, en cinco minutos le habré sacado toda la información a tu contable –le dijo su amigo.

–No me digas que aún llevas encima aquel cuchillo enorme.

Matt sonrió de oreja a oreja antes de admitir:

–No me hace falta, he aprendido muchos métodos nuevos en estos últimos diez años. Te sorprendería la facilidad con la que puedo obtener información sin recurrir a la violencia.

–Creo que eso de no recurrir a la violencia es lo que más me sorprendería en ti –le dijo él, en tono de broma.

–Veo que llevas un anillo de boda.

–Sí, me casé hace poco más de dos meses... y mi mujer ya me ha abandonado.

–Lo dices en broma, ¿no?

–La verdad es que no –suspiró pesaroso antes de admitir–: No sé dónde está Claire, le hice mucho daño al mostrarme más atento de la cuenta con mi antigua prometida. La verdad es que no me porté bien. Ella se sintió herida y se marchó, y no me extraña. Ni siquiera sé dónde está... oye, se me ocurre una idea: cuando acabes de interrogar a Dawes, podrías ayudarme a localizarla.

–¿Tiene amistades en la ciudad?

–Infinidad de ellas... incluyendo a un tipo llamado Kenny Blake, el propietario de una tienda de ropa de la ciudad. Tengo la impresión de que Claire pasaba mucho tiempo con él últimamente –sus ojos se oscurecieron aún más.

Matt dejó sobre la mesa su vaso de jerez, y se limitó a decir sin inflexión alguna en la voz:

–Ya veo.

–No creas que yo no he metido la pata. No la he tratado bien, así que tenía razones de sobra para abandonarme.

–Pero quieres recuperarla, ¿no?

A John no solo le sorprendió la pregunta, sino lo tajante que fue su propia respuesta.

–Con todo mi corazón.

–De acuerdo, pero lo primero es lo primero. He venido como conferenciante, pero iré a ver a tu contable y ya veremos cómo transcurren las cosas. No tienes de qué preocuparte, yo me ocupo de todo.

–¡Qué modesto eres!

–Pues sí, gracias por darte cuenta.

Antes de nada, Matt se encargó de lo que le parecía más prioritario: fue a comprar un chaleco a la tienda de Kenny Blake.

–¿Puedo ayudarle en algo, caballero? –Kenny se acercó a aquel recién llegado alto y delgado con cautela, porque a pesar de que vestía ropa cara, no parecía civilizado del todo.

Matt pensó al verlo que Claire tenía muy mal gusto si prefería a aquel petimetre antes que a John, y como quería intimidarlo, le miró muy serio por un instante antes de decir:

–Trabajo para la agencia de detectives Pinkerton, tengo entendido que conoce a una mujer llamada Claire Hawthorn.

Kenny empalideció de golpe, y tuvo que tragar saliva para deshacerse del nudo que se le había formado en la garganta.

–Sí.

–Ha desaparecido, y estoy buscando pistas sobre su paradero antes de que tengamos que plantearnos un posible crimen.

Al ver que le miraba como si pensara que él la había asesinado, Kenny se apresuró a decir:

–Claire está perfectamente bien, en este momento se encuentra en Savannah.

–¿En Savannah?

–Sí, está viviendo con la familia Hawthorn. Me pidió que no se lo dijera a su marido, no quiere que él sepa dónde está.

–¿Mantiene una aventura amorosa con ella?

–¡Claro que no! ¿Cómo se atreve a lanzar semejante calumnia?

–En los últimos tiempos se les ha visto juntos muy a menudo.

–¡Sí, pero por asuntos de negocios! Acaba de llegar a un acuerdo con Macy's, unos prestigiosos almacenes de Nueva York, para diseñar para ellos una línea exclusiva de vestidos de noche. Su marido no sabe que tiene una fuente de ingresos propia. Su firma como diseñadora es Magnolia, y ya tiene mucha fama a nivel local –al ver que Matt se limitaba a mirarlo en silencio, exclamó–: ¡Le juro que es la pura verdad, que solo son asuntos de negocios! ¡Mire! –fue como una exhalación hacia su despacho, sin fijarse siquiera en si él le seguía.

Su secretaria alzó la cabeza, sobresaltada, ante aquella llegada tan súbita, y fue incapaz de apartar los ojos del desconocido que apareció en la puerta tras él. Era un hombre impactante, aunque para su gusto tenía la nariz un poco grande. Estaba fascinada, porque hasta ese momento el único indio al que había visto era el que aparecía en las monedas de cinco centavos.

Matt la miró con frialdad al reconocer su expresión, y tuvo

que contener las ganas de sonreír al ver que tragaba saliva y se atusaba el pelo antes de retomar su trabajo a toda prisa.

Kenny regresó en ese momento con una hoja de papel que se apresuró a enseñarle.

–Aquí está, no envié a Nueva York uno de los diseños porque quise guardarlo para ella.

Matt sabía bastante de ropa exclusiva, y asintió al ver las elegantes líneas de aquel vestido tan único.

–Es muy buena.

El rostro de Kenny se iluminó al oír aquello.

–¿Verdad que sí? La conozco desde hace años, desde que se fue a vivir con su tío. Es una muchacha dulce y con un corazón de oro. Su marido no se la merece, es una vergüenza la relación que tiene con esa mujer casada.

–¿A qué mujer se refiere?

–A la señora Calverson, la esposa del presidente del banco. John y ella estuvieron comprometidos, y hay quien piensa que tienen una aventura. Dicen que el señor Calverson está muy enfermo, que está postrado en cama y en cuarentena, así que supongo que ella no va a poder salir demasiado de casa durante un tiempo. Lástima que Claire se haya ido.

–Sí –Matt le devolvió el diseño antes de añadir–: Gracias por su cooperación.

–No le diga a su marido dónde está, por favor –la preocupación de Kenny era sincera–. Claire solo necesita un poco de tiempo para decidir lo que va a hacer, puede que esta separación sirva para que él aprenda a valorarla más. Ella le ama con todo su corazón, y el hecho de que él la ignore y esté encandilado con esa desvergonzada de la señora Calverson ha acabado por hundirla.

Matt había averiguado más de lo que quería, y entendía lo que pasaba en el matrimonio de John más allá de lo que le habían contado al respecto.

–No se lo diré a menos que lo considere necesario.

–Gracias, me conformo con eso. No me gusta romper mi palabra cuando me comprometo a guardar una confidencia.

–A mí tampoco –la opinión que tenía de aquel hombre acababa de mejorar muchísimo.

–¿Puedo ayudarle en algo más?

–La verdad es que sí, necesito un chaleco nuevo –admitió, sonriente.

Kenny le devolvió la sonrisa antes de decir:

–Tengo unos de seda que acaban de llegar de Nueva York, permita que se los muestre.

Al día siguiente, Matt se presentó en el banco bien temprano para interrogar al señor Dawes, y tardó menos de dos minutos en sacarle toda la información que quería y en llevarle a rastras a la comisaría más cercana, donde el tipo lo confesó todo ante un taquígrafo.

Dawes delató de inmediato a Calverson para salvar su propio pellejo, y se enviaron dos agentes a casa del banquero. Tenían órdenes de arrestarlo por muy enfermo que estuviera, pero se llevaron una sorpresa cuando entraron en la casa con una orden de registro y descubrieron que la habitación del supuesto enfermo en cuarentena estaba vacía.

–¡Pero si el médico dijo que estaba demasiado enfermo para levantarse de la cama! –exclamó Diane con teatralidad–. ¿Adónde habrá ido?

–A lo mejor murió y se han llevado el cadáver sin que usted se diera cuenta –comentó uno de los agentes con sarcasmo.

Ella le fulminó con la mirada, y exclamó muy indignada:

–¡No estoy protegiendo a mi marido, se lo aseguro! Él me pidió que no entrara aquí para evitar el riesgo de contagio, y me dio este sobre sellado con órdenes de entregárselo a la policía en caso de que le ocurriera algo –se lo sacó del bolsillo, y miró al agente con sus cándidos ojos azules y una sonrisa dulce–. Tenga, no sé de qué puede tratarse.

El agente era un veterano que no se dejó engatusar, pero se limitó a asentir antes de abrir el sobre y sacar la carta que había dentro. Sus labios se tensaron hasta formar una fina línea mientras leía las líneas manuscritas, y cuando acabó le hizo un gesto a su compañero para indicarle que era hora de marcharse de allí. Se despidieron de la señora Calverson con cortesía, y se apresuraron a regresar a comisaría.

En aquella carta escrita de su puño y letra, Eli Calverson acusaba a John de malversar miles de dólares del banco; según él, Diane no había tenido nada que ver en el robo ni estaba enterada de lo que pasaba, así que no hacía falta que se la interrogara, y él estaba dispuesto a regresar a casa en cuanto John estuviera bajo custodia. También afirmaba que el contable corroboraría su testimonio.

Eli argumentaba que John quería arrebatarle a su esposa, y que, en palabras textuales: Hawthorn sabía que necesitaría muchísimo dinero para mantenerla, y como no lo tenía, decidió robarlo. Alegaba que Dawes jamás testificaría en contra de John, porque este le chantajeaba con sacar a la luz que ocultaba una vida secreta que incluía prácticas sexuales depravadas, y explicaba también que iba a refugiarse en casa de un amigo suyo que vivía en la ciudad hasta que apresaran a John; a modo de colofón, había añadido en una posdata que temía por su vida.

La policía consideró que aquella carta era prueba suficiente para detener a John, ya que el secretario de Eli Calverson confirmó que estaba firmada por el director del banco y escrita de su puño y letra.

John se sintió desmoralizado y furioso cuando se lo llevaron esposado del banco. Negó con vehemencia estar al corriente del desfalco, pero la historia que se había inventado

Eli parecía muy convincente; por si fuera poco, el banquero había mandado copias de la misma carta a los periódicos a través de su abogado y había dado instrucciones de que se abrieran «en caso del arresto de John Hawthorn», así que a la mañana siguiente apareció en primera plana de todos los periódicos de Atlanta la noticia de que el joven vicepresidente del Peachtree City Bank estaba encarcelado por desfalco.

John estaba en su celda como una fiera enjaulada, lleno de furia y de impotencia. Había perdido a su esposa y era el principal sospechoso en el desfalco a un banco, no había duda de que estaba en una situación crítica.

Tal y como había prometido, Eli Calverson se presentó en su casa de inmediato; al parecer, se había recuperado por completo de su supuesta enfermedad en cuanto se había enterado del arresto de John. Convocó a varios reporteros, y mientras Diane les conquistaba con sus dulces sonrisas él les contó la triste historia de lo mucho que había sufrido por culpa de aquel vicepresidente violento y sin escrúpulos que no había dudado en cometer semejante desfalco.

Todos le creyeron menos uno muy avispado que le preguntó en voz alta y firme dónde estaba Dawes, el contable.

–Él también ha optado por esconderse, pero tal y como le he dicho a la policía, sé dónde está y regresará a su debido momento para testificar.

–¿No es cierto que se presentaron cargos contra usted por presunto desfalco hace unos años? –insistió el reportero.

Eli se tambaleó un poco fingiendo que se mareaba, y dijo con voz un poco trémula:

–Me siento muy débil, me temo que voy a tener que retirarme. He estado muy enfermo, y aún no me he recuperado del todo. Gracias a todos por venir, estoy seguro de que sabrán tratar de forma debida esta historia. Hay que proteger a los inversores de charlatanes como John Hawthorn... ¡y pensar que era mi protegido y le consideraba un buen amigo!

Los reporteros se tragaron aquella actuación tan convincente, y miraron con desaprobación al compañero que había hecho llorar a la pobre y adorable señora Calverson con sus desconsideradas preguntas.

Cuando todos ellos se marcharon, Eli miró a su esposa con ojos acerados y le dijo con voz fría y amenazante:

–Lo has hecho muy bien, querida. Si sigues haciendo lo que yo te diga, saldremos bien parados de esta.

–No quiero huir...

Él la agarró con fuerza del brazo, y se lo retorció hasta que la hizo gritar de dolor.

–Pero vas a hacerlo, porque tienes tanta culpa como yo. Eras tú la que siempre estaba pidiendo más joyas y más ropa, así que ahora vas a tener que obedecerme. ¿Está claro?

–Sí, por supuesto –se apresuró a contestar ella, temblorosa y muy pálida–. ¡Estoy dispuesta a hacer lo que me digas!

Él soltó un bufido lleno de desdén, pero acabó por soltarla. Su esposa iba a tener que obedecerle si no quería atenerse a las consecuencias. Su única preocupación en ese momento era planear la huida, tenía que llevarla a cabo mientras la atención estaba centrada en John Hawthorn. Su venganza contra el hombre que había intentado convertirle en un cornudo era de lo más dulce... y por si fuera poco, tenía el dinero que había logrado agenciarse.

Solo tenía que ir a Charleston y tomar un barco con rumbo a las Indias Occidentales, donde podría vivir a cuerpo de rey. Hasta entonces iba a usar a su esposa como cortina de humo, pero después... en fin, un millonario podía conseguir a cualquier mujer, y estaba cansado de la frialdad de Diane. La abandonaría y se buscaría a otra que fuera bella y de buen corazón. ¡Que regresara con Hawthorn si le apetecía, a aquel necio le estaría bien empleado cargar con una mujer así!

John estaba sentado en su fría y solitaria celda, preguntándose si Claire pensaba en él alguna vez. Seguro que creía que aún estaba enamorado de Diane... qué idea tan absurda, sobre todo teniendo en cuenta que la rubia debía de estar compinchada con su marido.

Qué lástima, se dijo con amargura, que la obsesión que había sentido por ella le hubiera cegado hasta tal punto que no había sabido ver los verdaderos motivos que habían llevado a Eli a contratarlo. Seguro que aquel tipo llevaba años planeando aquello, que había estado robando pequeñas cantidades del banco mientras Dawes se encargaba de falsificar las cuentas.

Pero al final era él el que estaba en la cárcel, y teniendo en cuenta la desaparición de Dawes y los continuos ataques de Calverson en la prensa, era más que probable que acabaran declarándolo culpable... si no le linchaban antes, claro. Su futuro pendía de un hilo, y ni un solo amigo había ido a echarle una mano; de hecho, seguro que ni siquiera su esposa (suponiendo que se enterara, dondequiera que estuviese, de lo que estaba pasando), estaría dispuesta a acudir en su ayuda.

Era inevitable que los periódicos de Savannah publicaran la noticia de que un joven banquero había sido arrestado por desfalco en Atlanta; aun así, Claire no se enteró por la prensa de lo que sucedía, sino gracias a un telegrama que le envió Kenny Blake: *Regresa de inmediato, tu marido arrestado por fraude y en grave peligro. Kenny*.

El impacto fue tan fuerte, que se echó hacia atrás en la silla como si acabaran de golpearla.

–¡Dios mío!

Maude y Emily se apresuraron a acercarse a ella, y fue la primera la que leyó el telegrama sin dudarlo y exclamó:

–¡Seguro que lo han publicado en los periódicos! –salió como una exhalación rumbo a la puerta principal, y regresó poco después con el periódico sujeto con fuerza entre sus manos temblorosas–. Sí, aquí está... ¡Dios mío, Claire, dicen que ha robado miles de dólares y que se habla de un posible linchamiento!

–Todo esto es absurdo, John es el hombre más honrado que conozco. Sería incapaz de robar el dinero de sus inversores.

Su suegra la miró con ojos rebosantes de cariño y gratitud al oír sus palabras.

–Sí, ya lo sé, y no sabes cuánto me alegra que tú también estés convencida de su inocencia. ¿Qué vamos a hacer? No sé si contarle a Clayton lo que pasa, el impacto de semejante noticia podría matarle.

–Yo creo que debe contárselo, que esto será el desafío que necesita para volver a ponerse en pie.

–Es un riesgo enorme –dijo Maude, vacilante.

–Sí, pero la recompensa valdrá la pena si sale bien.

Y si salía mal, el resultado sería una tragedia... Maude no acababa de decidirse, pero se tragó sus dudas y la miró durante un largo momento antes de decir:

–De acuerdo, pero tenemos que contárselo con cuidado.

Y así lo hicieron... aunque la verdad era que resultaba difícil suavizar una noticia así. Le enseñaron el periódico, aunque él apenas pudo leer el titular por su problema de visión.

–¡Maldita sea!, ¡esto es un ultraje! –Clayton se disculpó por su lenguaje, y miró a su esposa mientras sacudía el periódico en el aire–. ¡Como agarre al canalla que ha hecho esto y le ha echado la culpa a mi hijo, le... le romperé la crisma con mi bastón!

–John está en la cárcel, querido. ¿Qué quieres que hagamos?

–Yo me encargaré de hacer lo que se debe –masculló, mientras se levantaba poco a poco de la cama–. ¡Iré en persona a asegurarme de que se demuestre su inocencia! Maude, que alisten de inmediato el carruaje para que me lleve al centro. Quiero parar en el bufete de nuestro abogado para pedirle que me acompañe en el primer tren que salga con destino a Atlanta.

–¿Estás lo bastante fuerte como para aguantar un viaje tan largo, Clayton? –le preguntó, vacilante.

–¿Tú qué crees?

–Que sí. De acuerdo, querido, se hará como tú digas.

Claire insistió en ir también... al igual que Maude, que no estaba dispuesta a quedarse en casa mientras su marido hacía un viaje tan largo. Emily también quería ir, pero al final tuvo que resignarse a quedarse allí bajo el cuidado de Jason.

Harland Dennison, el abogado de la familia, accedió a acompañarles, así que compraron los billetes de tren y emprendieron el viaje pertrechados con un mínimo de ropa y de artículos de primera necesidad.

En cuanto llegaron a Atlanta fueron a la comisaría donde estaba preso John sin detenerse siquiera a registrarse en un hotel. Delante del edificio había un pequeño grupo de manifestantes con pancartas en contra de John, y Clayton les fulminó con la mirada antes de ir abriendo paso por delante de Maude y Claire.

–¡Tráiganos a ese ladrón, Stanton, y nosotros nos encargaremos de lincharlo! –gritó un hombre enfurecido.

Clayton y Maude ya estaban entrando en la comisaría, pero Claire se detuvo de golpe al oír aquello y se volvió hacia el gentío. Miró indignada al hombre que acababa de lanzar aquella amenaza, y le espetó con firmeza:

–¡Cualquiera que conozca a mi marido sabe que sería incapaz de robar ni un solo penique aunque estuviera famélico! ¿Por qué no huyó si era culpable?

Se oyó un murmullo generalizado. Estaba claro que a nadie se le había ocurrido plantearse aquello.

–¿Acaso creen que un hombre que ha robado tanto dinero

se quedaría aquí? ¿Creen que un hombre inocente se quedaría en la ciudad a la espera de que fueran a por él para lincharle? Ha sido el señor Calverson quien ha acusado a mi marido, pero si él es tan inocente como dice, ¿por qué sigue escondido en su casa? Según los periódicos, ni siquiera sale para ir a trabajar a su propio banco. ¡Se limita a lanzar esas despreciables acusaciones desde su refugio! ¿Les parece que esa es la actitud de un hombre valiente? ¿Dónde estaba él cuando se extendió el pánico entre los clientes del banco? ¡Fue mi marido quien salió a defender la reputación del lugar donde trabaja! ¿Acaso arriesgó su propio pescuezo el señor Calverson? ¡No, no lo hizo! Mi marido fue el único que se atrevió a enfrentarse a la muchedumbre, ¿creen que semejante valentía es propia de un ladrón?

El murmullo de voces se intensificó. Claire alzó la barbilla y les miró con ojos centelleantes al añadir:

–Mi marido ha sido acusado falsamente. Si tienen paciencia y me dan un par de días, podré demostrárselo a todos ustedes.

Hubo un largo momento de silencio que solo se rompió con algunos murmullos, y al final fue el hombre que había hablado antes el que tomó la palabra de nuevo.

–Supongo que no vamos a perder más dinero por esperar un poco –refunfuñó, ceñudo.

–La verdad es que es extraño que no huyera si había sido él; además, la señora tiene razón al decir que tuvo la valentía de enfrentarse a aquella multitud –apostilló otro.

–En este país se considera que un hombre es inocente hasta que se demuestre lo contrario –añadió Claire–. Mi marido será exonerado, y les prometo que se recuperará hasta el último penique del dinero que les han robado.

Hubo otra pausa, y más murmullos; al cabo de un largo momento, un hombre dio un paso al frente y se limitó a decir:

–De acuerdo, ya veremos lo que pasa.

Debía de ser el cabecilla del grupo, porque cuando soltó la pancarta que llevaba y les indicó a los demás que le siguieran, todos obedecieron.

Claire permaneció donde estaba durante unos segundos mientras veía cómo se alejaban, y entró en el edificio justo cuando John estaba cruzando la puerta que conducía a la zona de las celdas. Él se detuvo en seco al ver que estaban allí tanto sus padres como ella; se quedó tan impactado, que pareció quedarse sin habla.

–Hola, hijo –le dijo Clayton con toda naturalidad, como si solo llevaran un día sin verse. Se acercó a él sin vacilar, y extendió el brazo para estrecharle la mano–. He traído conmigo a Dennison, él va a encargarse de sacarte de aquí. Vamos a pagar la fianza, y después nos pondremos manos a la obra para demostrar tu inocencia sea como sea.

John tuvo que hacer un esfuerzo para apartar la mirada de su esposa, y los posó en el padre al que no había visto en dos años. Estaba más delgado y parecía bastante frágil, pero en sus ojos se reflejaba la misma determinación férrea de siempre.

–¿Estás seguro de que soy inocente? –le preguntó, con una sonrisita burlona.

–No digas tonterías. Por mucho que me haya comportado como un necio, sigues siendo mi hijo y no me cabe duda de que eres inocente.

John aceptó el ofrecimiento de paz, y le estrechó la mano con calidez y respeto.

–Me alegra volver a verte –lo dijo con formalidad, pero en su voz se reflejaba una emoción sincera.

–Lo mismo digo –le contestó su padre, con una pequeña sonrisa.

Maude no pudo seguir conteniéndose, y exclamó exasperada:

–¡Qué absurdos sois los hombres!, ¿a qué viene tanta formalidad? –pasó junto a su marido, y le dio un fuerte abrazo a su hijo–. Te has metido en un lío enorme, querido mío, pero no te preocupes... te sacaremos de esta aunque tengamos que sobornar a un juez o amenazarle a punta de pistola.

–¡Mamá! –John se echó a reír mientras seguía abrazándola con fuerza.

–Ahora que lo pienso, un pretendiente que tuve cuando iba al colegio es juez. El problema está en que ejerce en Florida, así que dudo que pueda ayudarnos.

–La verdad será ayuda suficiente –le aseguró su marido–. ¡Y deja de alardear de tus antiguos pretendientes delante de mí, descarada!

Mientras su madre reía como una colegiala, John fijó la mirada en Claire. El corazón se le aceleró solo con verla, y se dio cuenta de lo mucho que la había echado de menos. La contempló con ojos brillantes de emoción, embargado por la felicidad más grande que había sentido en toda su vida, pero su ánimo decayó de inmediato al ver que ella alzaba la barbilla y le miraba con claro resentimiento; a juzgar por aquella actitud beligerante, estaba claro que seguía guardándole rencor por todo lo que había pasado.

Se dio cuenta de que tendría que lograr que ella dejara atrás esos resentimientos, y que eso iba a llevar su tiempo, pero estaba dispuesto a hacer lo que fuera con tal de recuperarla y tenía mucho tiempo por delante... suponiendo que no le lincharan, claro.

–¿Qué haces con mis padres?

–Ha estado viviendo con nosotros en casa –admitió Clayton.

–Supuse que jamás se te ocurriría buscarme allí.

–Y acertaste de pleno, ¡no tenía ni idea de dónde estabas! –exclamó, ceñudo.

–Como recordarás, estabas ocupado con la señora Calverson justo antes de que me marchara, así que pensé que no me echarías de menos –le contestó ella, con voz queda.

Maude se interpuso entre los dos, y les recordó con voz suave:

–Este no es el lugar adecuado para esta conversación.

John cedió a regañadientes, aunque seguía enfadado por el comentario de Claire.

–Tienes razón, mamá. Gracias a todos por venir.

–Las familias deben permanecer unidas en los momentos difíciles –le dijo ella.

Dennison se acercó a ellos en ese momento y comentó con calma:

–Ya he pagado la fianza. Eres libre de momento, John. Venga, vámonos.

Salieron a la calle y tuvieron que apretujarse un poco al entrar en el carruaje que les esperaba, pero se las arreglaron para caber todos. Mientras se dirigían hacia el hotel más grande de la ciudad, Claire miró a su marido y le preguntó:

–¿Sigues viviendo en el apartamento?, ¿Chester está bien?

–La respuesta es afirmativa en los dos casos. La señora Dobbs no me ha echado a pesar de que tengo en contra a la opinión pública, es una mujer de armas tomar.

–Nosotros nos alojaremos aquí –dijo Clayton, cuando el vehículo se detuvo frente al hotel–. Vete con John y haz que se asee, Claire. Venid a cenar esta noche con nosotros.

Claire se sintió incómoda ante aquella situación, y dijo vacilante:

–No creo que...

John se apresuró a intervenir antes de que pudiera inventar una excusa para no ir con él.

–Sí, será lo mejor. Claire y yo tenemos que hablar largo y tendido.

–¿Ah, sí? –le preguntó ella con frialdad.

Maude y Clayton bajaron del carruaje, y John se reclinó en el asiento con la mirada puesta en su mujer cuando el vehículo puso rumbo a la casa de la señora Dobbs. Estaba muy elegante ataviada con un vestido oscuro y el pelo sujeto con un recogido impecable, y a pesar de lo distante que se mantenía y del hecho de que había accedido a acompañarle a regañadientes, era maravilloso volver a tenerla a su lado. ¡Cuánto tiempo había perdido por ser tan necio! Claire había acudido en su ayuda y le apoyaba en aquel momento tan crítico, pero estaba convencido de que Diane en su lugar le habría abandonado.

–Gracias por regresar y por traer a mis padres, estoy en deuda contigo. Llevaba algún tiempo sin hablarme con ellos.

–Sí, ya lo sé.

–¿Te ha hablado mi padre del tema?

Al ver que insistía en hablar, ella se volvió a mirarle y le contestó con calma:

–Me lo contó todo, al igual que tú. Él mismo te dirá cuánto lamenta haberte culparte por algo que no fue más que la voluntad divina. Se ha reconciliado con Dios, y ahora desea hacer lo mismo contigo. Ha estado muy enfermo, pero ha ido mejorando en los últimos tiempos.

–Seguro que gracias a ti –comentó, sonriente, con toda sinceridad–. Tienes un gran corazón, Claire. Habría que ser de piedra para no tomarte cariño.

–Te lo agradezco –lo dijo con formalidad y contempló a través de la ventanilla las casas, que ya tenían las luces encendidas.

–Le pedí a uno de los detectives de la agencia Pinkerton que averiguara tu paradero.

–¿Por qué?

–Pues porque estaba preocupado por ti, por supuesto. No tenía ni idea de dónde estabas, ni siquiera sabía si te había pasado algo –apartó la mirada antes de admitir con rigidez–: Además, te echaba de menos.

–Supongo que Kenny te habría dicho dónde estaba si se lo hubieras preguntado, aunque yo le había pedido que no lo hiciera.

–¿Crees que iría a preguntarle por el paradero de mi esposa a ese mequetrefe remilgado? –sus ojos relampaguearon mientras luchaba por controlar la furia que sentía.

–Puede que sea remilgado, pero es mi amigo; ¡de hecho, ha sido mucho mejor amigo que tú!

–¿Ah, sí?

A Claire no le sorprendió que volviera a hacer gala de su arrogancia, pero lo que sí la tenía desconcertada era que parecía celoso. Se dijo que aquello era imposible, que la mera idea era una absurdez, y suspiró con cansancio antes de decir sin inflexión alguna en la voz:

–No hace falta que finjas que sientes algo por mí. He vuelto por una simple cuestión de lealtad, porque no podía dejarte solo en un momento tan difícil. No tenía ni idea de que te acusarían de cometer un desfalco en tu propio banco, es un disparate. Me vi obligada a regresar para defenderte, es mi obligación como esposa tuya.

Aquellas palabras fueron como una puñalada en el corazón. Le dolió saber que ella había vuelto por obligación, albergaba la esperanza de que hubiera sido por amor.

–Entiendo.

Claire se sintió aliviada al ver que había logrado convencerlo con aquella sarta de mentiras. Estaba convencida de que él seguía enamorado de Diane, y no quería que se diera cuenta de lo mucho que le amaba.

–Tus padres tuvieron la amabilidad de darme alojamiento, y de hacerme sentir como en casa mientras decidía lo que iba a hacer. No te preocupes por mí, ahora sí que puedo salir adelante por mí misma.

–¿Con la ayuda de tu amiguito Kenny? –le preguntó él, con voz gélida.

–Pues... en cierto sentido, la verdad es que sí –alzó la barbilla antes de confesar–: Kenny me presentó a un hombre de Nueva York que estaba interesado en los vestidos de noche que diseño. Voy a tener mi propia fuente de ingresos, así que mi bienestar ya no es de tu incumbencia. A partir de ahora puedes centrar toda tu atención en Diane.

Él la miró sin entender ni una palabra. ¿Quería hacerle creer que un misterioso neoyorquino estaba interesado en los diseños de una desconocida de Georgia? Y por cierto, ¿a qué vestidos de noche se refería? Jamás la había visto confeccionar nada parecido en su máquina de coser... aunque era consciente de que sabía de costura, al igual que la gran mayoría de mujeres; aun así, las mujeres que pertenecían a la clase social de Claire no solían confeccionarse su propia ropa, porque les resultaba mucho más cómodo comprar las prendas hechas.

En todo caso, no se creyó aquella mentira tan elaborada y absurda. Era obvio que se la había inventado para salvaguardar su propio orgullo y convencerlo de que renunciara a ella.

–Diane está casada, Claire.

–No creo que su matrimonio dure mucho más si se confirma que su marido fue el que robó el dinero, ¿crees que estaría dispuesta a seguirlo hasta los confines de la Tierra, al margen de que sea inocente o culpable? Por mucho dinero que haya robado Calverson, ella jamás se conformaría con vivir huyendo de la ley, porque lo que le importa por encima de todo es dárselas de gran dama y presumir de su importante apellido.

A John le sorprendió su perspicacia, la facilidad con la que ella había visto algo que él acababa de descubrir por las malas.

–Eli me ha acusado de haber robado el dinero, y asegura que Dawes era mi cómplice.

–Seguro que el señor Dawes dejará clara tu inocencia, y...

–Dawes ha desaparecido. Estaba en libertad bajo fianza, y dicen que se ha marchado de la ciudad. Nadie sabe dónde está, aunque Calverson ha asegurado que regresará a tiempo de declarar contra mí.

–Has mencionado a un detective...

–Sí, la policía contactó con la agencia Pinkerton por sugerencia mía, y dio la casualidad de que un viejo amigo mío del Ejército que trabaja para ellos iba a venir a la ciudad para participar en una convención. Es el mejor investigador que conozco, consiguió que Dawes confesara ante la policía y estaba recavando pruebas contra Calverson cuando me arrestaron; de hecho, anoche mismo fue a visitarme a la cárcel.

–¿No vive en Atlanta?

–No, en Chicago, pero va a colaborar con los detectives de aquí. Se llama Matt Davis. Seguro que te cae bien, es un tipo bastante inusual.

–¿En qué sentido?

–Espera y verás.

La señora Dobbs salió a recibirlos en cuanto el carruaje se detuvo frente a su casa, y bajó a toda prisa los escalones de la entrada.

–¡Cuánto me alegro de tenerles de vuelta a los dos! Estoy convencida de su inocencia, señor Hawthorn, y así se lo he hecho saber a todo el mundo. ¿Conoce a un tal Davis? Espero que sí, porque está esperándole en la sala de estar –se inclinó hacia delante antes de añadir en voz más baja–: Se parece al hombre que sale en las monedas de cinco centavos, ¡creo que es un indio!

–Lo es... sioux, concretamente.

–¿En serio? –le preguntó Claire, atónita.

–Sí, ven a conocerle.

–Señor Hawthorn, ¿ese amigo suyo no va a...? Es decir, ¿está seguro de que no...?

Al ver lo aturullada que estaba la casera, John sonrió y le dijo en tono de broma:

–Recuerde lo de la hermandad universal, señora Dobbs, lo de perdonar y olvidar. Ahora todos somos amigos.

–¡Eh... sí, por supuesto que sí! –la mujer se remangó la falda para subir los escalones antes de añadir–: Solo espero que él esté enterado de eso.

Matt sonrió al verles entrar en la sala de estar, y se acercó a estrecharle la mano a John.

–Me alegra volver a verte en libertad.

–Y a mí me alegra estar fuera.

Matt procuró que su rostro no reflejara expresión alguna cuando miró a Claire y comentó:

–La elusiva señora Hawthorn, supongo.

–Sí. ¿Cómo está usted, señor Davis? –Claire intentó ocultar la curiosidad que sentía. Davis era un hombre de tez muy oscura y pelo negro, lacio y largo, vestía un traje caro, y llevaba el pelo sujeto en una coleta impecable.

–Muy bien, gracias –la contempló por unos segundos más, y decidió que no hacía falta decirle a John que Kenny Blake le había revelado su paradero. Lo importante era que ella ya había regresado. Se volvió hacia él, y comentó–: Me he enterado en comisaría de que tu padre ha pagado tu fianza, y he venido a decirte que le he echado un vistazo a los archivos de la agencia para ver si encontraba algún dato sospechoso sobre el pasado de Calverson. De momento he averiguado una única cosa que podría servirnos de utilidad, y ha sido gracias al reportero que escribió el único artículo en el que se ponían en duda las acusaciones de ese tipo; al parecer, estuvo bajo sospecha en Maryland por un supuesto desfalco a un banco de allí. Al final se retiraron los cargos por falta de pruebas, pero un joven empleado del banco fue declarado culpable del robo y pasó un tiempo en prisión hasta que se demostró su inocencia. Fue justo antes de que Calverson abriera el Peachtree City Bank aquí.

–Está claro que tiene experiencia a la hora de culpar a otros por sus delitos –masculló John.

–Habrá quien piense que se le acusó injustamente, pero a mí me parece que es una técnica que le resulta muy eficaz. Podría salirse con la suya aquí también si no logramos pillarle con el dinero.

–¿Hay alguien vigilando su casa? –le preguntó Claire de improviso.

–¿Disculpe?

–Dudo que piense quedarse en la ciudad si es culpable, seguro que sabe que la acusación contra John acabará por desmontarse. O tiene el dinero consigo, o lo ha guardado en algún sitio, así que no me extrañaría que intentara escabullirse en medio de la noche. Ya ha conseguido que las sospechas recaigan sobre John, así que es probable que piense que es el momento perfecto para huir; al fin y al cabo, todo el mundo sabe que ha estado en su casa, ha tenido dos reuniones con periodistas allí.

–Tiene parientes en Charleston que estarían dispuestos a darle cobijo, a ayudarle a zarpar rumbo a algún puerto lejano –apostilló John–. Creo que Claire tiene razón, que lo más probable es que intente huir. Habría que vigilar su casa.

–Me encantaría encargarle la tarea a alguno de mis hombres, pero esta es una comunidad pequeña donde todo el mundo se conoce. Los vecinos notarían enseguida la presencia de un desconocido, por muy cuidadoso que fuera. También puedo apostar a alguien en la estación de ferrocarril, pero sería imposible mantenerle allí de forma indefinida.

–Déjelo en mis manos, señor Davis –le dijo Claire, sonriente–. Se me ha ocurrido una forma de mantener vigilada la casa del señor Calverson sin que él se dé cuenta.

–¿Qué piensas hacer? –le preguntó John.

–Espera y verás.

CAPÍTULO 14

Claire había decidido ir a ver a todas sus conocidas de la alta sociedad de Atlanta para pedirles su colaboración; por suerte, era uno de los días en que Evelyn y su círculo de amistades recibían visitas en casa, y fue a ella a la primera que visitó.

Tuvo la suerte de encontrarla sola, así que pudo explicarle la situación sin tapujos. A su amiga le encantó la idea de convertirse en una espía.

–¡Qué emocionante, Claire! ¡Me cuesta creer que vaya a colaborar con la agencia Pinkerton!

–¡Recuerda que no debes contárselo a nadie!

–Jamás traicionaría tu confianza. ¿Tienes idea de dónde está Calverson, de dónde puede tener el dinero?

–La verdad es que no... pero John dice que son miles de dólares, así que deben abultar bastante, ¿no?

–A lo mejor los tiene guardados en un baúl.

–Sería demasiado fácil, ¿no? Bastaría con abrirlo.

–Claro, pero a lo mejor es su esposa quien lo tiene.

Claire le dio vueltas a aquella posibilidad; según John, Diane afirmaba no tener nada que ver con los planes de Calverson, pero era más que posible que estuviera ayudándole a esconder el dinero del robo. Que no quisiera huir con él no significaba que no estuviera dispuesta a ayudarle a cambio de una parte del botín.

–Me parece que has dado en el clavo, Evelyn... ¡mientras todo el mundo está pendiente de Calverson para ver si huye, en realidad es ella la que tiene el dinero!

–¡Qué ardid tan ladino! A mí también me parece lo más probable, pero no sé cómo vamos a arreglárnoslas para tener acceso a los baúles de Diane.

–Creo que vamos a necesitar ayuda para eso –suspiró con resignación al darse cuenta de que el mejor candidato para esa tarea era John, seguro que la rubia confiaba en él.

Lo que no tenía claro era si su marido estaría dispuesto a hacerle aquella jugarreta al amor de su vida. Lamentaba la gran decepción que iba a llevarse su marido si se comprobaba que Diane tenía el dinero en su poder, pero la única alternativa consistía en quedarse de brazos cruzados y permitir que los Calverson se salieran con la suya, que se quedaran con el dinero del robo mientras John iba a la cárcel por un delito que no había cometido.

Se le puso la carne de gallina solo con pensarlo, y decidió que tendría que hacer entrar en razón a su marido como fuera... aun así, cuando regresó al apartamento se sintió incapaz de entablar una conversación con él, y mientras se vestía para la cena no dejó de darle vueltas a lo que iba a decirle. Tuvo que aflojarse un poco más el cinturón al ver que se le había quedado estrecho, y se dio cuenta sonrojada de que había otro tema del que aún tenía que hablar con él.

De momento no era más que una suposición, pero la lógica indicaba que estaba embarazada de su marido, y no sabía cómo iba a reaccionar él al enterarse. A lo mejor estaba tan enamorado de Diane que le daba igual todo lo demás, pero también existía la posibilidad de que se sintiera obligado a renunciar a la rubia al saber que iba a ser padre. No tenía ni idea, y de hecho, ni siquiera estaba segura de querer saber la respuesta.

Cuando John salió de su propio dormitorio, impecable y solemne, la recorrió con la mirada y se dio cuenta de que a pesar de estar seria tenía un aspecto radiante. La había echado de menos con toda su alma.

–Gracias, Claire.

–¿Por qué?

–Por hacer posible que vuelva a hablarme con mis padres, entre otras cosas. Estaba convencido de que no volvería a ver a mi padre en toda mi vida.

–A veces nos ceñimos a un camino equivocado por puro hábito. Tus padres son grandes personas y me hicieron sentir como en casa, al igual que Emily y Jason.

Él se le acercó y le agarró las manos antes de comentar, sonriente:

–Me pasaba las noches en vela, preguntándome si estabas a salvo, y resulta que tú estabas con mi familia. No tenía ni idea de que supieras dónde vivían mis padres.

–Tú mismo me habías contado que vivían en Savannah, pero mantienen una buena amistad con Evelyn Paine, y fue ella la que nos presentó.

–Ya veo. No hay duda de que eres una mujer sorprendente.

Ella le contempló en silencio, y al ver las nuevas arrugas que surcaban su rostro dijo con voz suave:

–Lamento haberme marchado en un momento tan malo para ti. Jamás se me pasó por la cabeza que pudieran acusarte de malversación, eres el hombre más honesto que he conocido en mi vida.

Él sonrió al oír aquello, y no dudó en devolverle el cumplido.

–Y tú eres la mujer más honesta que he conocido.

–En cuanto a las acusaciones que pesan sobre ti, demostraremos que son falsas.

–Sí, ya oí cómo se lo gritabas al gentío que estaba delante de la comisaría –la miró con ojos chispeantes, y admitió sonriente–: No sabes lo orgulloso que me sentí de ti... al igual que cuando atravesaste las llamas montada en Chester para salvarme. Dios mío, Claire, no quiero ni pensar en el riesgo tan enorme que corriste. Si me hubiera dado cuenta de lo que pretendías hacer, jamás te lo habría permitido.

Ella sintió que el corazón se le aceleraba en el pecho al verle mostrar tanta preocupación. Su marido la trataba de forma muy diferente desde su regreso, como si la apreciara más que nunca, pero ella no se atrevía a hacerse ilusiones. No se le había olvidado lo frío que se había mostrado el día de la boda, ni la indiferencia que había mostrado hacia ella durante las primeras semanas de casados... y seguía teniendo grabado en la memoria el beso que había presenciado en su propia cocina.

Se soltó de sus manos con delicadeza antes de preguntar:

–¿Ha ido a verte Diane a prisión? Dudo que pudiera hacerlo, teniendo en cuenta las acusaciones que su marido vertió contra ti en los periódicos.

A él pareció entristecerle oírle mencionar a la rubia, y se encogió de hombros con rigidez antes de contestar.

–Diane jamás se dejaría ver conmigo en semejantes circunstancias –era la pura verdad. Diane no habría ido a verle a la cárcel ni aun estando soltera, ni le habría defendido de una muchedumbre enfurecida... a diferencia de Claire, que había mostrado una valentía increíble–. Tenemos que mirar hacia delante. Ella forma parte del pasado, Claire. Tú eres el futuro.

Ansiaba creerle, pero había sufrido mucho por culpa de su marido y prefería ser cauta.

–No es el momento de hablar del futuro, John. Debemos centrarnos en demostrar la culpabilidad del señor Calverson.

–Tienes razón.

Ella apartó la mirada antes de decir:

–Estoy convencida de que Diane está al tanto de sus planes, lástima que no confíe en nosotros.

John la contempló en silencio, y se dio cuenta de que ella estaba pidiéndole su colaboración sin articularlo con palabras. Saltaba a la vista que seguía sin confiar en él, pero estaba decidido a encontrar la forma de hacerle ver que Diane ya no le importaba lo más mínimo... empezó a darle vueltas al asunto, a sopesar cuál sería el mejor plan de acción.

John pasó gran parte de los dos días siguientes en el banco, intentando calmar a los inversores y tranquilizando a los empleados, y las veladas las pasó junto a Claire y sus padres en el hotel donde estos se alojaban.

Dio la impresión de que su presencia contribuía a tranquilizar un poco a los clientes del banco; Eli Calverson, por su parte, hizo que fuera su esposa la encargada de ir a abrir todas las mañanas para dejar claro que no estaba dispuesto a confiarle a él la llave, y aunque se le vio en las inmediaciones de su casa, no se acercó al banco en ningún momento.

Diane aprovechó para intentar flirtear con John, pero se quedó desconcertada al ver que él se limitaba a ignorar por completo sus sugerentes comentarios.

Matt Davis había cotejado, junto con otro detective de la agencia Pinkerton, las entradas en los libros de contabilidad del banco con la firma de Calverson y con una muestra de la escritura de John, y habían podido demostrar con facilidad que había sido el primero quien había hecho las entradas fraudulentas; tal y como Matt le comentó a John, la aplicación del método científico en la resolución de delitos resultaba muy útil.

–Menos mal que todo esto ha ocurrido cuando tú estabas en la ciudad, Matt –comentó John, sonriente–. Habría sido muy difícil que pudieras encargarte desde Chicago de un caso así –se metió las manos en los bolsillos, y empezó a pasearse de un lado a otro de su despacho en el banco–. Ahora ya podemos demostrar que fue Calverson quien falseó los libros de cuentas, pero seguimos sin saber dónde está el dinero. Si no conseguimos recuperarlo, demostrar que estaba en sus manos y encontrar a Dawes para que testifique... en fin, mi situación sigue siendo preocupante.

–Las amigas de tu mujer vigilan la casa, y yo tengo hombres apostados en la estación. La única alternativa sería que huyera en un carruaje o en una calesa con la intención de tomar un tren con rumbo a Charleston desde otra ciudad, así que también tengo a gente alerta en varias caballerizas.

–Al final no le quedará más remedio que intentarlo, está claro que me ha acusado para ganar tiempo hasta que pueda huir; aun así, existe la posibilidad de que le encargue a Diane que se ocupe de poner a salvo el dinero, ¿qué pasa si ella se marcha de la ciudad con baúles supuestamente llenos de ropa?

–Pues que encontraríamos la forma de registrarlos –comentó Matt con sequedad.

–De acuerdo, pero creo que sería más fácil si yo fuera a verla en persona.

–¿Crees que te dejará entrar en la casa si está involucrada en este asunto?

–No lo sabremos hasta que lo intentemos, ten en cuenta que no sabe que sospecho de ella.

–Como quieras, pero ten cuidado. Los hombres desesperados cometen locuras.

–Supongo que lo dices por experiencia propia, ¿no?

Aunque su amigo lo dijo en tono de broma, Matt no sonrió y recordó las tragedias que le había tocado vivir. Su padre había muerto en Little Bighorn, y tanto su madre como sus hermanas pequeñas en la masacre de Wounded Knee. Él mismo había sido herido de gravedad, pero se había salvado de tener que vivir como un tullido gracias a la bondad de un médico blanco de la reserva y a los cuidados de la hija de este, que era una gran enfermera; más tarde, el médico había contactado con un viejo amigo de Chicago y había mediado para que le ofrecieran un puesto de trabajo en la agencia de detectives Pinkerton.

Lo cierto era que los últimos años habían sido fructíferos para él. Vivía en Chicago, pero a pesar de que su apariencia llamaba la atención de la gente y generaba algunos comentarios a sus espaldas, nadie se atrevía a burlarse de su ascendencia. Era un hombre de genio vivo y mente aguda, y John se enorgullecía de tenerlo como amigo.

Los dos habían sido verdaderos lobos solitarios en el Ejército; de hecho, Matt solo había entablado amistad con otro compañero aparte de él: un abogado de Nueva York, un tipo misterioso de ojos azules llamado Dunn capaz de intimidar incluso a los veteranos más curtidos.

Aquellos habían sido buenos tiempos, pero John albergaba la esperanza de tener una vida incluso mejor junto a Claire... aunque primero iba a tener que salir del atolladero en el que estaba metido, claro.

John fue a ver a Diane aquella misma tarde, y tuvo la impresión de que la había pillado totalmente desprevenida. En un primer momento le trató con cordialidad, pero de repente miró temerosa a su alrededor y susurró frenética:

–No tendrías que haber venido, no es un buen momento para una visita.

A pesar de que ella intentó ponerse en medio, él alcanzó a ver desde el umbral de la puerta que había dos baúles y una bolsa de viaje en el vestíbulo, a los pies de la escalinata, pero fingió no haber notado nada raro y le dijo con voz suave:

–Creía que querías verme.

–Sí, claro que sí, pero... –se mordió el labio con nerviosismo antes de confesar–: Todo esto me tiene desconcertada, no sé qué hacer... aunque la verdad es que a estas alturas no puedo hacer gran cosa –le puso una mano en el pecho, y miró por encima del hombro antes de añadir con voz ronca–: Discúlpame, debo irme.

–¿Quieres que venga a verte más tarde? –lo dijo en voz baja, con un brillo acerado en los ojos que ella no notó debido a lo nerviosa que estaba.

–¡No! Eh... no, será mejor mañana... sí, ven mañana por la noche, le pediré a mi hermana que haga de carabina –bajó la voz, y añadió con una coquetería forzada–: ¿Te parece bien, querido?

–Perfecto –estaba haciendo un esfuerzo titánico por aparentar ternura, y le acarició la mejilla antes de decirle una flagrante mentira–. Lamento las tribulaciones que has tenido que soportar. Hasta mañana.

–John...

Él ya se había vuelto hacia la calle, pero al oír que lo llamaba se detuvo y la miró de nuevo.

–Tengo entendido que tus padres están en la ciudad, y que Claire está con ellos. Lamento los problemas que has sufrido, espero... –se interrumpió vacilante, y se mordisqueó el labio inferior–. Espero que las cosas te salgan bien –alzó los ojos, pero fue incapaz de sostenerle la mirada y volvió a bajarlos de nuevo–. Estoy convencida de que no cometiste ese desfalco.

Qué dulce y preocupada parecía, cuando en verdad no había duda de que estaba metida hasta el cuello en aquel asunto tan sucio. Él no dijo ni una palabra, se limitó a sonreír y a llevarse la mano al sombrero en un gesto de despedida antes de alejarse de allí.

En cuanto Diane cerró la puerta, el tipejo al que Eli había contratado salió del salón secándose el sudor de la frente y le preguntó con aspereza:

–¿Por qué ha tardado tanto en deshacerse de él, señora Calverson? ¡A lo mejor ha visto los baúles!

–Eso es imposible, he obstruido la puerta para que no pudiera mirar hacia dentro. Vamos, recoja todo eso y márchese de una vez.

–¿Seguro que subirá a ese tren?

–Sí, señor Connor, subiré a ese tren. Se lo prometí a Eli, y no pienso traicionarlo a estas alturas. No puedo darme ese lujo –su voz trémula reveló lo asustada que estaba.

–Haga lo que se le ha ordenado si no quiere que su marido me envíe a por usted.

Eli parecía haber enloquecido a raíz de que el desfalco saliera a la luz, y ella le tenía miedo. Antes estaba convencida de que John iba a ser su salvación, pero a pesar de lo tierno que él acababa de mostrarse durante aquella breve conversación, saltaba a la vista que ya no la quería, que le había perdido del todo; así las cosas, no tenía más remedio que obedecer a Eli por mucho que le pesara.

El plan que había ideado su taimado marido era bastante ingenioso, pero los detectives de la agencia Pinkerton eran muy sagaces. Solo cabía esperar que aquel ardid tuviera éxito, porque si no era así y acababan arrestándoles, seguro que acabaría entre rejas junto con Eli. La mera idea la aterraba.

¿Quién habría imaginado que tendría que pagar un precio tan enorme por los hermosos vestidos y las costosas joyas que tanto había codiciado? El buen nombre de su familia iba a quedar por los suelos, y ella iba a convertirse en una fugitiva hundida en la deshonra... se estremeció solo con pensar adónde la había arrastrado su codicia.

Después de su breve charla con Diane, John tuvo el presentimiento de que Eli estaba a punto de poner en marcha su plan de huida, así que regresó al carruaje que estaba esperándole y le indicó al cochero que doblara la esquina y rodeara la casa.

Sus sospechas se vieron confirmadas al ver que había un carro de los que llevaban las mercancías a la estación aparcado justo delante de la puerta trasera, y al cabo de unos segundos un tipo salió de la casa con un baúl al hombro que colocó en el carro junto a la bolsa de viaje que ya estaba allí. El hombre entró a por el segundo baúl, y después de cargarlo subió al pescante y empuñó las riendas antes de ponerse en marcha.

El plan de huida de Calverson estaba claro por fin. ¡No pensaba huir como pasajero, sino con el equipaje! Seguro que estaba oculto bajo alguno de aquellos sacos que había en el carro, y tenía planeado esconderse después en uno de los baúles. Era un plan muy ingenioso, eso era innegable, y había sido la propia Diane la que había revelado las intenciones de su marido sin darse cuenta.

Tenía que actuar cuanto antes. Eli Calverson iba a huir y tenía que atraparle, pero sabía que no lograría alcanzarle yendo en carruaje... la solución se le ocurrió de repente: ¡el automóvil de Claire! Rogó para que no surgiera ningún problema mecánico, para que ella pudiera ponerlo en marcha y tuviera suficiente gasolina.

Era la forma más rápida de atar por fin todos los cabos sueltos que quedaban. Era muy improbable que Calverson estuviera armado o que recurriera a la violencia, así que Claire no iba a correr ningún peligro. Le dijo al cochero que lo llevara de inmediato a casa, y al llegar subió al apartamento como una exhalación.

Claire estaba en su dormitorio, dibujando un nuevo vestido, y se sobresaltó ante su repentina llegada.

–Te necesito, ¿puedes alistar a Chester cuanto antes? –se lo dijo con voz atropellada... y con una sonrisa radiante que la dejó sin aliento.

–¡Claro que sí! –soltó el papel y el carboncillo, y se puso

de pie a toda prisa. Tenía los ojos chispeantes y llenos de excitación.

–¡Calverson va a huir en tren, pero oculto entre el equipaje! Hay dos baúles y creo que él va en uno y el dinero en el otro, supongo que quiere mandarse a sí mismo a Charleston... ¡Dios, espero no equivocarme!

Ella no perdió el tiempo con preguntas, le bastaba con saber que él la necesitaba. Agarró el guardapolvo de dril y las gafas mientras él abría la puerta y se apartaba un lado para que lo precediera, y salió a la carrera antes de exclamar por encima del hombro:

–¡Lo siento, pero no tengo uno de estos para ti!

Él se echó a reír, y contestó sonriente:

–Me dan igual la grasa y el polvo, Claire. ¡Vamos!

Ella había estado revisando a Chester el día anterior para comprobar que todo estaba en orden, así que el pequeño automóvil se puso en marcha en cuanto le dio a la manivela. Lo sacó con cuidado de la cochera, y en cuanto estuvieron en la calle aceleró todo lo que pudo mientras John se aferraba a su sombrero.

–¿Adónde vamos? –le preguntó a gritos, para hacerse oír por encima del ruidoso motor.

–Al Hotel Morrison, tenemos que recoger a Matt Davis para que se encargue del arresto.

–¡Estaremos allí en un periquete!

Condujo como una lunática por las accidentadas calles, y al incorporarse a Peachtree Street la cosa mejoró un poco porque allí el terreno era liso y duro. Se echó a reír entusiasmada, y al lanzar una rápida mirada hacia su marido vio en sus ojos la misma euforia. Estaba claro que eran tal para cual, que tenían el mismo espíritu indómito... si pudiera amarla a ella tal y como amaba a su querida Diane, formarían una pareja increíble.

Se detuvo ante la puerta del Hotel Morrison, y se dio cuenta de que había asustado al caballo de un carruaje cercano; mientras ella le lanzaba una disculpa al irritado cochero, John bajó del coche saltando por encima de la portezuela y entró a la carrera en el hotel.

Al cabo de escasos minutos salió acompañado de Davis, que se detuvo de golpe al ver el coche y exclamó con los ojos abiertos como platos:

–¡No pienso subirme en ese trasto!

–Claro que vas a subir –John le llevó a rastras hacia el otro lado del vehículo, y le obligó a subir–. ¡Vamos, Claire! ¡Ve tan rápido como puedas! –subió de un salto un instante antes de que el coche saliera disparado.

Cabían a duras penas los tres, pero se las ingeniaron para no caerse mientras Claire conducía a toda velocidad hacia la estación de ferrocarril, que estaba a unas calles de allí.

–¡Aún me cuesta creer que el señor Calverson haya planeado viajar a Charleston metido en un baúl! –le dijo Claire a su marido.

–¡Yo mismo he visto los dos baúles en uno de los carros que traen las mercancías a la estación! Párate detrás de ese almacén de ahí, esperaremos hasta que aparezca.

–¿Y si ya ha llegado?

–No le veo... –dijo John, mientras recorría con la mirada los carros repletos de mercancías que había aparcados en la estación de carga.

–¡Espera, ahí llega otro! –exclamó Matt.

John siguió la dirección de su mirada, y reconoció el vehículo de inmediato.

–¡Ese es! Lo he visto en la parte trasera de la casa, ese tipo menudo que lo conduce ha cargado los baúles. Quédate aquí, Claire. No quiero que corras peligro –alzó la mano para acallar sus protestas, y añadió con firmeza–: Tú ya has cumplido con tu parte, ahora nos toca el turno a nosotros.

–Deja que yo me encargue, John. Aún recuerdo el mal genio que tienes –le dijo Matt.

–He cambiado mucho, soy otro. Solo quiero cinco minutos a solas con él.

–Ni hablar, no quiero que acabe hecho pedacitos.

–Qué lástima –comentó, mientras rodeaban el almacén.

En vez de obedecer a su marido, Claire bajó del coche y les siguió a una discreta distancia... y aprovechó para ir metiéndose unas cuantas piedras en los bolsillos del guardapolvo. Era poco probable que Calverson opusiera resistencia, pero un hombre desesperado podía llegar a ser imprevisible, en especial si había de por medio una enorme suma de dinero.

Matt detuvo al empleado que estaba bajando los baúles junto a dos mozos de carga, y le mostró su identificación mientras decía con firmeza:

–Tenemos razones para pensar que estos baúles contienen dinero robado.

El hombre se encogió de hombros y retrocedió sin protestar, como dando a entender que aquello no era problema suyo, y Matt le pidió a los dos corpulentos mozos que rompieran las cerraduras y abrieran los baúles.

Cuando la primera tapa se abrió, Matt desenfundó su pistola y le indicó a John que fuera sacando la ropa. El baúl resultó estar lleno de vestidos de noche y de zapatos. John rebuscó a conciencia, pero allí no había ni rastro ni de Eli ni del dinero.

Masculló una imprecación y se volvió hacia el otro baúl, y esperó con impaciencia a que uno de los mozos lo abriera con una palanca.

–Tiene que haber algo... –miró dentro, y se le aceleró el corazón al ver un bolso gris.

Apartó a toda prisa los vestidos y las prendas íntimas bajo las que estaba medio oculto, pero al abrirlo solo encontró dentro un valiosísimo jarrón Waterford de cristal envuelto en una vieja colcha. Masculló otra imprecación antes de volver a guardarlo, y golpeó con rabia la tapa del baúl.

–¡Nada! ¡Maldita sea, ha logrado escapar!

–Puede que el cochero sepa algo, si me doy prisa lograré atraparle.

–¡No entiendo nada! ¿Dónde demonios está Eli?, ¿por qué están llenos de ropa de Diane estos baúles?

Seguro que tenía planeado escapar con su marido, ¿para qué si no iba a querer enviar toda aquella ropa a Charleston? A lo mejor Eli ya había logrado salir de la ciudad; con la suma tan grande que había desaparecido del banco, la pareja podría zarpar rumbo al Caribe o a Sudamérica y pasar el resto de su vida viviendo a cuerpo de rey.

–Hemos roto estas cerraduras para nada, van a tener que pagarlas –refunfuñó el empleado del almacén.

–Ya le pago yo, Matt. La idea ha sido mía –se sacó la cartera mientras luchaba por controlar la furia que sentía, y le dio varios billetes al hombre–. La señora Calverson me conoce, puede contactar conmigo si no le parece suficiente –mientras regresaba hacia el automóvil junto a Matt, le preguntó pensativo–: ¿Dónde crees que puede estar Calverson?

–¡Quién sabe! Qué mala suerte hemos tenido, ¿cuántos baúles había?

–Yo solo he visto dos, pero a lo mejor hay otro más que ha mandado traer antes o después de esos. Quién sabe cómo lo ha logrado, lo único que tengo claro es que ya va camino de Charleston –soltó un profundo suspiro antes de añadir–: Voy tras él ahora mismo, no pienso permitir que se salga con la suya.

–Me temo que no puedo ayudarte, John. Mañana por la mañana tengo que regresar a Chicago. Le mandaré un telegrama a uno de nuestros detectives de Detroit para que vaya a esperarte a la estación.

–De acuerdo.

–Mientras tanto intentaré localizar al cochero que ha traído los baúles, a ver si puedo sonsacarle algo. ¿Qué vas a decirle a tu mujer?

Justo cuando acababa de pronunciar aquellas palabras, Claire dobló la esquina del almacén con los bolsillos repletos de piedras.

–¿Dónde está? –les preguntó, mientras sacaba uno de sus proyectiles.

John sonrió de oreja a oreja, ¡era una mujer única!

–Creemos que en el tren, rumbo a Charleston –se acercó a ella, y le dijo con voz suave–: Escucha, Claire, voy a ir tras él. Regresa a casa en el automóvil...

–¡Ni hablar, voy contigo!

–¿Y qué pasa con el automóvil?

Ella miró a Matt y le dijo con toda naturalidad:

–Ya sé que es pedir demasiado, señor Davis, pero ¿podría ir a la tienda de Kenny Blake y pedirle que venga a buscarlo? Con la ayuda de varios hombres no les costará nada cargarlo en un carro y llevarlo a casa. La cochera está abierta, recuérdele a Kenny que la cierre con llave antes de marcharse; por cierto, le agradecería que les diga dónde estamos tanto a la señora Dobbs como a los padres de John.

El propio John se echó a reír ante semejante muestra de eficiencia, y miró sonriente a su amigo.

–Me parece que mi mujer lo tiene todo bien organizado, ¿te encargarás de lo que te ha pedido?

Matt esbozó una sonrisa; por regla general, no le gustaban las mujeres blancas, pero aquella tenía agallas.

–Sí, no te preocupes.

–Gracias, señor Davis –le dijo Claire.

John le estrechó la mano antes de decir:

–Si ese detective de Charleston al que vas a avisar está en la estación cuando lleguemos, puede que logremos encontrar a Calverson antes de que desaparezca con el botín.

–A la agencia Pinkerton no se le escapa nadie –comentó Matt, en tono de broma.

–A los Hawthorn tampoco –le aseguró Claire–. ¡Mira,

John, el tren está a punto de salir! ¡Tenemos que darnos prisa! –le agarró la mano, y lo condujo a la carrera hacia las ventanillas de venta de billetes.

John se dejó llevar. Nunca antes se había sentido tan eufórico y excitado, ni siquiera en el campo de batalla. La cacería había empezado y la presa estaba a tiro, se sentía como un niño a la caza del gamusino... pero en esa ocasión no iba tras un animal imaginario.

Aquella era una expedición de caza mayor, y su futuro entero dependía de si lograba encontrar a su presa.

CAPÍTULO 15

Estuvieron a punto de perder el tren, pero llegaron justo a tiempo y consiguieron dos asientos en un compartimento vacío. Claire dejó el guardapolvo a un lado, y se sacó del bolsillo un pañuelo con el que intentó limpiarse un poco tanto la cara como el vestido oscuro que llevaba.

John la contempló sonriente desde el asiento opuesto, y al final comentó:

–No entiendo por qué te pasas los días cosiendo, pero siempre te pones la misma ropa. Y no me digas que trabajas para Macy's, Claire, porque está claro que eso es mentira.

–Ya sabes que nunca miento.

Él frunció el ceño y se inclinó hacia delante.

–¿Estás diciendo que es verdad?, ¿que realmente le has vendido vestidos a Macy's?

–Por supuesto que sí –empezó a sentirse molesta al verlo tan incrédulo–. Tú no has oído hablar de mis creaciones, pero la verdad es que han ido ganando bastante popularidad. Un representante de Macy's me contrató hace poco para diseñar un colección exclusiva... y también confecciono vestidos para algunas damas de Atlanta, como Evelyn Paine y sus amigas; ah, y además estoy haciéndole a Emily su vestido para el baile de debutantes que se celebra esta primavera en Savannah.

–¿Cuánto tiempo llevas con esto? –le preguntó, perplejo.

–Empecé justo después de que nos casáramos –hizo la confesión con cierto nerviosismo, y empezó a juguetear con el pañuelo–. Tenía tiempo de sobra, y quería contar con mi propia fuente de ingresos –alzó la mirada para mirarle a los ojos antes de añadir–: Durante un tiempo dio la impresión de que acabarías por pedirme el divorcio para poder casarte con Diane, así que me pareció sensato convertirme en una mujer autosuficiente cuanto antes.

John se sintió avergonzado al saber que se había sentido tan insegura por su culpa.

–Bueno, eso explica por qué coses tanto.

–Kenny y yo fuimos a tomar un helado para hablar de cómo íbamos a realizar los envíos de los diseños a Nueva York, él acababa de presentarme al comprador de Macy's.

–Ah, por eso estabas en el centro con él. Y supongo que también fuiste a verlo por ese tema el día de los disturbios en el banco y el incendio, ¿no?

–Exacto. Le llevé unos diseños para que se encargara de enviárselos al señor Stillwell, el comprador de Macy's.

–¿Y no se te ocurrió explicarme todo esto ni cuando te acusé de serme infiel? –le preguntó él, con voz suave.

–No me pareció el momento apropiado para decirte que estaba a punto de convertirme en una mujer con recursos propios. Debes admitir que tenía razones de sobra para no confiar en ti, John.

–Soy consciente de que tienes razón, pero sigue resultándome igual de duro.

–¿Te molesta que pueda llegar a ser independiente?

Él se echó hacia atrás, cruzó sus largas y poderosas piernas mientras la contemplaba pensativo, y admitió al fin:

–La verdad es que no. Me parece buena idea que tengas tus propios ingresos... –para que no hubiera ninguna duda, se apresuró a aclarar–: y no porque piense divorciarme de ti, sino porque así podrás valerte por ti misma en caso de que me sucediera algo.

–Dios no lo quiera.

Él sonrió al ver su reacción.

–¿De verdad que te importaría? A veces me daba la sensación de que te daría igual que me cayera por un precipicio; de hecho, estoy convencido de que desde que nos casamos has tenido ganas de tirarme tú misma por uno varias veces.

Ella bajó la mirada y la fijó en su larga y polvorienta falda antes de admitir con voz queda:

–Por mucho que pueda enfadarme a veces contigo, no quiero que te pase nada –alzó de nuevo la mirada antes de añadir–: Habéis registrado los baúles, ¿verdad? Ni el señor Calverson ni el dinero estaban dentro.

–¿Has visto cómo lo hacíamos?

–Estaba asomada por la esquina –admitió, con una pequeña sonrisa–. Tenía los bolsillos llenos de piedras por si hacía falta que os echara una mano.

Él se echó a reír, complacido a más no poder por las agallas de su esposa.

–Me alegra saber que te preocupas por mi bienestar.

–Eres mi marido –le miró en silencio durante un largo momento antes de preguntar–: ¿Qué contenían los baúles?

John prefirió no contarle aún que lo que había dentro era ropa de Diane, así que apartó la mirada y se limitó a contestar:

–Ropa, nada más. Está claro que Eli piensa pasar una larga temporada en Charleston o en el extranjero mientras yo cargo con las culpas de su delito.

–Lamento que te hayas llevado esta desilusión con él.

–Debo admitir que todo esto no me ha sorprendido del todo, porque Eli siempre fue de los que anteponen los beneficios a la amistad y la compasión. El dinero tiene muy poca importancia en el contexto global de la vida, Claire. He tenido dinero y he pasado etapas sin un centavo, y te aseguro que no he notado ninguna diferencia sustancial. Prefiero salir adelante por mí mismo, depender de mi inteligencia y mi ingenio para mantenerme a flote. Tú sabes lo que es vivir sin apenas recursos, así que supongo que me entiendes.

–Claro que sí, tenía al tío Will y poco más... aparte del automóvil, claro –sonrió de oreja a oreja, y exclamó con ojos chispeantes–: ¡A tu amigo Matt Davis le dan miedo los coches!

John se echó a reír.

–Sí, ya me he dado cuenta. Te haría incluso más gracia si estuvieras enterada de su pasado.

–¡Cuéntame!

–Otro día, quizás. Ahora no es el momento.

–Dijiste que es sioux.

–Sí.

–Tiene alguna relación con la muerte del general Custer, ¿verdad?

–Alguna. Hubo mucho resquemor hacia su gente tras la muerte de Custer, y tiempo después de marcharse de Dakota del Sur aún seguía poniéndose a la defensiva ante cualquier mención a su ascendencia. Cualquiera que le conozca sabe que es mejor no arriesgarse a tocar ese tema delante de él, porque en algunos aspectos sigue siendo bastante susceptible en cuanto a su identidad. Le enfurece la falsa imagen tan popular del indio tonto o salvaje, porque es un hombre que tiene una amplia formación.

–Sí, eso salta a la vista, pero da la impresión de que no le gustan las mujeres.

–No le gustan las blancas –comentó, antes de lanzar una mirada hacia la ventanilla.

–¿Por qué?

–No lo sé. Servimos juntos en unidades distintas cuando nos destinaron a Cuba, pero Matt era un tipo muy reservado que apenas hablaba de su pasado. Estoy convencido de que su nombre es inventado y en la reserva se llama de otra forma.

–¿Tienes más amigos, aparte de él? Y del militar que vino a verte a casa aquel día.

–Sí, bastantes. Algunos viven en Texas y otros en Florida, en Charleston, y en Nueva York.

–¿Todos son antiguos compañeros del Ejército?

–No, a algunos de ellos los conocí en la universidad.

–Espera, acabo de darme cuenta de algo... como estudiaste en La Ciudadela, seguro que conoces Charleston bastante bien.

–Sí, pero eso no va a sernos de ayuda a la hora de encontrar a Calverson.

–Podríamos revisar el tren ahora mismo.

–¿Y cómo se lo explicamos a los empleados? No soy agente de la ley.

–Podrías decir que trabajas para la agencia Pinkerton.

–Y telegrafiarían a la oficina más cercana, y averiguarían en un abrir y cerrar de ojos que no es cierto; por suerte, las comunicaciones modernas se lo ponen muy difícil a los delincuentes.

–¡Estamos aquí sentados, charlando como si nada, cuando lo más probable es que Calverson esté escondido junto con el dinero robado en este mismo tren!

–Sí, es casi seguro que está aquí, pero me temo que vamos a tener que esperar a llegar a Charleston para comprobarlo –él se reclinó de nuevo en el asiento y añadió con calma–: Te aconsejo que aproveches para descansar un poco, tiéndete en el asiento si quieres.

–Hace bastante frío.

–Ten, tápate con mi abrigo –al ver que ella aceptaba la prenda sin demasiado convencimiento, le dijo con sequedad–: No va a contaminarte.

–Eso ya lo sé, es que estaba pensando en el disgusto que

va a llevarse Diane cuando se entere de que su marido ha huido y la ha dejado expuesta a las murmuraciones.

Como prefería no contarle aún que sospechaba que Diane y Eli estaban compinchados en aquella huida, se limitó a contestar con vaguedad:

–Sí, le espera una temporada difícil.

Claire notó un extraño matiz en su voz y le miró con curiosidad, pero sus ojos negros eran impenetrables.

–Cuánto te preocupas por los demás, Claire, incluso por la gente con la que no simpatizas –le acarició la mejilla con ternura, y admitió con voz suave–: Hasta que nos casamos no llegué a darme cuenta de hasta qué punto llega la bondad de tu corazón... y su fragilidad.

El corazón al que estaba haciendo referencia empezó a martillear en el pecho de su dueña.

–Y aún me deseas, por mucho que te cueste admitirlo –añadió él, sonriente. Se inclinó hacia delante, y añadió en un susurro de lo más sensual–: Me resulta... tranquilizador –se adueñó de sus labios con ternura antes de que ella pudiera articular palabra.

El beso la tomó tan desprevenida, que fue incapaz de resistirse o protestar... bueno, eso fue lo que ella se dijo para intentar justificarse, pero dicha justificación no explicaba el anhelo súbito que la embargó de apretarse contra él todo lo posible, de enloquecerlo de deseo.

Le abrazó a ciegas, y tiró hasta que él se cambió de asiento y se colocó a su lado. La alzó hasta colocarla sobre su regazo mientras el guardapolvo y el abrigo caían al suelo, y la besó con pasión desenfrenada sin pensar en las posibles consecuencias, sin pensar en que la ventanilla del compartimento estaba abierta y cualquiera podría verlos.

–Nunca consigo saciarme de tu boca, Claire –susurró contra sus labios, con la voz quebrada–. Moriría feliz besándote sin parar, ¡acércate más!

Ella soltó un gemido gutural mientras le besaba y recordó enfebrecida los placeres que habían compartido en la intimidad de su dormitorio, el deseo visceral con que la había poseído, su propio abandono al entregársele por completo, el impactante placer del éxtasis...

Él apartó la boca un poco, y la miró con ojos llenos de pasión al susurrar con voz trémula:

–Te deseo... aquí, en el asiento, en el suelo, ¡donde sea! Dios mío... ¡Claire! –volvió a adueñarse de su boca mientras deslizaba una mano por un seno, mientras jugueteaba con él y lo recorría con el pulgar y el índice.

Ella soltó un jadeo seguido de un gemido, y le cubrió la mano con la suya para apretarla más contra su cuerpo. Él aún tenía en la boca el sabor del café del desayuno, olía a la deliciosa colonia de malagueta que solía ponerse, su rostro era cálido y raspaba un poco por la barba incipiente.

El matrimonio aún era nuevo y excitante, y ella guardaba un secreto del que su marido no tenía ni idea: en su vientre, bajo el corazón sobre el que él tenía posada su mano, crecía ya el hijo que habían engendrado juntos.

Deseó con todas sus fuerzas decírselo en ese mismo momento, pero aún no estaba segura de lo que él sentía. Quería esperar a que Eli fuera arrestado y llevado de regreso a Atlanta, a que quedara claro lo que John sentía por Diane.

Los dos estaban a punto de perder el control por completo cuando la puerta se abrió y una señora mayor se quedó mirándolos boquiabierta.

–¡Esto es inconcebible! ¡Qué comportamiento tan vergonzoso en público! –iba vestida de negro de pies a cabeza, llevaba un sobrio vestido y un sombrero con velo.

John sintió que le flaqueaban un poco las piernas al ponerse de pie, y dijo con voz un poco trémula pero respetuosa:

–Esto no es un lugar público, señora; además, la dama que

me acompaña es mi esposa, y hemos pasado unas semanas separados.

La mujer se relajó un poco, y esbozó una pequeña sonrisa al ver las mejillas ruborizadas de Claire y lo mortificada que parecía.

–Ya veo –miró del uno a la otra antes de preguntar–: ¿Están de luna de miel?

–Nos casamos hace varios meses –le contestó Claire.

–¡Qué suerte tienen! El que ha sido mi marido durante cincuenta años viaja en este momento en el vagón de carga, metido en un ataúd. Le llevo a Charleston para que le entierren en el viejo cementerio junto a nuestras familias –a pesar del velo, la tristeza que se reflejaba en sus ojos era evidente–. Lamento importunar con mi dolor a una pareja tan joven que rebosa felicidad, pero el tren está lleno y este es el único compartimento donde queda sitio.

–Siéntese, por favor –John se sentó junto a Claire, recogió el guardapolvo y el abrigo del suelo, y no tuvo reparos en tomar la mano de su esposa. Miró a la anciana con una sonrisa cortés, y le dio una explicación inventada–. Mi esposa y yo estamos de vacaciones y decidimos pasarlas en Charleston. Es una ciudad que conozco bien, porque estudié en La Ciudadela.

Aquellas palabras parecieron animar a la mujer, que se echó hacia atrás el velo y lo miró con unos ojos oscuros llenos de calidez.

–¿En serio? Mi hijo también estuvo allí, a lo mejor le conoce... Clarence Cornwall.

John contuvo una sonrisa al oír aquello, y contestó con corrección:

–Sí, sí que le conozco, estaba un año por detrás de mí. Yo me llamo John Hawthorn y esta es mi esposa, Claire.

–Encantada de conocerles, yo soy Prudence Cornwall. A mi pobre Clarence no le gustaba estudiar en La Ciudadela, y lamento decir que no completó sus estudios allí. Mi marido se llevó una gran decepción.

–¿A qué se dedica ahora su hijo?

–Es capitán de un barco pesquero... qué ironía, ¿verdad?

–Sí –John miró a Claire, y comentó–: Clarence no soportaba el mar, no sabía nadar.

La viuda Cornwall soltó una carcajada antes de admitir:

–Y sigue sin saber hacerlo, pero se le da muy bien su trabajo y se gana bien la vida. Está casado, Elise y él tienen seis hijos.

Fue Claire la que comentó con una cálida sonrisa:

–Qué bien, seguro que está muy contento con semejante familia.

John se movió con cierto nerviosismo en el asiento, porque la verdad era que ni siquiera se le había pasado por la cabeza lo de tener hijos.

–A mí me impone bastante respeto la idea de tener hijos, aunque supongo que no es algo que nos corra prisa.

Quizás fue una suerte que optara por no mirar a su esposa al decir aquello, porque ella tuvo la impresión de que estaba aliviado ante la idea de posponer lo de tener hijos y empezó a preocuparse. ¿Qué iba a hacer si resultaba que él no quería tenerlos?, ¿qué pasaría si él decidía quedarse con Diane?

Mientras su marido y la viuda charlaban sobre Charleston y los viejos tiempos, ella se limitó a mirar por la ventanilla con la mente llena de dudas y preocupaciones. Los problemas se agolpaban, y no parecía haber ninguna solución a la vista.

La anciana volvió a colocarse bien el velo antes de decir pesarosa:

–Ojalá regresara a Charleston por una razón más agradable, pero es un viaje muy triste para mí... al igual que para la joven que se niega a apartarse del féretro de su difunto esposo. Pobrecilla, debe de estar muy incómoda en el vagón de carga. Parece una dama refinada, pero el féretro es de pino y muy sencillo... la verdad es que jamás había visto uno tan grande, su esposo debía de ser un hombre muy corpulento; en fin, supongo que la tarifa de transporte no habrá sido excesiva.

John se había puesto alerta de inmediato a oír lo de la otra pasajera, y se apresuró a preguntar:

–¿Esa otra dama también ha tomado el tren en Atlanta?

–Yo no lo he tomado en Atlanta, sino en Colbyville. Mi hermana vive allí, estaba visitándola junto con mi esposo cuando él falleció de improviso; ahora que lo dice, es cierto que a la joven viuda le han subido varios baúles en el vagón de carga durante la parada en Atlanta, pero el féretro lo subieron en Colbyville. Por eso he tardado tanto en encontrar un asiento, porque no me sentía cómoda dejándola sola allí a pesar de que ella insistía en querer quedarse a solas con su pena.

Al ver la expresión tensa de su marido, Claire se dio cuenta de golpe de lo que estaba pensando.

–No creerás que...

–Sí, claro que lo creo. ¿Te apetece salir a dar un pequeño paseo, querida?

–Será un placer. Si nos disculpa... –le dijo con voz suave a la viuda, mientras se ponían de pie.

–Por supuesto, vayan a estirar un poco las piernas. Nunca me ha gustado realizar trayectos tan largos metida en estos compartimentos tan pequeños, ¡me temo que acabaremos cansados de nuestra mutua compañía mucho antes de llegar a nuestro destino!

–Estoy convencido de que no será así –le aseguró John, sonriente.

La mujer se rio ante aquella galantería.

–Es usted un adulador, joven, ¡su esposa va a tener que tenerlo bien vigilado!

–Eso no lo dude –Claire tomó la mano de su marido para intentar mantener aquella ficticia apariencia de matrimonio unido.

Él no dio muestra alguna de que le hubiera sorprendido aquel gesto espontáneo; de hecho, entrelazó los dedos con los suyos, y no la soltó mientras salían del compartimento y echaban a andar por el pasillo.

–¿Crees que se trata de Diane? –le preguntó ella, cuando ya habían recorrido un buen trecho. El hecho de que él siguiera sin soltarla la llenaba de ilusión.

–Claro que sí –estaba mirando hacia delante, así que no se dio cuenta de que ella le miraba con una mezcla de sorpresa y alegría al verle hablar con tanta indiferencia de la rubia–. Cuando he ido a hablar con ella, he visto que tenía dos baúles en el vestíbulo, que son los que Matt y yo hemos registrado en la estación de Atlanta. No te lo he dicho, pero lo que había dentro era ropa de Diane, así que la conclusión lógica es que tenía planeado huir con su marido –soltó una carcajada antes de añadir con sorna–: Bueno, con su marido y con el dinero, por supuesto. Seguro que no estaba dispuesta a dejar que él se marchara con todo el botín.

–Lo siento mucho, soy consciente de que ella es... muy importante para ti.

Él aminoró la marcha, y la miró con ternura antes de admitir con firmeza:

–Lo era.

Ella lo miró con el aliento contenido, esperando a que se explicara mejor, pero en ese momento pasó un revisor junto a ellos y John lo detuvo.

–Disculpe, ¿podría decirnos dónde está el vagón de carga? Una amiga nuestra está allí con su difunto marido, y querríamos darle nuestro pésame.

–Van en la dirección correcta, señor. Solo tienen que atravesar la puerta que hay al fondo de este vagón de pasajeros, el de carga es el siguiente. Tengan cuidado al pasar de un vagón al otro, por favor.

–Lo tendremos, gracias.

Pasaron entre las hileras de asientos hasta llegar al fondo, y salieron a la plataforma externa.

–Ojalá estuviera aquí Matt, no sé lo que va a decir Diane cuando nos vea –murmuró él.

–No hace falta que nos vea, ¿por qué no te limitas a asomarte por la ventanilla de la puerta para comprobar si realmente se trata de ella?

–Porque no voy a ver nada si la cortinilla está echada, pero voy a intentarlo. Tú quédate aquí.

Después de lanzar una rápida mirada a su alrededor para asegurarse de que nadie estaba observándoles, cruzó al otro vagón y se colocó junto a la puerta. La cortinilla estaba echada, pero el traqueteo de los vagones hacía que se balanceara de un lado a otro y alcanzó a ver dos féretros, uno ornamentado y otro que no era más que una caja de pino.

La tapa de este último estaba abierta, y por encima asomaba la calva de Eli Calverson. Diane estaba sentada junto al féretro, vestida de luto y con el velo del sombrero echado hacia atrás; a juzgar por lo preocupada y nerviosa que estaba, la conversación que estaba manteniendo con su marido no debía de resultarle demasiado agradable.

Regresó junto a Claire a toda prisa, y la instó a entrar de nuevo en el vagón de pasajeros antes de decirle con una sonrisa de oreja a oreja:

–¡Son ellos! Espero que el detective al que Matt iba a avisar esté esperándonos en la estación de Charleston... –se interrumpió de golpe, y chascó los dedos antes de añadir–: ¡Espera, no hace falta esperar tanto, hay un cambio de máquinas en Augusta! En la próxima parada bajaré un momento para enviar un telegrama a la oficina de la agencia Pinkerton, les pediré que haya alguien esperando en esa estación. ¡Si el dinero está en ese féretro, habremos atrapado a Eli con las manos en la masa!

–¿Y qué pasa si no está? A lo mejor lo ha enviado en otro tren, o lo tiene guardado en otro sitio...

–Vamos a tener que correr ese riesgo, dudo que haya dejado atrás todo ese dinero; además, ¿de verdad crees que Diane estaría con él si no lo llevara consigo?

–Lo dices con amargura.

–Porque es lo que siento –la miró con ojos llenos de arrepentimiento antes de admitir–: Estuve obsesionado con ella durante años, y en todo ese tiempo no me di ni la más mínima cuenta de cómo es en realidad. He desperdiciado parte de mi vida persiguiendo una quimera.

Ella sintió que sus esperanzas resurgían al oír aquello, y le dio un brinco el corazón.

–Ningún tiempo está desperdiciado si de él hemos aprendido una lección, John; aun así, debe de resultarte muy duro saber que van a arrestarla.

–Sí, en cierto sentido sí, pero la gente suele recibir su merecido tarde o temprano.

Claire se quedó pensativa durante un largo momento antes de preguntar:

–¿Hay alguna recompensa por capturar a un malversador?

–Sí, en este caso la pagaría nuestro banco.

Ella sonrió al oír aquello y dijo con ojos chispeantes:

–Perfecto, pues déjame intentar una cosa.

–¿El qué?

–Quiero hablar con Diane.

–Ni hablar, no quiero que corras ningún peligro. Eli podría estar armado.

Se sintió dichosa al ver su preocupación. Pensó en la pequeña vida que llevaba en su interior, una vida de la que él no tenía ni idea y que quizás ni siquiera deseaba, y le aseguró con calma:

–Jamás haría nada que me pusiera en peligro, te lo aseguro. Creo que a lo mejor puedo hablar con ella a solas, se me ha ocurrido una idea que podría funcionar. Me sentaré en la parte trasera del vagón de pasajeros, y esperaré a que salga.

–¿Quieres quedarte sola? No, ni pensarlo –le apretó la mano con más fuerza antes de añadir–: No voy a perderte de vista, señora Hawthorn. Esperaré contigo.

Ella le miró exultante de alegría, y le preguntó en tono de broma:

–¿No prefieres ir a charlar con la señora Cornwall?

–¡Claro que no!

Claire soltó una carcajada antes de decir:

–En ese caso, será un placer contar con tu compañía. Supongo que muchos pasajeros están en el vagón restaurante, mira cuántos asientos libres hay. Puede que no tarden en volver.

–En ese caso, esperemos que Diane salga pronto.

Claire contaba con ello, porque en el vagón de carga no había servicios. A lo mejor los había en la otra parte del tren, pero el compartimento más cercano era ese; con un poco de suerte, Diane llegaría mucho antes de que algún pasajero regresara y quisiera recuperar su asiento.

John se sintió fascinado con lo pequeña y fuerte que era aquella mano enguantada que estaba entrelazada con la suya, y no la soltó ni cuando se sentaron.

–Me encantan tus manos. Son delicadas y muy competentes... tanto, que incluso son capaces de reparar automóviles.

Ella le miró sonriente, con el rostro radiante y ojos llenos de adoración.

–También saben cocinar –su sonrisa flaqueó un poco y apartó la mirada antes de añadir–: Aunque no hace falta, claro, porque la señora Dobbs cocina de maravilla.

Él la contempló con desazón al ver lo alicaída que parecía de repente, y le apretó la mano con suavidad cuando vio el dolor que se reflejaba en su rostro.

–Nunca te he preguntado si preferirías que tuviéramos casa propia, ¿es así? –al ver que ella intentaba hablar pero no podía, susurró contrito–: Dios, claro que lo preferirías –le besó los párpados antes de añadir con firmeza–: Empezaremos a buscar una en cuanto regresemos. Sé de dos no muy grandes cercanas a la de la señora Dobbs... ¿o prefieres una mansión? –la miró con una enorme sonrisa, y añadió con entusiasmo apenas contenido–: Podríamos comprar una con marquetería de estilo victoriano y arañas de luces, lo que tú quieras.

Ella se echó a reír, rebosante de felicidad.

–¡No, las arañas de luces son demasiado ostentosas para mí! Me gustaría que compráramos una casa que no fuera demasiado grande... si es que estás realmente seguro de querer vivir en ella conmigo, claro.

Él le pasó un brazo por los hombros, la atrajo hacia su cuerpo, y la instó a que echara la cabeza un poco hacia atrás. Contempló aquel rostro tan radiante con ojos penetrantes y posesivos, y susurró con fervor:

–Sí, claro que quiero vivir contigo, pero no como hasta ahora. Quiero un matrimonio de verdad, que tengamos una relación mucho más íntima y estrecha. Quiero ser tu esposo en todos los sentidos, cariño. Quiero tenerte entre mis brazos cada noche, despertar a tu lado todas las mañanas de mi vida.

–¡Yo también lo quiero! –admitió ella, con voz ronca y los ojos inundados de lágrimas. Le acarició la boca con dedos que temblaban por la emoción que la embargaba, y susurró–: ¡Te amo tanto, John!

Le dio igual que aquello fuera un vagón de pasajeros, que no estuvieran solos. Se inclinó hacia ella y la besó con una ternura que la dejó temblorosa de pies a cabeza. Sonrió contra sus labios, ebrio de felicidad y sin aliento tras oír aquellas palabras, y susurró contra su boca:

–Y yo te amo a ti con todo mi corazón y con toda mi alma, Claire. Con todo lo que soy y lo que seré –el beso que le dio en ese momento era mucho más que la unión de sus labios: era una promesa.

El sonido distante de alguien que se reía en voz baja le devolvió a la realidad, y al alzar la cabeza vio que algunos pasajeros estaban mirándoles con sonrisitas indulgentes. Sintió que se ruborizaba, y soltó una pequeña carcajada mientras se sentaba bien sin soltar las manos de su esposa.

–El resto va a tener que esperar, este no es lugar para hablar de nuestro futuro –le susurró, con una sonrisa traviesa.

–Ya hablaremos cuando salgamos de aquí –le dijo ella, radiante de felicidad–. Espero que sea cuanto antes...

Se interrumpió de golpe al ver que Diane entraba en el vagón; al ver que la rubia no miraba ni a derecha ni a izquierda y pasaba junto a ellos sin notar que estaban allí sentados, le apretó la mano a John en un gesto tranquilizador y se apresuró a seguirla por el pasillo.

Pasó a la acción en cuanto vio que Diane entraba en el servicio. La empujó para entrar justo tras ella, y cerró la puerta con cerrojo como una exhalación.

–¿Qué...?

–No te asustes, soy yo. Te has metido en un buen lío, Diane. Sabemos que tu esposo está escondido en un féretro que hay en el vagón de carga, y un detective de la agencia Pinkerton estará esperándoos en la próxima estación. Lo hemos organizado todo antes de salir de Atlanta –soltó aquella mentira con toda naturalidad.

Diane apoyó la cabeza contra la pared y soltó un sollozo antes de exclamar con voz lastimera:

–¡Sabía que pasaría esto, le dije a Eli que su plan no iba a funcionar! Me metió en este embrollo y me obligó a ayudarle, no ha vuelto a ser el mismo desde que robó el dinero. Me obligó a colaborar con él... me dijo que me daría una buena cantidad de dinero si le ayudaba, pero que si no lo hacía le ordenaría a ese tipejo que trabaja para él que me lastimara –

la miró a los ojos antes de confesar–: Me dio mucho miedo, Eli ha sido muy cruel. Fui débil y accedí a ayudarle, ¡estoy perdida! ¡Tanto mi buen nombre como el de mi familia están por los suelos, y todo porque no soportaba la idea de ser pobre!

–Escúchame... hay una recompensa por la captura de tu marido y la devolución del dinero robado, una recompensa muy grande.

–Dinero sucio –los ojos de Diane se llenaron de lágrimas.

–No, es una recompensa por capturar a un criminal que les robó dinero a los inocentes inversores de su banco –lo dijo con convicción y firmeza, porque el futuro entero de su marido dependía de si lograba granjearse la ayuda de la que había sido su gran rival–. Piensa en ello, Diane. Serías una heroína, la gente te apoyaría y se compadecería de ti por todo lo que has tenido que soportar. Te respetarían por haber tenido el valor de entregar a tu marido a pesar de temerle.

Diane dejó de sollozar y se quedó mirándola con perplejidad con aquellos ojos azules enrojecidos por el llanto.

–¿En serio?

–Por supuesto.

–¿Es una recompensa muy grande? –le preguntó, con la cabeza gacha, mientras jugueteaba con su pañuelo.

–Sí, mucho.

–Pero he huido con él, soy su cómplice... ¡iré a la cárcel!

–No, si le entregas podrás contar la verdad, que te tuvo amenazada para obligarte a que le ayudaras. Es la pura verdad, Diane.

–Sí, la verdad es que sí –la miró con suspicacia al preguntar–: ¿Por qué estás dispuesta a ayudarme? ¿Sabes que tu marido está enamorado de mí? Te abandonará y se casará conmigo en cuanto yo me divorcie de Eli.

Claire sabía que, gracias a Dios, aquello no era cierto, pero no se atrevió a decírselo en aquel momento tan delicado.

–John irá a la cárcel si no entregas a tu marido –inspiró hondo y se limitó a esperar mientras pensaba en el hijo que llevaba en su seno, en la expresión que se reflejaba en el rostro de su marido cuando le había confesado que la amaba.

Ella habría estado dispuesta a sacrificar su propia felicidad, a dejarle libre para que se fuera con Diane si eso fuera lo que deseaba, porque le amaba con toda su alma; por suerte, no iba a tener que hacer aquel sacrificio, pero al ver que la rubia dudaba decidió presionar un poco más.

–Prefiero verle contigo, si eso es lo que él desea de verdad, que ver cómo le encarcelan por el delito de otro hombre –lo dijo con una sonrisa llena de abatimiento para enfatizar más sus palabras.

Diane la contempló en silencio durante un largo momento antes de comentar:

–Eres muy generosa... yo no. A mí me gusta ser rica y tener cosas bonitas. Creía que John sería un pobretón y estaba harta de vivir con lo básico, de que mis hermanas vivieran a mi costa entre amante y amante. Me casé con Eli porque era rico, pero a quien amaba en realidad era a John –soltó un suspiro, y alzó la mirada–. Pero a diferencia de ti, jamás llegué a amarle lo suficiente, ¿verdad? Lamento que él no te corresponda.

Claire no pudo darse la satisfacción de decirle lo equivocada que estaba, y se limitó a contestar:

–Eso no importa, lo único que deseo en este momento es evitar que vaya a la cárcel. ¿Vas a ayudarnos?

Diane vaciló, pero se dio cuenta de que no tenía otra opción.

–Sí, de acuerdo. ¿Qué tengo que hacer?

CAPÍTULO 16

El tren tenía una parada en un pueblecito llamado Liberty, y John aprovechó para bajar a toda prisa y enviarle un telegrama al sheriff de Augusta.

Diane regresó al vagón de carga, y después de cerrar la puerta y de asegurarse de que la cortinilla estaba corrida, fue a sentarse como si nada junto al féretro donde estaba su marido.

–¿Va todo bien?, ¿No has visto a ningún conocido? –le preguntó él.

–Por supuesto que no –tenía mucha práctica a la hora de mentir, así que lo hizo con toda naturalidad; de hecho, incluso sonrió–. Pero el tren está muy lleno.

–Eso da igual, la gente irá bajándose en las paradas que hay a lo largo del trayecto. No sabes lo incómodo que estoy, menos mal que podré salir de esta cosa en cuanto crucemos la línea estatal y entremos en Carolina del Sur... donde soy persona non grata, por cierto.

Su marido tenía el dinero que había robado dentro del féretro, guardado en varias bolsas llenas hasta los topes. Era una verdadera fortuna, y ella acababa de acceder a colaborar para que el banco la recuperara... pero valía la pena, porque había una recompensa y no tendría que ir a la cárcel; además, iba a poder librarse de Eli y recuperaría a John, ya que ella estaba muy por encima de Claire.

Eli se sorprendió al verla sonreír, y se secó la frente sudorosa antes de mascullar:

–Pareces muy contenta.

–Todo está saliendo según lo previsto, ¿no? –mientras contemplaba el paisaje a través de la ventanilla, Diane empezó a fantasear con el fantástico futuro que tenía por delante.

Cuando el tren llegó a la estación de Augusta, John salió al encuentro de varios hombres trajeados que esperaban allí y subieron juntos al tren después de unas breves presentaciones.

Claire se había quedado en el compartimento que compartía con la señora Cornwall, pero estaba mirando atenta por la ventanilla y al cabo de unos minutos vio cómo bajaban esposado a Eli Calverson. Parecía atónito y alicaído, y el hombre que iba junto a él (no había duda de que era un agente de la ley, porque llevaba una insignia en forma de estrella en la solapa), llevaba varias bolsas de las que usaban los bancos para guardar dinero.

John regresó al compartimento poco después con paso apresurado.

–Lamentamos dejarla aquí sola, señora Cornwall, pero Claire y yo debemos regresar a Atlanta de inmediato. Ven, querida –tomó la mano de Claire, y tiró con suavidad para que se levantara antes de volverse de nuevo hacia la viuda–. Que tenga un buen viaje.

–Gracias, joven. Espero que las cosas les vayan bien a los dos.

Atravesaron el vagón de pasajeros a toda prisa hacia la puerta trasera y al bajar vieron a Diane a un lado del andén, hablando sollozante con dos hombres de uniforme. Eli le lanzó una mirada furibunda por encima del hombro mientras se lo llevaban de allí, y ella siguió llorando a lágrima viva al decir:

–¡Mi pobre Eli! ¡Pobrecito, su mente estaba trastocada! Seguro que no era consciente de lo que hacía.

Su rostro habría sido capaz de ablandar hasta a las piedras. Uno de los dos detectives era joven e impresionable, y le dio unas palmaditas en la mano para tranquilizarla antes de decir:

–Por supuesto que no. No se preocupe, señora Calverson, está a salvo en nuestras manos. Permita que nos encarguemos de comprarle el billete de vuelta a Atlanta.

–No voy a regresar en el mismo tren que mi marido, ¿verdad? ¡No lo soportaría! –el miedo que se reflejaba en su voz sí que era real.

–No, señora, a él van a transportarle en un tren especial. No se preocupe por eso, nosotros nos encargamos de todo –el joven sonrió al ver a John y a Claire–. ¿Su esposa y usted también vienen con nosotros, señor Hawthorn?

–Sí –John le dedicó una sonrisa a Diane, pero no soltó la mano de Claire ni dio muestras de querer hacerlo.

Si a la rubia le sorprendió verle tan atento con su esposa, lo cierto era que lo disimuló bien; después de mirar a la pareja con una sonrisa trémula, tomó del brazo al joven detective de la agencia Pinkerton y fue con él al edificio central de la estación.

Diane estaba pensando en realidad que seguro que John se había mantenido tan distante con ella para conservar las apariencias, nada más. Miró con una sonrisa llena de encanto al joven detective, y le alentó a que hablara de sí mismo. Sabía cómo tratar a los hombres, y aquel no suponía desafío alguno. Una podía conseguir lo que fuera de ellos valiéndose de la adulación, preguntándoles sobre su trabajo y su vida, halagando su vanidad. Resultaba sorprendente la cantidad de información que se obtenía así.

El joven detective y ella subieron al tren después de comprar los billetes, y ocuparon unos asientos bastante alejados de los que habían obtenido John y Claire. El trayecto de regreso a Atlanta se les hizo mucho más corto que el que acababan de hacer en dirección contraria, y dio la impresión de que en un abrir y cerrar de ojos el tren llegaba a la estación y los pasajeros bajaban al andén.

Entre los detectives de la agencia Pinkerton que estaban esperando la llegada del tren en la estación de Atlanta estaba Matt Davis, que aún no se había marchado rumbo a Chicago; cualquier otro agente de su veteranía se habría hecho cargo del prisionero, pero él optó por dejar que fuera el joven que le había arrestado quien se encargara de llevarle a comisaría.

El muchacho no cabía en sí de gozo y orgullo, y se llevó a Calverson como si acabara de ganar en las carreras.

–En fin, ahora sí que tengo que regresar a casa –le dijo a John, con ojos chispeantes–. No estaba metido en un baúl, ¿verdad?

–¡Al final resultó estar metido en un féretro, ni más ni menos! Su esposa estaba con él en el vagón de carga, representando el papel de viuda llorosa. El plan podría haberle funcionado, pero una señora que se sentó en nuestro compartimento nos dijo que una joven y bella viuda estaba en el vagón de carga junto al féretro de su marido, y que había sido en Colbyville donde habían subido al tren dicho féretro. La mujer no tenía ni idea de que estaba ayudando a resolver un robo. Supongo que tendríamos que habérselo dicho, seguro que le habría hecho mucha ilusión.

Matt alzó la mirada hacia la falsa viuda, que estaba acompañada de dos detectives de la agencia que revoloteaban a su alrededor dispuestos a ayudarla en lo que fuera necesario, y preguntó sin inflexión alguna en la voz:

–¿Qué va a pasar con ella?

–Que recibirá su recompensa, y seguro que aprovecha la situación en su propio beneficio –le dijo John.

–Supongo que sabías de antemano que la junta de directores del banco ofrecía una recompensa muy cuantiosa, ¿no?

–Por supuesto. No me ofrecieron un recibimiento demasiado cordial cuando salí de la cárcel, pero se dignaron a contarme lo de la recompensa que iban a dar si se devolvía el dinero.

–Supongo que con esto se darán por satisfechos –Matt miró por encima del hombro de su amigo, y añadió–: Y aquí vienen los que faltaban.

Aún no había acabado de hablar cuando reporteros del periódico local y dos de fuera, que sin duda habían recibido el chivatazo sobre el arresto, les abordaron con sus libretas y sus lápices en ristre, dispuestos a tomar nota de todas sus respuestas.

John empezó a relatarles lo sucedido con la ayuda de Matt y de Diane, que se había apresurado a sumarse al grupo al ver a la prensa. La belleza de la rubia la convirtió en la heroína de la historia... hasta que se reveló el papel que había jugado Claire en la persecución.

–¿Tiene un automóvil, señora Hawthorn? –le preguntó un joven reportero con admiración–. ¿De verdad que ha venido a la estación conduciéndolo usted misma?, ¿podemos verlo?

–Claro que pueden, está en la cochera de la casa donde vivimos –contestó ella, radiante.

John le pasó un brazo por los hombros y dijo con orgullo:

–Hay algo más que deberían saber sobre mi esposa: los almacenes Macy's de Nueva York acaban de contratarla para que diseñe para ellos una línea exclusiva de vestidos de noche.

–¿Bajo su propio nombre, señora? –preguntó uno de los reporteros.

–No, para mis diseños uso el nombre de Magnolia.

Diane fue incapaz de contener una exclamación de sorpresa. Se puso pálida al darse cuenta de que conocía a la diseñadora que creaba las elegantes creaciones que tanto había codiciado, pero que por desgracia era ni más ni menos que la esposa de John.

El propio John estaba impresionado, porque hasta ese momento no tenía ni idea del nombre que su mujer usaba para sus diseños; había oído hablar tanto de la fama de Magnolia, que no cabía en sí de orgullo. No había duda de que la mujer a la que amaba tenía muchas facetas.

La miró con una sonrisa enorme en la que se reflejaba lo orgulloso que estaba de ella, y Claire le apretó la mano en un gesto lleno de calidez cuando sus ojos se encontraron.

–Magnolia, qué sureño –comentó otro reportero–. ¡Señora Hawthorn, estamos deseando ver ese automóvil!

Los reporteros fueron con ellos a la casa de la señora Dobbs y fotografiaron a Claire subida en su Oldsmobile negro, con la mano en la palanca de mando; por sugerencia de la propia Claire, la señora Dobbs también se hizo una foto con ellos dos y el coche, y la casera se puso contentísima.

El reportero que más interés mostraba en ella resultó ser el único que había sostenido que John era inocente, el que había mencionado que Calverson había sido acusado de desfalco en el pasado. A Claire le cayó bien de inmediato, y le agradeció profusamente que hubiera defendido a su marido.

Aquella noche fueron a cenar al hotel con los padres de John. A Maude se le había contagiado la emoción de aquel día tan intenso, y se quedó sin aliento haciéndoles preguntas sobre aquella loca persecución hasta Augusta para recobrar el dinero robado y atrapar al ladrón.

–Aún me cuesta creerlo –comentó, maravillada–. Vosotros dos sois unos lunáticos, ¡no sabíais si ese hombre iba armado!

–Yo me había llenado de piedras los bolsillos del guardapolvo –comentó Claire.

John se echó a reír antes de añadir:

–Y yo llevaba un revólver Smith & Wesson del calibre treinta y dos en el cinto –al ver que su esposa le miraba boquiabierta, le dijo sonriente–: No te lo dije porque pensé que sería mejor así; en todo caso, no tuve que usarlo.

–Creo recordar que cuando estabas en el Ejército te concedieron varios premios por tu buena puntería –apostilló Clayton.

Aún le costaba un poco hablar con John, pero había ido relajándose un poco más durante la cena. Daba la impresión de que estaba ansioso por reconstruir su relación con su hijo.

–Así es. La verdad es que a veces echo de menos la vida militar.

–Hijo... podrías volver a alistarte si quisieras.

John era consciente de que aquellas palabras, en boca de su padre, equivalían a una disculpa. Le miró sonriente antes de contestar:

–No sé si volvería a ser feliz en el Ejército, aunque me lo he planteado –se volvió hacia Claire, y admitió con voz suave–: Al principio no sabía si podría habituarme a la vida de un banquero.

–Estoy dispuesta a ir a donde tú quieras –lo dijo de corazón, y pensó ilusionada en la pequeña vida que albergaba en su seno. Aún no le había contado a su marido que iban a ser padres.

–Tu buen nombre quedará restituido cuando los periódicos salgan a la venta mañana por la mañana –comentó Maude–. Por cierto, estás muy apuesto con uniforme.

–Gracias, mamá. La cuestión es que el conflicto en Filipinas aún está vivo, y existiría la posibilidad de que me enviaran allí –miró a Claire antes de añadir–: No quiero llevar a mi esposa a una zona de guerra, sobre todo teniendo en cuenta que está iniciando una carrera profesional de la que debe ocuparse. ¿Te he dicho ya lo orgulloso que estoy de ti, Claire?

–No –se puso roja como un tomate.

–En ese caso, ya es hora de que te lo diga –la tomó de la mano, y le besó los dedos mientras la miraba con ojos ardientes–. No es momento de volver a alistarme, y además, aquí tengo trabajo de sobra. No quiero que se diga que salí corriendo después de que Calverson intentara manchar mi buen nombre, deseo quedarme aquí... al menos hasta que las aguas vuelvan a su cauce, entonces Claire y yo decidiremos lo que queremos hacer.

Clayton carraspeó con suavidad antes de decir:

–Me encantaría que vinierais a Savannah. Podrías ocupar la presidencia de mi banco cuando el viejo Marvis se retire. Supongo que piensas que es una especie de soborno para convencerte, pero no es así.

John le contempló durante unos segundos antes de contestar.

–Me gustaría mucho teneros cerca, pensaré en ello.

–¿Lo dices en serio?

–¿Te gustaría vivir en Savannah, Claire? –le preguntó, con una sonrisa llena de amor.

–¡Me encantaría! Es una ciudad llena de historia, y está a orillas del océano. Podrías hacer un esfuerzo y salir a navegar con tu padre y con Jason... ya sé que te mareas.

Al verla sonreír de oreja a oreja, John sonrió también y dijo en tono de broma:

–¡No me digas que te has enterado de eso!

–Sí, me lo contaron en Savannah... entre otras muchas cosas más, como lo de la rana que escondiste en el costurero de tu madre, y lo del gusano que le metiste a Emily por la espalda en la iglesia. ¡Qué ocurrencia!

–Le dio un poco de emoción a la misa –se echó a reír, y la miró con ojos chispeantes.

Claire había empezado a darse cuenta de que en el pasado apenas había llegado a vislumbrar al verdadero John. Estaba claro que podía ser travieso y bromista cuando se lo proponía, y el cálido brillo de diversión que se reflejaba en sus ojos negros la tenía encandilada. Fijó la mirada en aquella mano fuerte que estaba entrelazada con la suya, y le dijo sonriente:

–Como tú mismo has dicho, ya decidiremos lo que queremos hacer.

–De ahora en adelante respetaré tus decisiones, hijo –apostilló Clayton con firmeza–. Estoy muy orgulloso de ti, y lamento de corazón los dos años que he desperdiciado. No tendría que haberte culpado a ti, con el tiempo he podido aceptar que fue un designio divino. Seguro que sufriste tanto como yo por la pérdida de tus hermanos.

–Sí, pero esos años me han valido para darme cuenta de lo mucho que significa mi familia para mí, así que a lo mejor no hay que darlos por desperdiciados.

–Podrías venir pronto a casa a visitarnos.

–¿Qué te parece si Claire y yo pasamos las navidades allí?

El rostro del anciano se iluminó.

–¡Perfecto!

John miró a su esposa a los ojos, y le preguntó sonriente:

–¿Nos vamos a preparar las maletas?

–¿Lo dices en serio?

–¡Claro que sí!

Claire se levantó de golpe, ajena al hecho de que algunos de los comensales la miraban divertidos, y preguntó entusiasmada:

–¿Podemos irnos ya, ahora mismo?

John se echó a reír antes de contestar con una amplia sonrisa:

–¡Por supuesto que sí! Intentaremos tenerlo todo solucionado cuanto antes, y podríamos irnos mañana al mediodía con mis padres... ¿te parece bien, papá?

–Me parece perfecto. Venid a desayunar a media mañana, y después iremos a comprar los billetes.

Aquella noche el equipaje se quedó sin hacer; después de sortear a toda prisa las preguntas de la señora Dobbs, John y Claire se encerraron en el apartamento y se fueron directos a la cama. Se amaron como nunca antes, con ternura y lentitud, con una plenitud tan exquisita que Claire se quedó sin aliento, exhausta y totalmente cautivada.

Se quedaron dormidos al fin, y cuando despertaron a la mañana siguiente volvieron a hacer el amor con más ardor incluso que antes. Al final se levantaron y empezaron a vestirse, y justo cuando Claire estaba acabando de peinarse la señora Dobbs llamó a la puerta.

–Disculpen si les he despertado, pero el señor Hawthorn tiene una visita... la señora Calverson –su tono de voz al mencionar a la rubia reflejaba lo mal que le caía.

Claire le lanzó una mirada a su marido, y al ver que su expresión se había vuelto gélida se acercó a darle un breve beso en los labios y le dijo con voz suave:

–Baja a hablar con ella, querido. Yo tengo que acabar de peinarme.

–Claire...

Ella enarcó las cejas al verle tan reacio, y le preguntó con una sonrisita traviesa:

–¿Qué?

Él se echó a reír antes de abrazarla con fuerza y besarla con una pasión que a la vez reflejaba una ternura infinita.

–Baja cuando estés lista, ¡y no te preocupes!

–No estoy preocupada, ayer se despejaron todas mis dudas... por no hablar de anoche –no pudo evitar sonrojarse.

–¿Verdad que fue maravilloso? Si la señora Dobbs te pregunta si anoche oíste gritos no te ruborices, o se dará cuenta enseguida de que eras tú –al ver lo mortificada que parecía, le dio un beso largo y sensual antes de susurrar–: No tienes de qué avergonzarte, yo también grité hacia el final. Quería tenerte más y más cerca, hundirme más hondo en tu cuerpo, tocarte como anhelaba hacerlo –le recorrió un estremecimiento y añadió con voz ronca–: No hay pareja que haya estado tan íntimamente unida como lo estuvimos nosotros anoche.

–Tienes razón –se apretó contra él mientras se estremecía también al recordarlo. El éxtasis había alcanzado tal magnitud, que ella había llegado a perder el conocimiento, y lo cierto era que le daba un poco de miedo recordar lo intenso que había sido.

Él tocó la mejilla con la suya, y le acarició la oreja con su aliento al confesar:

–Nunca llegué a hacer el amor con Diane –alzó la cabeza y la miró con ojos penetrantes–. Te mentí sobre eso, y me avergüenzo de haberlo hecho.

–Gracias por decírmelo –le contestó, radiante de felicidad.

Él le trazó los labios con la punta del índice al contestar:

–Tenía que hacerlo, un hombre no debe ocultarle secretos a su adorada esposa.

Claire volvió a sonreír, y suspiró de placer cuando él la besó de nuevo antes de soltarla. Le vio dirigirse hacia la puerta, convencida de que Diane estaba a punto de ofrecérsele en bandeja de plata. Sintió curiosidad por saber cómo iba a rechazarla, porque ya no tenía ninguna duda sobre la fidelidad de su marido.

Sonrió al tocarse la cintura y notar cómo se le había ensanchado. Aún tenía que contarle un último secreto a John, y pensaba hacerlo en cuanto se marchara aquella visita indeseada.

Claire había acertado de pleno, a su marido no le hacía ninguna gracia ver a Diane... de hecho, se sintió molesto. Era innegable que estaba muy bella con un traje sastre azul con encaje blanco y un vistoso sombrero, pero aquella mujer ya no le aceleraba el corazón ni despertaba la más mínima emoción en su interior... a diferencia de Claire, que era su vida entera.

–¿En qué puedo ayudarte, Diane? –le preguntó con cortesía.

Dio la impresión de que a ella le sorprendía aquel recibimiento tan frío, pero recobró la compostura de inmediato y contestó:

–Daba por hecho que esperabas mi visita, John. Es decir... bueno, ya sabes que Eli va a ir a la cárcel. Yo voy a testificar en su contra, han localizado a Dawes y ya ha confesado, el propio Eli no ha tenido más remedio que confesar también, y el dinero del robo se ha recuperado y le será devuelto al banco. Todo el mundo sabe que fuiste una víctima inocente de la codicia de Eli, y el señor Whitfield ha accedido a seguir adelante con la fusión al enterarse de lo que ha sucedido... aunque eso será decisión tuya, porque es casi seguro que vas a ser el presidente del banco. Las cosas vuelven a su cauce, así que pensé que... en fin, creía que me querías.

Él la sacó al porche delantero de la casa, y cerró la puerta a sus espaldas antes de decir en voz baja:

–Creo que será mejor que hablemos con total sinceridad, Diane. Estuve enamorado de ti, pero tú querías más de lo que podía ofrecerte y te casaste con otro. Puede que albergara esperanzas de recuperarte incluso en aquel entonces, pero ahora te aseguro con total certeza, de todo corazón, que la mujer a la que amo y deseo con toda mi alma está arriba, esperándome en nuestro apartamento. No me había dado cuenta hasta hace poco de cuánto tiempo ha estado esperándome. Le he hecho daño, y no pienso volver a hacérselo nunca más.

–¿No me amas? –le preguntó, con tono lastimero.

–Te tengo aprecio y siempre te lo tendré, pero a quien amo es a Claire.

Ella sonrió con tristeza antes de decir:

–Así que ella ha acabado ganando, ¿no? Temía que lo consiguiera. Estaba claro que, a diferencia de mí, ella sí que te amaba lo suficiente como para renunciar a ti.

–No te entiendo.

–Las dos mantuvimos una conversación justo antes de que yo accediera a ayudaros a atrapar a Eli. Ella me dijo que no se interpondría si tú me amabas, y supe en ese momento que su amor era mayor que el mío. Yo nunca habría dejado que te fueras con otra sin luchar.

John la miró a los ojos y se dio cuenta de que estaba siendo sincera, que no le habría dejado ir por pura vanidad femenina. Claire era más tierna, pero también mucho más fuerte.

–Lo siento, Diane.

Ella hizo un gesto de despreocupación, y dijo con languidez:

–No te preocupes. Creo que supe que todo se había acabado entre nosotros cuando te casaste, pero me negué a aceptarlo; en fin, al menos tengo la recompensa por ayudar a capturar a Eli, y muchos hombres estarán dispuestos a casarse con una mujer joven y rica... aunque cargue con la deshonra de ser una divorciada.

–Espero que seas feliz.

–La felicidad no está hecha para mí, pero al menos viviré satisfecha. Adiós, John.

–Adiós, Diane.

John esperó en el porche mientras ella se dirigía hacia el carruaje que la esperaba. En sus ojos no se reflejaba ni anhelo ni pesar al verla alejarse, la verdad era que estaba impaciente y deseando que se marchara de una vez.

Volvió a entrar en la casa en cuanto la perdió de vista; estaba tan deseoso de regresar junto a Claire, que subió los escalones de dos en dos. La noche anterior había quedado grabada en su mente y en su corazón, su mujer era un sueño hecho realidad en la cama... y también fuera de ella. Claire le colmaba el corazón de felicidad, hacía que su vida fuera plena. La adoraba, y no quería a ninguna otra.

Cuando entró en el apartamento y la vio contemplando el jardín por la ventana, recordó las veces que la había visto allí mismo en los primeros días de casados... sola, triste, perdida en sus pensamientos.

–Diane se ha ido.

–¿De forma definitiva? –le preguntó ella, sonriente.

Él se le acercó y le enmarcó el rostro entre las manos antes de asegurar con voz suave:

–Totalmente. Le he dicho que se fuera, Claire. No ha sido un sacrificio por mi parte, no lo he hecho por obligación ni por vergüenza, sino porque lo que sentía por ella se acabó hace mucho. Está muerto, finiquitado –la tomó entre sus brazos, y soltó un profundo suspiro de dicha al abrazarla–. Te adoro –susurró, embriagado de placer–. Quiero abrazarte y besarte sin parar, quiero estar contigo siempre y de todas las formas posibles. Dios, Claire, mi vida carecería de sentido sin ti... te amo –susurró, antes de besarla.

Ella soltó una pequeña carcajada y murmuró contra su boca:

–Ya lo sé, yo también te amo.

Le devolvió el beso con toda la felicidad que la embargaba, con todos los años de anhelos, con todas sus esperanzas y sus alegrías, pero de repente recordó que había algo que tenía que decirle y se apartó un poco de él.

–Para, John, espera un momento... tengo que decirte una cosa, y puede que cuando lo sepas no quieras quedarte conmigo.

Él se echó a reír al oír semejante disparate, y exclamó en tono de broma:

–¡Soy todo oídos!

–¡Estoy hablando en serio! –le puso las manos en el pecho

para mantener la distancia, y admitió vacilante–: John, estoy... eh... bueno, creo que... que estamos esperando un bebé.

La cara que puso su marido era la viva estampa de la estupefacción; de hecho, daba la impresión de que ni siquiera respiraba.

–¿Que...? ¿Que qué?

–Que estoy embarazada. Me daba miedo decírtelo, porque tú dijiste que... le dijiste a la señora Cornwall que te daba mucho respeto la idea de tener hijos, y... ¡Dios, lo siento mucho!

–¿Que lo sientes? –soltó el aliento que había estado conteniendo, y la miró con los ojos brillantes y el rostro radiante de felicidad–. ¿Que lo sientes? –la alzó y empezó a girar una y otra vez mientras se reía como un loco–. ¿Que lo sientes? ¡Brujita, eres una brujita...! ¡Ven aquí!

La abrazó con fuerza, y volvió a besarla con una pasión desenfrenada que fue dando paso a una ternura infinita; al cabo de un largo momento susurró contra sus labios:

–¡Deseo con toda mi alma que tengamos hijos! Quiero que tengamos niños y niñas, y que con el tiempo lleguemos a tener nietos. ¡Qué sorpresa tan dulce y maravillosa, Claire!

Ella se había quedado sin aliento, estaba abrumada. Se abrazó a su cuello y volvió a besarle, pero él se apartó poco después y le dijo contrito:

–Y yo dije que... perdóname, en el tren hablé de forma precipitada y sin pensar. Claro que quiero hijos, lo que pasa es que nunca me planteé la realidad de tener un bebé en casa –la miró con ojos soñadores y llenos de ilusión–. Tenemos que comprar una casa, Claire. Una casa preciosa y grande que podamos llenar de niños y del amor que nos tenemos el uno al otro.

Ella le abrazó con fuerza y susurró con voz ronca:

–¡Cariño, cariño mío! ¡No sé si podré soportar tanta felicidad!

–Lo mismo digo, pero creo que nos las arreglaremos –lo dijo en tono de broma, y añadió con una enorme sonrisa–: ¡Qué navidades tan fantásticas nos esperan! Imagínate, tenemos el regalo más maravilloso con el que puede soñar una pareja... ¡estamos esperando un hijo!

–¿Sigue en pie lo de ir a casa de tus padres? –le preguntó ella, radiante de dicha.

–Claro que sí, y te prometo las navidades más maravillosas que has tenido en tu vida –contempló embelesado sus hermosos ojos grises, y exclamó exultante–: ¡Va a ser glorioso, Claire!

Y así fue.

Últimos títulos publicados en Top Novel

Cambio de estación – DEBBIE MACOMBER
La protegida del marqués – KASEY MICHAELS
Un lugar en el valle – ROBYN CARR
Los O'Hurley – NORA ROBERTS
La mejor elección – DEBBIE MACOMBER
En nombre de la venganza – ANNE STUART
Tras la colina – ROBYN CARR
Espíritu salvaje – HEATHER GRAHAM
A la orilla del río – ROBYN CARR
Secretos de una dama – CANDACE CAMP
Desafiando las normas – SUZANNE BROCKMANN
La promesa – BRENDA JOYCE
Vuelta a casa – LINDA LAEL MILLER
Noelle – DIANA PALMER
A este lado del paraíso – ROBYN CARR
Tras la puerta del deseo – ANNE STUART
Emociones secuestradas – LORI FOSTER
Secretos de un caballero – CANDACE CAMP
Nubes de otoño – DEBBIE MACOMBER
La dama errante – KASEY MICHAELS
Secretos y amenazas – DIANA PALMER
Palabras en el alma – NORA ROBERTS
Brisas de noviembre – ROBYN CARR
El precio del honor – ROSEMARY ROGERS
Sin nombre – SUZANNE BROCKMANN
Engaño y seducción – BRENDA JOYCE

www.ingramcontent.com/pod-product-compliance
Lightning Source LLC
LaVergne TN
LVHW030215230826

846093LV00010B/474
9788468704302